UMA
NOIVA
REBELDE

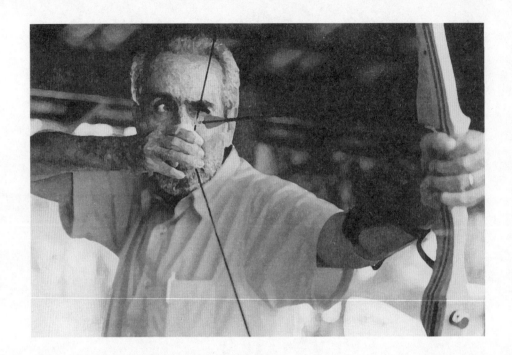

O Arqueiro

GERALDO JORDÃO PEREIRA (1938-2008) começou sua carreira aos 17 anos, quando foi trabalhar com seu pai, o célebre editor José Olympio, publicando obras marcantes como O menino do dedo verde, de Maurice Druon, e Minha vida, de Charles Chaplin.

Em 1976, fundou a Editora Salamandra com o propósito de formar uma nova geração de leitores e acabou criando um dos catálogos infantis mais premiados do Brasil. Em 1992, fugindo de sua linha editorial, lançou Muitas vidas, muitos mestres, de Brian Weiss, livro que deu origem à Editora Sextante.

Fã de histórias de suspense, Geraldo descobriu O Código Da Vinci antes mesmo de ele ser lançado nos Estados Unidos. A aposta em ficção, que não era o foco da Sextante, foi certeira: o título se transformou em um dos maiores fenômenos editoriais de todos os tempos.

Mas não foi só aos livros que se dedicou. Com seu desejo de ajudar o próximo, Geraldo desenvolveu diversos projetos sociais que se tornaram sua grande paixão.

Com a missão de publicar histórias empolgantes, tornar os livros cada vez mais acessíveis e despertar o amor pela leitura, a Editora Arqueiro é uma homenagem a esta figura extraordinária, capaz de enxergar mais além, mirar nas coisas verdadeiramente importantes e não perder o idealismo e a esperança diante dos desafios e contratempos da vida.

Julia Quinn

UMA NOIVA REBELDE

4
OS ROKESBYS

Título original: *First Comes Scandal*

Copyright © 2020 por Julie Cotler Pottinger
Copyright da tradução © 2020 por Editora Arqueiro Ltda.

Todos os direitos reservados. Nenhuma parte deste livro pode ser utilizada ou reproduzida sob quaisquer meios existentes sem autorização por escrito dos editores.

tradução: Thaís Paiva

preparo de originais: Marina Góes

revisão: Hermínia Totti e Rafaella Lemos

diagramação: Abreu's System

capa: Renata Vidal

imagem de capa: Victoria Davies/Trevillion Images

impressão e acabamento: Bartira Gráfica

CIP-BRASIL. CATALOGAÇÃO NA PUBLICAÇÃO
SINDICATO NACIONAL DOS EDITORES DE LIVROS, RJ

Q64n   Quinn, Julia
          Uma noiva rebelde / Julia Quinn; tradução de Thaís Paiva. São Paulo: Arqueiro, 2020.
          272 p.; 16 x 23 cm.   (Os Rokesbys; 4)

          Tradução de: First comes scandal
          Sequência de: Um cavalheiro a bordo
          ISBN 978-65-5565-008-2

          1. Romance americano. I. Paiva, Thaís. II. Título. III. Série.

20-64488   CDD: 813
                                                  CDU: 82-31(73)

Todos os direitos reservados, no Brasil, por
Editora Arqueiro Ltda.
Rua Funchal, 538 – conjuntos 52 e 54 – Vila Olímpia
04551-060 – São Paulo – SP
Tel.: (11) 3868-4492 – Fax: (11) 3862-5818
E-mail: atendimento@editoraarqueiro.com.br
www.editoraarqueiro.com.br

Para Abi e seu ano de determinação, garra e resistência.
E também para Paul.
É ótimo ter um médico na família, mas ter você é muito melhor.

CAPÍTULO 1

Kent, Inglaterra
1791

Pelo menos ninguém tinha morrido.

Mas, se não era isso, Nicholas Rokesby não fazia a menor ideia do porquê de ter sido convocado de volta à casa da família, em Kent.

Se alguém tivesse morrido, pensou ele, o pai com certeza teria mencionado o fato na mensagem enviada para Nicholas em Edimburgo. O recado fora levado por um mensageiro expresso, de modo que deveria haver certa urgência na questão, mas, se fosse caso de morte, lorde Manston certamente teria escrito algo mais do que apenas:

Favor retornar a Crake com a maior brevidade. Sua mãe e eu temos um assunto urgente para tratar.
Sinto muito por interromper seus estudos.
Com afeto, seu pai,
Manston

Nicholas fitou o tão familiar dossel de árvores e iniciou o trecho final de sua jornada. Tinha viajado de Edimburgo para Londres na diligência postal, de Londres para Maidstone de coche e agora concluía os últimos 25 quilômetros a cavalo.

Finalmente tinha estiado – graças ao bom Deus –, mas os cascos da montaria ainda levantavam uma quantidade impressionante de lama e, em meio a respingos e pólen, Nicholas sentiu que chegaria a Crake parecendo um paciente com impetigo.

Crake. Menos de dois quilômetros de distância.

Um banho quente, um bom prato de comida, e então descobriria, enfim, o que deixara o pai tão impaciente.

Era bom que fosse algo bem sério. Não uma morte, é claro, mas se, no fim das contas, tivesse atravessado dois países apenas para descobrir que um dos irmãos ia ganhar uma comenda do rei, arrancaria o braço de alguém.

E sabia muito bem como fazê-lo. Era requisito básico que todos os estudantes de medicina assistissem a cirurgias sempre que houvesse oportunidade. Não era a parte do currículo preferida de Nicholas; ele gostava mais dos aspectos intelectuais da medicina – avaliar sintomas e resolver os enigmas sempre surpreendentes que levam a um diagnóstico. Mas já estavam quase na virada para o século XIX e era importante saber amputar um membro. Muitas vezes era a única arma de um médico contra infecções. O que não podia ser curado ainda podia ser amputado.

Contudo era melhor curar.

Não, melhor mesmo era prevenir. Impedir um problema antes que ele começasse.

Quando enfim avistou Crake, Nicholas revirou os olhos. Algo lhe dizia que o problema que o trouxera de volta a Kent, fosse qual fosse, já devia estar em uma fase bem avançada.

E é claro que os irmãos não ganhariam comenda alguma. Os três eram cavalheiros exemplares, mas *francamente...*

Pôs o cavalo em um trote mais lento ao chegar à última curva do caminho que levava à casa. As árvores sumiram de sua visão periférica e, de repente, lá estava o seu lar, uma construção grandiosa e sólida de dois séculos e meio, uma deusa de calcário emergindo do seio da terra. Ele nunca deixava de se impressionar com o fato de que uma casa tão imensa e ornamentada pudesse ficar tão bem escondida entre as folhagens, desvelando-se apenas no último instante. Era um tanto poético que ainda se surpreendesse com algo que sempre fizera parte de sua vida.

As rosas da mãe estavam em pleno desabrochar, tons vivos de vermelho e magenta, do jeito que a família gostava. À medida que se aproximava, Nicholas sentia no ar úmido o aroma cada vez mais forte das flores, espalhando-se levemente por cima das roupas até chegar às narinas. Nunca gostara muito do cheiro das rosas (preferia flores menos cheias de frescura), mas em momentos como aquele, tudo convergia com perfeição: as rosas e a névoa, a umidade da terra...

Ele estava em casa.

Não importava que não tivesse intenção de voltar, ao menos não tão cedo.

Aquele era seu lar e ele estava de volta. Sentiu certa paz de espírito com essa constatação, mesmo que a cabeça fervilhasse de ansiedade pensando em que tipo de desastre poderia tê-lo convocado.

A família devia ter avisado os criados sobre sua chegada, porque já havia um lacaio à espera para pegar a montaria e Wheelock abriu a porta antes mesmo que Nicholas pisasse no primeiro degrau.

– Sr. Nicholas – disse o mordomo. – Seu pai gostaria de vê-lo imediatamente.

Aludindo aos trajes respingados de lama, Nicholas retrucou:

– Com certeza ele vai preferir que antes eu...

– Ele disse imediatamente, senhor. – Wheelock inclinou o rosto de forma quase imperceptível, indicando os fundos da casa. – Ele está com lady Manston no salão verde-e-dourado.

Nicholas franziu a testa, confuso.

A família dele era menos formal do que era costume, ainda mais quando estavam ali, no campo, mas Nicholas jamais teria cogitado que sua sobrecasaca respingada de lama poderia ser considerada apropriada para a sala de visitas preferida da mãe.

– Permita-me – disse Wheelock, oferecendo-se para tirar a casaca, com seu talento sobrenatural para ler a mente das pessoas.

Nicholas deu uma olhada nas botas.

– Perdão, senhor, mas eu iria logo – insistiu Wheelock.

Céus, talvez alguém tivesse morrido, afinal.

– Sabe do que se trata? – perguntou Nicholas, deixando que Wheelock tirasse o casaco de seus ombros.

– Não devo dizer.

Nicholas olhou para o criado por cima do ombro.

– Mas então você *sabe*.

– *Senhor*, por favor. – Wheelock assumiu um semblante apavorado.

– Em menos de um mês eu já estaria de volta – atalhou Nicholas, continuando a argumentar.

Wheelock evitou o olhar dele e, muito ostensivamente, se pôs a escovar a casaca para tirar a lama seca.

– Creio que seja uma questão urgente – declarou.

Nicholas coçou os olhos. Por Deus, como estava cansado.

– O senhor gosta de ser assim tão enigmático, Wheelock?

– Não, senhor.

O que era uma mentira deslavada, porque ele adorava aquele tipo muito específico de circunspecção, reservado apenas aos mordomos muito bem consolidados em seu cargo. Mas Nicholas notou que Wheelock não devia estar gostando nem um pouco daquela conversa.

– Queira me desculpar – disse Nicholas. – Foi rude da minha parte colocá-lo nessa posição. Não precisa me anunciar.

– Verde-e-dourado – lembrou Wheelock.

– Entendido – murmurou Nicholas.

Como se ele fosse esquecer.

A entrada do salão verde-e-dourado ficava no fim do corredor, e o caminho de Nicholas até lá com certeza já havia denunciado sua presença em casa. O assoalho era de mármore, sempre polido à perfeição. Pés calçados com meias deslizavam como patins no gelo e as solas dos sapatos faziam barulho como a percussão de uma pequena orquestra.

Mas, ao chegar à porta aberta e espiar lá dentro, nem o pai nem a mãe sequer olharam na direção dele. O pai estava perto da janela, fitando o gramado verde; a mãe estava no sofá verde-menta, acomodada em seu lugar preferido.

Segundo ela, o lado esquerdo era muito mais confortável que o direito. Todos os cinco filhos já tinham colocado a hipótese à prova, saltando de um lugar para o outro, mas nenhum tinha conseguido chegar à mesma conclusão. Justiça fosse feita, não chegaram a *nenhuma* conclusão confiável. Mary declarara que ambos os lados eram iguais, Edward observara que a única forma de ficar confortável de fato seria apoiando os pés em algum lugar, o que não era permitido, e Andrew pulara tantas vezes de um lado para o outro que acabara rasgando a costura de uma das almofadas do assento. George declarara que todo aquele experimento era ridículo, mas não sem antes fazer, ele mesmo, um teste perfunctório, e quanto a Nicholas...

Ele não tinha nem 5 anos quando esse experimento familiar se deu. Mesmo assim, sentou-se nos dois lugares antes de se levantar e declarar: "Bem, não há como comprovar que ela está errada."

Depois ele se daria conta de que a afirmação valeria para uma grande parte da vida.

Provar que algo estava certo não era bem a mesma coisa que provar que o oposto estava errado.

E se o lado esquerdo do sofá deixava a mãe feliz, quem era ele para contradizê-la?

Nicholas hesitou um instante à porta, esperando que um dos dois notasse sua presença.

Como isso não aconteceu, ele entrou, detendo-se antes de pisar no tapete. Já tinha deixado um rastro de lama no corredor.

Quando pigarreou, os dois enfim se viraram para ele.

A mãe falou primeiro.

– Nicholas. – Ela estendeu o braço na direção do filho. – Você chegou, graças a Deus!

Preocupado, ele olhou da mãe para o pai.

– Aconteceu alguma coisa?

Que pergunta cretina. Mas é claro que alguma coisa tinha acontecido. Mas como não havia ninguém em trajes de luto...

– Sente-se – disse o pai, apontando para o sofá.

Nicholas acomodou-se ao lado da mãe, tomando a mão dela. Parecera a coisa certa a fazer.

Porém, surpreendendo-o, ela puxou a mão de volta e se levantou, dizendo:

– Vou deixar vocês a sós. – Pôs a mão no ombro de Nicholas, sinalizando que ele não precisava se levantar. – Vai ser mais fácil se eu não estiver aqui.

Como assim? Havia um problema com o qual eles precisavam lidar e a mãe *não* estava tentando tomar a liderança? Pior, estava saindo de cena por vontade própria?

Aquilo não era nem um pouco normal.

– Obrigada por ter vindo tão rápido – murmurou ela, dando um beijo na bochecha do filho. – Não tenho palavras para expressar quanto isso me tranquiliza. – Olhou então para o marido. – Estarei em meus aposentos, caso precise que eu...

E pareceu não saber o que dizer. Nicholas nunca vira a mãe tão sem jeito.

– Caso precise de mim – completou ela, enfim.

Lady Manston saiu da sala de visitas e fechou a porta, acompanhada pelo olhar silencioso e um tanto atônito do filho. Nicholas voltou-se então para o pai.

– *O que está acontecendo?*

O pai suspirou e ficou um longo tempo em silêncio antes de dizer:

– Houve um incidente.

Sempre o rei dos eufemismos.

– Acho bom você pegar uma bebida.

– Sim, senhor.

Nicholas não queria beber. Queria explicações. Para não contrariar o pai, no entanto, serviu-se de uma dose.

– É sobre Georgiana.

– Bridgerton? – perguntou Nicholas, incrédulo.

Como se houvesse alguma outra Georgiana a quem o pai pudesse estar se referindo.

Lorde Manston aquiesceu, soturno.

– Então você ainda não ficou sabendo.

– Eu estava em Edimburgo – lembrou Nicholas.

O pai tomou um gole de conhaque bem mais generoso do que seria aceitável àquela hora do dia.

Ou mesmo da noite, para ser sincero.

– Bem, isso é um alívio.

– Com todo o respeito, pai, o senhor poderia ser menos enigmático?

– Aconteceu um incidente.

– Continua enigmático – resmungou Nicholas.

Se o pai ouviu – e, para ser sincero, Nicholas achou mesmo que tivesse ouvido –, não esboçou a menor reação.

Em vez disso, pigarreou e disse:

– Ela foi sequestrada.

– O quê? – Nicholas ficou de pé em um salto, deixando o copo de conhaque deslizar e cair no tapete de valor inestimável. – Por que raios o senhor não disse logo? Meu Deus, alguém já...

– Acalme-se – falou o pai, ríspido. – Ela já está de volta. Está tudo bem com ela.

– Ela foi...

– Ela não foi violada.

Nicholas percebeu que uma sensação estranha percorria seu corpo. Alívio, provavelmente, mas também havia algo mais. Algo acre e azedo.

Ele conhecia mulheres que tinham sido vítimas de atos sexuais não consensuais. Algo mudava dentro delas depois disso. Havia os efeitos físicos, e desses ele até entendia um pouco, mas os efeitos na alma... esses ele sabia que não conseguiria sequer vislumbrar.

A sensação naquele momento era mais intensa do que mero alívio. Tinha dentes afiados e trazia junto uma raiva que fervia a fogo brando.

Georgiana Bridgerton era como uma irmã para ele.

Bem, talvez não exatamente uma irmã. Mas o irmão dela, Edmund, era mais próximo até do que seus próprios irmãos.

Quando Nicholas foi concebido, lorde e lady Manston achavam que já não teriam mais filhos. Aconteceu oito anos depois da gestação anterior de lady Manston, de modo que, quando Nicholas enfim saiu das fraldas, todos os irmãos já estavam na escola.

Mas Edmund Bridgerton sempre estivera presente, a poucos quilômetros de casa, em Aubrey Hall. Tinham a mesma idade, com apenas dois meses de diferença.

Cresceram inseparáveis.

– O que aconteceu? – perguntou Nicholas ao pai.

– Um maldito caçador de fortunas foi atrás dela – respondeu o pai, com raiva. – O filho de Nithercott.

– Freddie Oakes? – perguntou Nicholas, bastante surpreso.

Tinha frequentado a escola com Freddie. Durante alguns anos, ao menos. Oakes não tinha concluído os estudos. Era um sujeito popular, carismático e exímio jogador de críquete, mas, no fim das contas, a única coisa pior que ser reprovado era colar nas provas, e ele fora expulso de Eton aos 16 anos.

– Isso mesmo – murmurou lorde Manston. – Você o conhece.

– Superficialmente. Nunca fomos amigos.

– Não?

– Bem, não éramos *inimigos* – esclareceu Nicholas. – Todo mundo se dava bem com Freddie Oakes.

Lorde Manston olhou atravessado para o filho.

– Está defendendo Oakes?

– Não – apressou-se em dizer Nicholas, embora, sem conhecer os fatos, não tivesse a menor ideia do que realmente tinha acontecido. Ainda assim, era difícil conceber um cenário em que Georgiana tivesse sido a parte culpada. – Só estou comentando que ele sempre foi muito popular – prosseguiu. – Não era uma pessoa *má*, mas convinha não se indispor com ele.

– Então ele era um valentão.

– Não.

Nicholas coçou os olhos. Maldição, como estava cansado. E era quase impossível explicar a intrincada hierarquia social da escola para alguém que não tivesse estado lá.

– É só que... Eu não sei. Como disse, não éramos amigos. Ele era... frívolo, acho.

O pai lhe lançou um olhar curioso.

– Ou talvez não. Eu não saberia dizer, para ser sincero. Minhas conversas com ele se restringiam ao cardápio do café da manhã e quem iria voltar para casa durante o recesso. – Nicholas ficou um longo tempo esquadrinhando as lembranças dos tempos de escola. – Ele jogava bastante críquete.

– Você também jogava críquete.

– Nada bem.

O pai nem sequer esboçou uma reação, o que só indicava quanto estava preocupado. Aos olhos do conde de Manston, seus quatro filhos tinham saído à sua imagem e semelhança – esplêndidos atletas que reinavam nos campos de Eton.

Só estava 25 por cento enganado.

Nicholas não era um atleta incompetente. Muito pelo contrário, era exímio esgrimista e superava qualquer um dos irmãos tanto no rifle quanto no arco. Mas, em um campo com uma bola (de qualquer natureza) e outros jogadores, ele era um desastre. Saber a própria posição em relação ao grupo era uma habilidade. Ou talvez fosse instinto. O que quer que fosse, lhe faltava.

Ele era horrível em todos os jogos com bola. Suas piores lembranças da escola vinham todas de dentro de um campo. A sensação de ser observado e julgado inferior... A única coisa pior do que isso era ter que esperar durante a seleção dos times. Os garotos não demoraram muito para entender quem era bom de bola.

E quem não era.

Com os estudos fora a mesma coisa, refletiu ele. Já nos primeiros meses em Eton, todos sabiam que Nicholas tinha as melhores notas em ciências. Até mesmo Freddie Oakes vinha lhe pedir ajuda de tempos em tempos.

Nicholas se ajoelhou para enfim pegar o copo que tinha derrubado. Olhou-o por alguns instantes, tentando decidir se aquele momento pedia lucidez ou um leve torpor.

Talvez fosse melhor o meio-termo.

Atravessando a sala para servir outra dose, olhou para lorde Manston e disse:

– Talvez seja melhor o senhor me contar o que aconteceu.

Depois decidiria se ia querer beber ou não.

– Pois bem. – Com um baque pesado, o pai pousou o copo na mesa. – Não sei ao certo quando se conheceram, mas Oakes sempre deixou bem claras as suas intenções. Ele estava cortejando Georgiana. Sua mãe achava que ele ia pedi-la em casamento.

Nicholas não conseguia imaginar como a mãe poderia ter se julgado capaz de ler a mente de qualquer pessoa, ainda mais de Freddie Oakes, mas ficou claro que não era o momento de fazer essa observação.

– Não sei se Georgiana teria aceitado – prosseguiu lorde Manston. – Oakes exagera no jogo... todos sabem muito bem disso... mas ele vai herdar o baronato um dia, e o tempo está passando para Georgie.

Aos 26 anos, Georgie era exatamente um ano mais nova que Nicholas, mas ele sabia muito bem que as mulheres não envelheciam como os homens, ao menos no que dizia respeito aos costumes e melindres dos círculos casamenteiros ingleses.

– Enfim – prosseguiu o pai –, lady Bridgerton e sua mãe estavam em Londres... fazendo compras talvez, eu não perguntei... e Georgiana foi com elas.

– Mas não para participar da temporada social – murmurou Nicholas.

Até onde ele sabia, Georgie nunca fora apresentada em uma temporada social londrina. Ela dissera que não queria. Ele nunca questionara. Passar uma temporada inteira como debutante parecia tão prazeroso quanto ir ao dentista, de modo que ele jamais poderia questionar essa decisão.

– Foi só uma visita – confirmou o pai. – Tenho certeza de que elas foram a um ou outro evento, nada oficial. Em todo o caso, a temporada está quase acabando. Mas Oakes foi visitá-la diversas vezes e depois levou Georgiana para sair.

Nicholas serviu a dose de conhaque e voltou a encarar o pai.

– E lady Bridgerton deu permissão?

Lorde Manston assentiu, triste.

– Tudo estava dentro dos conformes. A aia foi junto com ela. Foram a uma livraria.

– É mesmo a cara de Georgie.

O pai aquiesceu, e prosseguiu:

– Foi na saída da livraria que Oakes a sequestrou. Ou melhor, levou-a embora. Ela entrou no coche por vontade própria, pois por que não?

– Mas e a aia?

– Na hora em que ela estava prestes a entrar também, Oakes a empurrou e ela caiu no chão.

– Meu Deus, mas ela está bem? – Se tivesse batido a cabeça, poderia ser bem grave.

Lorde Manston piscou, confuso, e Nicholas se deu conta de que o pai provavelmente não tinha nem pensado em perguntar sobre o estado de saúde da criada.

– Se o senhor não ficou sabendo de nada, imagino que ela esteja bem – concluiu Nicholas.

Lorde Manston ficou em silêncio por um instante e depois disse:

– Ela já está em casa.

– Quem, Georgie?

O pai assentiu.

– Ela ficou apenas um dia ausente, mas foi o suficiente para arruiná-la.

– Mas o senhor não tinha dito que ela não foi...

Lorde Manston bateu o copo com força no aparador.

– Ela não precisa ter sido violada para ter a reputação arruinada. Por Deus, rapaz, use a cabeça! Não interessa o que ele fez ou deixou de fazer com ela. Georgie está arruinada. E todo mundo sabe disso. – Então olhou para Nicholas com uma expressão de cansaço. – Todo mundo menos você, pelo visto.

Nicholas sentiu que havia um insulto velado ali, mas decidiu ignorar.

– O senhor sabe que eu estava em Edimburgo – lembrou ele, tenso. – Não fazia ideia de nada disso.

– Eu sei. Me desculpe. É que tudo isso é muito grave. – Lorde Manston correu os dedos pelos cabelos. – Ela é minha afilhada, sabia?

– Sabia.

– Jurei protegê-la. Fiz esse juramento na igreja.

Como o pai não era um homem religioso, Nicholas não estava entendendo por que dar tanta importância ao fato de o juramento ter sido feito na igreja, mas assentiu mesmo assim. Levou o copo aos lábios, mas não bebeu, usando-o apenas para ocultar o próprio semblante enquanto analisava o pai.

Nunca o vira naquele estado. Não sabia o que pensar.

– Não posso deixar que ela tenha a reputação arruinada – afirmou o pai.
– *Nós* não podemos deixar.

Nicholas perdeu o fôlego. Por mais que o cérebro não tivesse entendido, os pulmões pareciam já saber o que viria. A vida dele estava prestes a passar por uma virada drástica.

– Só há uma coisa a fazer – disse o pai. – Você *tem* que se casar com ela.

CAPÍTULO 2

Diante daquela declaração, algumas coisas passaram pela cabeça de Nicholas.

"O que foi que o senhor disse?"

"O senhor ficou louco?"

"Porque só pode."

"É, com certeza o senhor está louco."

"Espere aí, eu ouvi direito?"

Culminando em: "O SENHOR SÓ PODE ESTAR MALUCO, SÓ PODE MESMO ESTAR DE BRINCADEIRA!"

Contudo o que disse foi:

– Queira me desculpar?

– Você tem que se casar com ela – repetiu o pai.

Comprovando que, primeiro, Nicholas tinha ouvido direito e, segundo, o pai tinha mesmo perdido a razão.

Nicholas virou o resto do conhaque de uma golada só.

– Não posso me casar com Georgiana – disse ele.

– Por que não?

– Porque... porque...

Os motivos eram tantos que Nicholas não seria capaz de sintetizá-los em uma única frase.

O pai ergueu a sobrancelha.

– Você é casado com outra mulher?

– Claro que não!

– Você se *comprometeu* a se casar com outra mulher?

– Pai, pelo amor de Deus, eu...

– Então não vejo motivo para que deixe de cumprir o seu dever.

– Mas não é meu dever! – vociferou Nicholas.

Lorde Manston cravou um olhar severo no filho, e, por um instante, Nicholas voltou a ser um menino, repreendido por causa de alguma infração boba.

Mas aquilo não era nada bobo. Tratava-se de casamento. E, embora se casar com Georgiana pudesse – *talvez* – ser a coisa mais honrada a fazer, definitivamente não era *dever* dele.

– Pai – tentou ele outra vez –, não tenho condições de me casar.

– Lógico que tem. Você tem 27 anos, está bem de saúde e com pleno domínio de sua capacidade mental.

– Eu moro em um quarto de pensão em Edimburgo. Nem camareiro eu tenho.

O pai dele gesticulou brevemente com desdém.

– O que é muito fácil de remediar. Podemos comprar uma casa para você, na parte nova da cidade. Seu irmão conhece vários arquitetos que trabalharam no planejamento dessa área. Será um investimento excelente.

Por um instante, Nicholas só conseguiu encarar o pai. Ele estava mesmo falando de investimentos imobiliários?

– Pode considerar um presente de casamento.

Nicholas levou a mão à testa, pressionando-a com o polegar e o dedo médio. Precisava se concentrar. Precisava pensar. O pai continuava falando, algo sobre integridade e dever e contratos de locação com quase cem anos de duração, e a cabeça de Nicholas não parava de latejar.

– O senhor tem alguma ideia do que está envolvido no estudo da medicina? – perguntou ele, de olhos fechados. – Não tenho tempo para uma esposa.

– Não é do seu tempo que ela precisa, e sim do seu nome.

Nicholas tirou a mão do rosto. Olhou para o pai.

– O senhor está falando sério?

Lorde Manston lançou um olhar ao filho que dizia: "Você não estava escutando?"

– Não posso me casar com uma pessoa já com a intenção de ignorá-la.

– Bem, de fato espero que não seja mesmo o caso – retrucou o pai. – Estou apenas tentando deixar claro que a sua cooperação nesta questão não precisa trazer impactos negativos à sua vida agora, na encruzilhada crucial em que você se encontra.

– Um jeito muito eloquente de dizer que tenho carta branca para ser um mau marido.

– Não, foi um jeito muito eloquente de dizer que você pode se tornar o herói da vida de uma jovem.

Nicholas revirou os olhos.

– E, depois disso, um mau marido.

– Se for essa a sua vontade – disse o pai, baixinho.

Nicholas perdeu a noção de quanto tempo passou apenas olhando, incrédulo, para o pai. Quando notou que estava balançando a cabeça levemente, se obrigou a enfim desviar o olhar. Foi até a janela, usando isso como desculpa para se concentrar em outra coisa. Não queria encarar o pai naquele momento. Não queria pensar nele, muito menos na proposta descabida que lhe fizera.

Mas não fora uma proposta, fora? Fora uma ordem. O pai não perguntara: "Você poderia se casar com Georgiana?"

Ele afirmara: "Você *tem* que se casar com ela."

Não era a mesma coisa.

– Você pode deixá-la em Kent – disse o pai, talvez depois de concluir que o silêncio já se estendera o suficiente. – Ela não precisa ir com você para Edimburgo. Na verdade, ela nem deve querer ir com você para Edimburgo. Acho que nunca esteve lá.

Nicholas se virou.

– Mas a escolha é sua, é claro – concluiu o pai. – Afinal, você é que vai fazer o sacrifício.

– É tão estranho o senhor achar que vai me convencer dessa forma – retrucou Nicholas.

Mas estava claro que falavam de coisas diferentes, porque então o pai concluiu:

– É só casamento.

Ao que Nicholas respondeu com uma risada sarcástica.

– Pois diga isso à mamãe e depois talvez o senhor me convença.

Lorde Manston estava começando a perder a paciência.

– Estamos falando de Georgiana, Nicholas. Por que você está sendo tão resistente?

– Ora essa, por que será? Vamos lá: talvez porque, após me fazer largar os estudos, atravessar dois países e, depois que eu mal tinha chegado, o senhor sequer *sugeriu* que eu pudesse ser a solução para uma situação complicada. O senhor sequer me *perguntou* o que eu achava da ideia de me casar. O senhor foi logo mandando que eu me casasse com uma mulher que é praticamente minha irmã.

– *Praticamente* irmã não é o mesmo que irmã.

Nicholas virou o rosto.

– Pare – pediu. – Por favor, pare.

– Sua mãe concorda que é a melhor solução.

– Ah, meu Deus! – Estavam mancomunados contra ele.

– É a única saída.

– Um momento – resmungou Nicholas, apertando as têmporas outra vez, a cabeça ainda latejando. – Eu só preciso de um momento.

– Nós não temos um...

– Pelo amor de Deus, será que o senhor pode ficar quieto e me dar uma porcaria de um segundo para *pensar*?

O pai arregalou os olhos e deu um passo atrás.

Nicholas olhou para as próprias mãos. Estavam trêmulas. Nunca tinha se dirigido ao pai naquele tom. Jamais teria imaginado ser possível uma coisa assim.

– Preciso de uma bebida – murmurou.

Uma bebida de verdade dessa vez. Então voltou ao aparador e encheu o copo quase até a borda.

– Passei a viagem toda da Escócia até aqui me perguntando – prosseguiu Nicholas – qual seria o motivo de uma convocação tão misteriosa e, ao mesmo tempo, impossível de ignorar. Cheguei a me perguntar se alguém tinha morrido.

– Eu jamais...

– Não – interrompeu Nicholas.

Não queria deixar o pai falar. Era o monólogo *dele*, o sarcasmo *dele*, e que Deus o ajudasse, mas ele iria levar o tempo que fosse necessário para terminar.

– Não – repetiu ele. – Não era possível que alguém tivesse morrido. Meu pai nunca escreveria um bilhete enigmático para dar uma notícia como essa. Mas o que mais poderia ser? Qual poderia ter sido o motivo para que ele me convocasse em um momento tão absurdamente inconveniente?

Lorde Manston abriu a boca, mas Nicholas só precisou olhar feio para que o pai se mantivesse calado.

– Embora *inconveniente* não chegue nem perto de fazer jus. O senhor sabia que estou em plena época de provas?

Nicholas se calou, mas a pausa foi tão curta que a pergunta foi totalmente retórica.

– Meus professores concordaram em me deixar fazer as provas quando voltar, mas é claro que tive que admitir para eles que eu não fazia *ideia* de quando seria isso. – Bebeu um bom gole do conhaque. – Isso, *sim*, foi uma conversa constrangedora. – Nicholas encarou o pai, quase como quem o desafiava a interromper. – Eles não ficaram nada satisfeitos de abrir essa exceção, mas creio que essa é uma das situações em que ser filho de um conde tem suas vantagens. Para fazer amigos não ajuda em nada, é claro. Porque ninguém quer saber de um sujeito que usa seus privilégios para escapar da época de provas. Mesmo que ele esteja disposto a fazê-las em um momento posterior e, como talvez eu já tenha mencionado, absolutamente indeterminado.

– Já pedi desculpas por ter afastado você dos estudos – falou lorde Manston, severo.

– De fato – disse Nicholas, com ar de deboche –, na sua carta muitíssimo detalhada.

O pai apenas o encarou por algum tempo, e então disse:

– Sua petulância já acabou?

– Por ora, sim. – Nicholas bebeu, e então reconsiderou; ainda tinha algo a acrescentar. – Mas preciso dizer o seguinte: de todos os cenários que se passaram na minha cabeça durante a viagem até aqui, jamais imaginei que chegaria para descobrir que fui prometido em casamento pelo meu pai.

– Prometido em casamento – repetiu lorde Manston, bufando de desconforto. – Você está parecendo uma garota.

– Pois é assim que estou me sentindo agora, e, se quer saber, não estou gostando nada, nada. – Balançou a cabeça. – Nunca senti tanto respeito pelas mulheres, tendo que aturar os homens a lhes dizerem o que fazer.

O conde deu uma risada amarga.

– Se acha que algum dia consegui mandar na sua mãe ou na sua irmã, está redondamente enganado.

Nicholas pousou o copo na mesa. Bastava. Ainda não era nem meio-dia.

– Então por que está mandando em mim?

– Porque não tenho escolha – retrucou o pai. – Georgiana precisa de você.

– Você vai sacrificar o próprio filho para beneficiar sua afilhada?

– Não é o que estou fazendo, e você sabe muito bem disso.

Mas parecia. Parecia que o pai estava elegendo um filho preferido, e esse filho não era Nicholas.

Na verdade, não era sequer um Rokesby.

Mas até mesmo Nicholas precisava admitir que a vida dos Rokesbys e dos Bridgertons estava completamente interligada. Fazia séculos que as famílias eram vizinhas, mas a geração dele tinha tornado aquele vínculo ainda mais sólido. Os maridos e as esposas eram amigos próximos e, em nome dessa amizade, uma família oferecera à outra um afilhado.

A coisa ficara ainda mais oficial quando o Rokesby primogênito se casou com a Bridgerton primogênita. E depois o terceiro Rokesby ainda se casou com uma prima dos Bridgertons de Kent.

Para falar a verdade, se alguém pegasse um barbante e a árvore genealógica das famílias, conseguiria fazer uma tremenda cama de gato incestuosa.

– Preciso pensar – falou Nicholas, pois estava claro que não havia outra coisa a dizer para deter a pressão do pai naquele momento.

– É claro – disse o pai. – Entendo que tudo isso tenha pegado você de surpresa.

O eufemismo do ano.

– Mas é uma questão urgentíssima. Você precisa se decidir até amanhã.

– *Amanhã*?

O pai teve a elegância de parecer ao menos um pouco contrariado ao dizer:

– Não há alternativa.

– Passei quase duas semanas viajando, enfrentei pelo menos seis chuvas torrenciais, abandonei os estudos, recebi a ordem de me casar com a vizinha e você não pode sequer me oferecer a cortesia de alguns dias para *pensar*?

– A questão aqui não é sobre você. É sobre Georgie.

– Como é que a questão não é sobre mim? – Nicholas quase vociferou.

– Quando se casar, você não vai nem perceber a diferença.

– Você perdeu o juízo? – Nicholas jamais usara aquele tom para se dirigir ao pai; jamais se atrevera. Mas não estava acreditando nas palavras que saíam da boca de lorde Manston.

O homem só podia ter ficado louco. Uma coisa era sugerir que se casasse com Georgiana Bridgerton; havia certa lógica quixotesca na proposta. Mas insinuar que o ato não significaria nada... que Nicholas poderia seguir com a vida como se não tivesse se casado com ela... Será que ele conhecia o próprio filho *tão* mal assim?

– Não consigo mais continuar com essa conversa.

Nicholas rumou para a porta, sentindo certa satisfação por não ter tirado as botas enlameadas.

– Nicholas!

– Não, não e não! – Nicholas se apoiou no batente da porta e respirou fundo, tentando se concentrar. Não olhou para o pai, porque corria o risco de não responder por si, mas conseguiu dizer: – Sua preocupação com sua afilhada é muito nobre, e talvez... *talvez* eu até pudesse considerar a questão caso o senhor a tivesse tratado como um pedido, não como uma ordem.

– Você está com raiva. Eu entendo.

– Acho muito difícil que entenda. O total descaso que está demonstrando com os sentimentos de seu próprio filho...

– Não é verdade – retrucou o pai. – Pode ter certeza de que estou sempre pensando no que é melhor para você. Se não deixei isso muito claro, é apenas porque a situação de Georgiana é muito preocupante, ao contrário da sua.

Nicholas engoliu em seco. Sentia cada músculo do corpo se retesar.

– Eu tive muito mais tempo para me acostumar à ideia – disse o pai, baixinho. – O tempo faz muita diferença.

Nicholas se voltou para ele.

– É isso que você quer para o seu filho? Um casamento sem amor? Sem desejo?

– É claro que não! Mas vocês já sentem muito afeto um pelo outro. E Georgiana é uma jovem excelente. Tenho plena confiança de que, com o tempo, vocês verão que são muito adequados um para o outro.

– Seus outros filhos se casaram por amor – falou Nicholas, baixinho. – Os quatro.

– E eu desejava o mesmo para você. – O pai sorriu, mas com tristeza e melancolia. – Porém não descarto que isso ainda possa acontecer.

– Eu não vou me apaixonar por Georgiana, pai. Meu Deus, se fosse para ser, o senhor não acha que já teria acontecido?

Lorde Manston abriu um sorriso bem-humorado, sem um pingo de escárnio. Mas Nicholas não queria nem saber.

– Não consigo sequer me imaginar beijando Georgiana – disse.

– Você não precisa beijá-la. Só se casar com ela.

Nicholas ficou boquiaberto.

– Não estou acreditando nisso.

– Pouquíssimos casamentos começam com paixão. – De repente, lorde Manston assumiu um tom amigável e paternal. – Sua mãe e eu...

– Eu *não* quero ouvir sobre você e mamãe.

– Não seja tão pudico – falou o pai, com certo sarcasmo.

Foi então que Nicholas teve a impressão de que aquela conversa não passava de um sonho. Pois era inconcebível qualquer cenário que envolvesse o pai compartilhando com ele detalhes íntimos de sua vida conjugal.

– Você vai ser médico – disse lorde Manston em tom seco. – E sabe muito bem que sua mãe e eu não teríamos tido cinco filhos se não...

– Pare! – Nicholas quase gritou. – Deus do céu, eu não quero nem ouvir.

O pai deu uma risadinha. Uma risadinha!

– Vou pensar a respeito – disse Nicholas, enfim, sem sequer tentar disfarçar o desgosto na voz. – Mas não posso dar essa resposta amanhã.

– Mas tem que ser amanhã.

– Pelo amor de Deus, será que dá para me ouvir?

– Não temos tempo para isso, Nicholas. A vida de Georgiana está arruinada.

A conversa não estava indo a lugar nenhum. Ele e o pai pareciam dar voltas um ao redor do outro, pisoteando o mesmo trecho de grama até só restar terra. Mas Nicholas estava exausto demais para sequer tentar quebrar esse círculo vicioso, então apenas perguntou:

– O que muda se o senhor me der alguns dias para pensar no assunto?

– Se você não se casar com ela – falou lorde Manston –, os pais dela vão encontrar quem case.

O que era uma perspectiva *pavorosa*.

– O senhor já discutiu o assunto com lorde e lady Bridgerton?

O pai hesitou, e então respondeu:

– Não.

– Vou presumir que não mentiria para mim sobre isso...

– Como se atreve a duvidar da minha honra?

– Não é da sua honra que estou duvidando, mas, a essa altura, não tenho muita certeza da sua sanidade.

O pai engoliu em seco, desconfortável.

– Eu teria apresentado a sugestão, mas não quis criar falsas esperanças caso você não a acatasse.

Cético, Nicholas encarou o pai.

– O senhor não me deixou margem para achar que *não* acatar era uma opção.

– Ambos sabemos que eu não posso forçar você a se casar com ela.

– Mas, se eu não casar, o senhor só vai ficar profundamente desapontado comigo.

O pai não disse nada.

– Acho que isso responde a minha pergunta – resmungou Nicholas.

E então caminhou de volta para o centro da sala e se deixou afundar em uma poltrona, exaurido. O que diabos ele faria? Lorde Manston devia ter notado que o filho estava no limite, pois pigarreou algumas vezes e disse:

– Acho que é melhor chamar a sua mãe.

– Chamar minha mãe para quê?

Não tinha sido a intenção de Nicholas soar tão truculento, mas, honestamente, o que a mãe poderia fazer?

– Ela sempre consegue me acalmar quando estou aborrecido. Talvez também consiga ajudar você.

– Que seja – grunhiu Nicholas, cansado demais para discutir.

Contudo lorde Manston mal fizera menção de sair quando a porta se abriu e a própria lady Manston adentrou a sala.

– Questão resolvida?

– Ele vai pensar – respondeu o marido.

– A senhora não precisava ter saído – falou Nicholas.

– Achei que seria mais fácil assim.

– Não tinha como não ser difícil.

– Acho que você tem razão. – Ela pôs a mão no ombro do filho e deu um leve aperto. – Quero que saiba que sinto muito que você esteja nesta situação.

Nicholas ofereceu a ela o mais próximo de um sorriso que conseguiu.

Lady Manston pigarreou. Foi um som esquisito.

– Também preciso informá-lo de que a família vai jantar em Aubrey Hall hoje.

– A senhora só pode estar brincando – disse Nicholas.

Aubrey Hall era a casa dos Bridgertons. *Todos* os Bridgertons estariam presentes.

A mãe respondeu com um sorriso pesaroso.

– Infelizmente não, meu filho. Já estava marcado há tempos e acabei comentando com lady Bridgerton que você estaria em casa.

Nicholas emitiu um muxoxo. Por que a mãe dele fazia essas coisas?

– Ela está muito interessada em seus estudos. Todos estão. Mas sei que você está cansado. A escolha é sua.

– Então eu não sou obrigado a ir?

A mãe abriu seu sorriso mais doce.

– Todos estarão lá.

– É claro que sim – falou Nicholas, deixando transparecer uma boa dose de amargura na voz. – Então eu não tenho escolha.

Parecia que o resto de sua vida seria exatamente assim.

CAPÍTULO 3

Georgiana Bridgerton tinha perdido muitas coisas na vida – um caderno com capa de couro do qual gostava muito, a chave da caixinha de joias da irmã, Billie, dois sapatos esquerdos –, mas a reputação era a primeira vez.

O que vinha se mostrando muito mais difícil de remediar do que a perda do caderno.

Ou dos sapatos.

A caixa de joias ela resolvera com a ajuda de um martelo, e embora a carnificina que se seguira não tivesse deixado ninguém feliz, pelo menos a pulseira de esmeraldas fora recuperada.

Para nunca mais ser emprestada, mas Georgie merecera.

Uma reputação, por sua vez...

Reputações são coisas frágeis, escorregadias, indiferentes a qualquer tentativa de conserto ou recuperação, e de nada adiantava que Georgiana não tivesse NADA A VER com a referida perda. A sociedade era cruel com mulheres que quebravam as regras.

Cruel com as mulheres e ponto final.

Georgie olhou para os seus três gatos ao pé da cama: Judite, Blanche e Gatonildo.

– Não é justo – lamentou.

Judite pôs a pata cinza-prateada no tornozelo de Georgie, o máximo de compaixão que se podia esperar do felino mais avoado dos três.

– Não foi culpa minha.

Não era a primeira vez que dizia essas quatro palavras, nessa mesma ordem.

– Eu nunca disse que me casaria com ele.

Nem essas.

Blanche bocejou.

– Não é? – respondeu Georgie. – E eu nem quebrei as regras. Eu *nunca* quebro as regras.

Era verdade. Talvez por isso Freddie Oakes pensara que ele não teria a menor dificuldade em quebrá-las por ela.

Ela talvez o tivesse encorajado – não a *raptá-la*, veja bem, mas Georgie havia seguido a cartilha da dama bem-nascida que deseja demonstrar interesse por um cavalheiro solteiro. Ela não o desencorajara de forma alguma. Tinham dançado juntos uma vez na *soirée* de lady Manston, depois duas vezes em um salão de baile da região, e quando Georgie fora a Londres com a mãe, Freddie a visitara na Bridgerton House com o maior decoro e respeito.

Nada – *nada* – no comportamento dele dera qualquer indicativo de que era um canalha imoral e falido.

Assim, quando ele sugerira um passeio à livraria Pemberton, ela aceitara com muito gosto. Amava livrarias, e todos sabiam que as melhores ficavam em Londres.

Tinha se vestido bem aos moldes de uma donzela descompromissada para o passeio, e quando Freddie chegara ao coche de sua família, ela entrara com um sorriso no rosto e a aia, Marian, ao seu lado.

Uma dama não entra em uma carruagem fechada com um cavalheiro sem uma acompanhante. E Georgie nunca quebrara esse tipo de regra.

Da livraria eles caminharam até o Pot and Pineapple para tomar chá com bolinhos, tudo uma delícia, e as coisas continuavam correndo conforme o esperado para a programação e para o comportamento de uma jovem de família.

Georgie queria que tudo isso ficasse bem claro, embora ninguém além de seus gatos estivesse ouvindo. Não tinha feito nada de errado.

Nada. De. Errado.

Na hora de se despedir, Freddie foi a elegância e a solicitude em pessoa ao ajudá-la, com todo o cuidado do mundo, a entrar no coche, seguindo logo depois.

O criado dele também estava ali para oferecer a mesma cortesia a Marian, mas, de repente, Freddie empurrou a aia, fechou a porta na cara de ambos, bateu no teto da carruagem e saíram em disparada, em plena Berkeley Street.

Quase atropelaram um cachorro.

Marian ficou à beira da histeria. O criado de Oakes, também. Ele não tinha sido posto a par do plano e ficara morrendo de medo de ser sumariamente demitido *e* de ir para o inferno.

O lacaio e Marian não ficaram sem emprego.

Os Oakes e os Bridgertons sabiam muito bem quem era o culpado pelo escândalo, e ambas as famílias eram liberais o suficiente para não descontar na criadagem.

Mas o resto da sociedade... Minha nossa, como se refestelaram com a notícia. E o consenso imediato foi o de que Georgiana Bridgerton bem que tinha merecido.

"Solteirona arrogante!

"Mocreia!"

"Ela devia agradecer a ele, isso sim. Não é como se houvesse outros homens apenas esperando para pedir a mão dela."

Era tudo mentira, é claro. Ela não era arrogante, tampouco mocreia, e tivera, *sim*, outro pedido de casamento. No entanto, quando decidira não aceitá-lo, optara por não fazer alarde para poupar o cavalheiro do constrangimento.

Porque Georgie era uma pessoa gentil. Ou, pelo menos, tentava ser.

Solteirona era outra coisa que ela devia ser, realmente. Georgie não sabia ao certo onde ficava a fronteira entre o frescor da juventude e o ficar para titia, mas aos 26 anos, decerto já a havia atravessado.

Mas isso tinha sido por vontade própria. Georgie recusara uma temporada social em Londres. Não era tímida (ou, pelo menos, não achava que fosse), mas só de pensar em ter que passar dia e noite com toda aquela gente, ela já se sentia exausta. As histórias da temporada da irmã mais velha também não ajudavam. (Billie *literalmente* pusera fogo em uma jovem, embora não de propósito.)

Tudo bem que Billie acabara se casando com o futuro conde de Manston, mas isso não tivera nada a ver com o desastre abreviado que fora sua temporada em Londres.

George Rokesby morava a menos de cinco quilômetros de Aubrey Hall e eles se conheciam desde pequenos. Se Billie fora capaz de arranjar um marido sem sair do campo, então Georgie também conseguiria.

Não fora nada difícil convencer os pais a aceitarem sua recusa ao *début* tradicional em Londres. Georgie fora uma criança adoentada, sempre com tosse e falta de ar. Sua saúde melhorara muito ao longo dos anos, mas a mãe dela ainda vivia preocupada, e *talvez* Georgie tenha usado essa conjuntura a seu favor uma ou duas vezes. Mas com certeza não tinha mentido. O ar sufocante e poluído de Londres não poderia fazer bem aos pulmões dela. Na verdade, aos pulmões de ninguém.

Mas agora metade da cidade achava que ela não tinha debutado por se considerar boa demais para isso, e a outra metade jurava que Georgie tinha alguma deformidade pavorosa que os pais estavam tentando esconder da sociedade.

Imagine só se uma donzela deixaria de ir a Londres simplesmente porque *não queria* ir a Londres...

– Estou pensando em itálico – disse Georgie em voz alta.

Ela não devia estar em seu juízo perfeito. Esticou-se até os pés da cama e pegou Blanche no colo.

– Estou arruinada? – perguntou ela à gatinha quase toda preta. – Claro que estou, mas o que isso significa?

Blanche deu de ombros. Ou talvez fosse só o jeito como Georgie a estava segurando.

– Desculpe – murmurou ela, devolvendo a gata para a cama.

Ainda assim, fez uma leve pressão nas costas da gatinha, incentivando-a a assumir uma pose de chamego máximo. Blanche aproveitou a deixa e se enrodilhou ao lado dela, ronronando e aceitando o carinho na nuca.

O que Georgie ia fazer?

– Ninguém *nunca* põe a culpa nos homens – resmungou ela em voz alta.

Freddie Oakes não estava confinado no quarto, esforçando-se para não ouvir os soluços mal disfarçados da mãe.

– Aposto que estão fazendo a maior festa para ele no clube. "Muito bem, meu rapaz!"

Indignada, Georgie se pôs a imitar com afetação o sotaque da elite britânica. Ou seja, o sotaque que *ela mesma* tinha, mas era muito fácil transformá-lo em algo grotesco.

– "Engraçou-se com a caçula dos Bridgertons" – zombou ela. – "Muito precavido de sua parte. Dizem que ela tem uma renda de quatrocentas libras por ano."

Ela não tinha.

Uma renda de quatrocentas libras por ano, no caso.

Ninguém tinha. Mas o exagero só deixava a história ainda melhor, e se alguém tinha o direito de fazer drama, esse alguém era ela.

– "Ajuntou-se com ela, foi? Aproveitou-se bem dela? Trombicou com ela?"

Céus, se a mãe a ouvisse naquele momento...

E o que Freddie responderia a uma pergunta dessas?

Será que mentiria? Faria alguma diferença? Mesmo que dissesse que não haviam mantido relações – e não haviam mesmo; Georgie garantira que nada aconteceria ao lhe dar uma boa joelhada nos bagos.

Mas mesmo que ele dissesse a verdade e admitisse que não haviam dormido juntos, não faria diferença. Eles tinham passado dez horas sozinhos em uma carruagem, depois mais três em um quarto antes que ela conseguisse castrá-lo metaforicamente. Por mais que estivesse mais casta do que nunca, todos ainda considerariam que tinha sido deflorada.

– Meu hímen poderia ter um metro de espessura e ainda assim ninguém acreditaria que sou virgem.

Olhou para os gatos.

– É ou não é, senhoras?

Blanche lambeu a pata.

Judite a ignorou.

E Gatonildo...

Bem, Gatonildo era menino.

Mesmo que não fosse, Georgie concluiu que o gato amarelo jamais entenderia.

Mas nem toda a indignação do mundo era capaz de impedir Georgie de voltar a imaginar, repetidas vezes, os salões dos exclusivos clubes para cavalheiros de Londres, onde os futuros líderes da nação decerto ainda estariam fofocando sobre a derrocada dela.

Era horrível, pavoroso, e ela continuava tentando se convencer de que talvez tivessem mudado de assunto, de que eles já teriam voltado aos temas que de fato importavam, como a revolução na França ou as condições das plantações no norte do país. Sabe, coisas com as quais eles *deveriam* estar se ocupando, já que metade deles ainda assumiria uma cadeira na Câmara dos Lordes em algum momento da vida.

Mas não era verdade. Georgie sabia que ainda estariam falando dela.

Estariam escrevendo o nome dela no maldito livro de apostas, casando dinheiro para ver se ela seria a Sra. Oakes até o fim do mês. E ela conhecia aqueles tipinhos imaturos o suficiente para saber que estariam inventando versinhos maldosos e se escangalhando de rir.

"Georgiana, Georgiana. Deu no coche e na cabana."

Céus, que pavoroso! Era bem o tipo de coisa que eles inventariam.

"Era uma vez a Srta. Bridgerton, ela é uma... uma..."

Nada rimava com Bridgerton. Georgie talvez devesse se sentir grata por isso.

"E agora ela vai ter que casar com você-sabe-quem, rá rá."

Georgie estreitou os olhos.

– Nem. Morta.

– Georgiana?

Georgie virou o ouvido para a porta. A mãe vinha pelo corredor. Era só o que faltava.

– Georgiana?

– Estou no meu quarto, mamãe!

– Bem, eu sei, mas...

A mãe bateu à porta.

Georgie ficou se perguntando o que aconteceria se ela não respondesse com o costumeiro "pode entrar".

Bateu de novo.

– Georgiana?

Georgie suspirou.

– Pode entrar.

Ela não costumava ter tanta má vontade. Ou talvez só estivesse sem ânimo mesmo.

Lady Bridgerton entrou, fechando a porta com cuidado. Estava linda como sempre, os ombros envoltos em um xale anil clarinho que realçava ainda mais o azul de seus olhos.

Georgie amava a mãe, de verdade, mas às vezes tudo o que queria era que ela não fosse tão elegante sem fazer o menor esforço.

– Estava falando com quem? – perguntou a mãe.

– Sozinha.

– Ah.

Parecia não ser bem essa a resposta que a mãe esperava, embora Georgie nem sequer imaginasse o que seria preferível – que estivesse em uma discussão acalorada com os gatos, por exemplo?

A mãe abriu um leve sorriso.

– Como está se sentindo?

Não era possível que ela quisesse ouvir uma resposta sincera. Georgie pensou por um instante e então disse:

– Não sei muito bem o que responder.

– Imagino.

Desconfortável, lady Bridgerton sentou-se na beirada da cama. Georgie notou que ela estava com os olhos um pouco inchados. Engoliu em seco. Já fazia quase um mês, mas a mãe ainda chorava todos os dias.

Georgie odiava ser responsável pelo sofrimento da mãe.

Não era culpa dela, mas se sentia responsável.

Sabe-se lá como. Não queria nem pensar nos detalhes.

Georgie pegou Judite e estendeu os braços para a mãe.

– Quer uma gatinha?

Lady Bridgerton hesitou, mas aceitou.

– Quero, por favor.

Enquanto a mãe acariciava Judite, Georgie fazia carinho em Blanche.

– Ajuda, não é? – comentou Georgie.

Distraída, a mãe concordou:

– É mesmo.

Georgie pigarreou.

– A senhora queria conversar alguma coisa em especial comigo?

– Ah, queria, sim. Hoje teremos convidados para o jantar.

Georgie reprimiu um muxoxo. Por muito pouco.

– Jura?

– Por favor, não fale nesse tom.

– E que tom eu deveria usar num momento como este?

A mãe pôs Judite no chão.

– Georgiana, entendo que você está passando por uma situação muito difícil, mas temos que seguir em frente.

– Mas eu não posso seguir em frente amanhã?

– Minha querida. – Lady Bridgerton pegou a mão da filha. – Só vamos ter pessoas da família.

– É que não estou com fome.

– Que diferença isso faz?

Georgie só olhou para a mãe.

– Bem, a hora da refeição não é justamente para comer?

Lady Bridgerton cerrou os lábios e, sob qualquer outra circunstância, Georgie teria dado crédito à mãe por não revirar os olhos.

– Todo mundo virá jantar, Georgiana. Seria muito estranho se você estivesse ausente.

– Defina "todo mundo".

– Todo mundo que ama você.

– Todo mundo que me ama vai entender o motivo da minha falta de interesse em uma refeição. Ruína, mãe. É um inibidor de apetite e tanto.

– Não me venha com essa, Georgiana.

– Essa qual? – exigiu saber Georgie. – Essa de tentar rir da situação? Mas é só isso que eu *posso* fazer.

– Bem, eu não vou tolerar.

– A senhora não precisa tolerar, basta permitir que eu ria da situação. Porque, caso contrário, só me resta chorar.

– Talvez você devesse.

– Chorar? Não. Eu me recuso.

Além do mais, Georgie já tinha chorado. E só o que conseguira com isso fora ficar com os olhos doendo.

– Às vezes a pessoa se sente melhor quando chora.

– Não me senti nem um pouco melhor – retorquiu Georgie. – Agora só o que eu quero fazer é ficar jogada na cama amaldiçoando Freddie Oakes.

– Eu apoio todas as maldições, mas isso não muda o fato de que vamos ter que tomar alguma atitude em algum momento.

– Mas não hoje – resmungou Georgie.

Lady Bridgerton balançou a cabeça.

– Vou ter uma palavrinha com a mãe dele.

– E o que espera conseguir com isso?

– Não sei – admitiu lady Bridgerton. – Mas alguém tem que dizer àquela mulher que o filho dela é uma pessoa horrível.

– Ou ela já sabe, ou não vai acreditar em você. Seja qual for o caso, tudo o que ela vai fazer é dizer para a senhora me forçar a casar com ele.

Aquele era o xis da questão. Georgie sabia que *havia* um jeito de acabar com todos os seus problemas. Era só se casar com o sujeito que arruinara sua vida.

– Pode ter certeza de que nós não forçaremos você a se casar com o Sr. Oakes – declarou lady Bridgerton.

Mas ficou subentendida uma triste insinuação: a de que, caso Georgie decidisse, de fato, se casar com ele, a família não a impediria.

– Presumo que todos só estejam esperando para ver se eu apareço grávida – falou Georgie.

– Georgiana!

– Ah, mamãe, faça-me o favor! A senhora sabe muito bem que essa é a suspeita de todos.

– Mas não a *minha*.

– Porque eu já *disse* que não me deitei com ele. E a senhora acredita em mim. Só que ninguém mais acredita.

– Tenho certeza absoluta de que isso não é verdade.

Georgie apenas encarou a mãe por um longo tempo. Já tinham tido aquela conversa, e ambas sabiam muito bem a verdade que lady Bridgerton se recusava até mesmo a pronunciar. Não importava o que Georgie dissesse. De uma forma ou de outra a sociedade presumiria que Freddie Oakes tinha se aproveitado dela.

E como ela poderia provar que estavam errados? Bem, não poderia. Das duas, uma: ou aparecia com um bebê no colo em nove meses e todos se parabenizariam por estarem certos a respeito da devassidão da Srta. Bridgerton, ou a barriga se manteria intacta e ainda assim todos diriam que isso não provava absolutamente nada. Muitas mulheres passavam pela primeira vez sem engravidar.

Com ou sem bebê, ela ainda estaria arruinada aos olhos da sociedade.

– Bem.

Lady Bridgerton se levantou. Parecia convencida de que não conseguia mais suportar aquela conversa. E, sinceramente, Georgie não a culpava.

– O jantar será servido em duas horas – concluiu ela.

– Eu tenho mesmo que ir?

– Sim, tem. O seu irmão vem, Violet também, e acho que eles vão trazer os meninos para dormir aqui.

– Não posso comer com os pequenos? – perguntou Georgie, meio zombeteira.

Pelo menos Anthony e Benedict não teriam noção de que ela era uma pária. No quarto das crianças, ela era apenas a divertida tia Georgie.

A mãe respondeu com um olhar severíssimo, indicando que ouvira a pergunta e decidira ignorá-la por completo.

– Lorde e lady Manston também vêm, assim como George e Billie. E, se não me engano, Nicholas também está em Kent.

– Nicholas? Ele não deveria estar em Edimburgo?

Lady Bridgerton deu de ombros.

– Só sei o que Helen me disse. Parece que ele voltou mais cedo.

– Que estranho. O período letivo só termina no mês que vem. Se me perguntassem, eu diria que ele deveria estar em plena época de provas.

A mãe lhe lançou um olhar curioso.

– Eu presto atenção nos detalhes, mãe – afirmou Georgie.

Francamente, depois daquele tempo todo, a mãe ainda não sabia isso a respeito dela?

– Em todo o caso – prosseguiu lady Bridgerton, já com a mão na maçaneta –, agora você não pode dar para trás. Ele veio de tão longe...

– Bem, mas não para me ver.

– Georgiana Bridgerton, você não vai ficar mofando dentro deste quarto.

– Não era essa a minha intenção. Eu estava pensando em fazer um queijo--quente com os meninos. Brincar de cabaninha. E levar os gatos.

– Você não vai levar os gatos. O bebê vai ficar espirrando por causa dos pelos.

– Está bem, eu não levo os gatos. – Georgie deu um sorriso magnâni-mo. – Mas nós *vamos* brincar de cabaninha. Nicholas, se quiser, que venha juntar-se a nós. Aposto que ele vai preferir brincar com a gente a jantar com vocês.

– Não seja ridícula.

– Não estou sendo ridícula, mamãe. Nem um pouco.

– Você é uma adulta e vai jantar com os adultos. Ponto final.

Georgie encarou a mãe.

A mãe sustentou o olhar.

Georgie cedeu. Ou talvez tivesse apenas se cansado daquilo.

– Que seja.

– Acho bom.

A mãe abriu a porta, e então disse:

– Vai lhe fazer bem, filha. Você vai ver.

Fez menção de sair quando, de repente, Georgie chamou:

– Mamãe!

Lady Bridgerton deu meia-volta.

Georgie não sabia por que tinha feito isso. O fato era que, apesar daquela conversa enlouquecedora... ela ainda não queria que a mãe fosse embora.

– Você acha que...

Georgie se calou. O que queria saber? Ia adiantar de alguma coisa? Faria alguma diferença?

A mãe aguardou em silêncio. Com paciência.

Quando enfim falou, a voz de Georgie saiu baixinha. Não fraca, apenas baixinha. E exausta.

– Você acha que, em algum lugar do mundo, existe alguma sociedade em que os homens não possam fazer esse tipo de coisa com as mulheres?

A mãe de Georgie ficou imóvel, o que lhe pareceu estranho, já que ela não estava se mexendo antes. Mas, de alguma forma, a imobilidade se espalhou. Do corpo até os olhos e até a própria alma.

– Eu não sei – respondeu ela. – Espero que sim. No mínimo, espero que vá existir algum dia.

– Mas não agora – declarou Georgie, e ambas sabiam que era verdade. – Não aqui.

– Não – concordou a mãe. – Ainda não.

Lady Bridgerton virou-se para ir embora, então se deteve e olhou por cima do ombro.

– Venha jantar, por favor.

Foi um pedido, não uma ordem, e Georgie sentiu nos olhos a ardência atípica de lágrimas. Não eram as lágrimas em si que eram atípicas – Georgie estava bastante acostumada a elas. Ao longo das semanas anteriores, chorara o suficiente para uma vida inteira. De tristeza, de frustração, de raiva.

Mas aquela era a primeira vez em muito tempo que sentia gratidão. Como era bom receber um pedido, não uma ordem, para fazer algo. Como era bom sentir que reconheciam que ela era um ser humano e que merecia o direito de tomar as próprias decisões, ainda que a respeito de algo tão trivial quanto um jantar.

– Está bem. Eu vou – disse ela à mãe.

Talvez até se divertisse.

Assim que a mãe saiu do quarto, ela pegou um dos gatos no colo. A quem estava tentando enganar? Ela não ia se divertir. Mas podia tentar.

CAPÍTULO 4

Georgie tinha se vestido para o jantar e estava no quarto tentando decidir quanto tempo ainda poderia continuar enrolando quando, a julgar pelo som, um pequeno bando de raposas com sapatinhos de couro passou correndo do lado de fora, no corredor.

Sorriu. De verdade. Os sobrinhos tinham chegado.

Ela saiu da cama e abriu a porta bem na hora em que a cunhada estava passando. No mesmo instante, Violet girou nos calcanhares e adentrou o quarto, com Colin, o bebê, no colo.

– Georgie! – exclamou ela. – Que *bom* ver você. Como vai? Quero saber tudo. O que posso fazer para ajudar?

– Eu... bem...

Por onde começar?

– Segure o neném um segundinho, por favor?

Violet empurrou Colin para os braços dela, e Georgie teve que pegá-lo no colo. Na mesma hora, ele começou a chorar.

– Acho que ele está com fome – arriscou Georgie.

– Ele está *sempre* com fome. Sinceramente, não sei mais o que fazer com esse menino. Ontem ele comeu metade da minha empanada de carne.

Chocada, Georgie encarou o sobrinho.

– Ué, mas ele tem dentes?

– Não – respondeu Violet. – Ele mastigou só com as gengivas.

– Que monstrinho – comentou Georgie, com carinho.

Colin deu uma risadinha, decerto convencido de que o comentário fora um elogio.

– Peço desculpas por não ter vindo antes – disse Violet. – Colin estava doente. Não foi nada sério, mas ele estava tossindo muito, e era uma tosse horrível, rouca e pesada. Eu não queria ficar longe dele.

– Não precisa se desculpar, Violet – confortou Georgie. – Seus filhos são sua prioridade.

– Além disso, sua mãe disse que você queria ficar sozinha.

– E queria mesmo.

– Pode ser, mas acho que quatro semanas é tempo demais, não?

– Descobriremos já, já.

Violet abriu um sorriso.

– Os outros já chegaram? Ora, mas que pergunta sem cabimento, eu nem sei quem virá para o jantar.

– Billie e George. Lorde e lady Manston. Talvez Andrew e Poppy?

– Não, eles foram visitar a família dela, em Somerset. Um dos irmãos dela acabou de se casar.

– Ah, eu não sabia.

Violet deu de ombros.

– Não sei qual deles, são tantos. Não consigo nem imaginar como deve ser ter uma família tão grande.

Como se tivessem ouvido uma deixa, Anthony e Benedict passaram correndo no corredor, a babá penando para acompanhá-los.

– Parece que três já são uma trabalheira e tanto – observou Georgie.

Violet se jogou em uma poltrona.

– Você não faz ideia.

Georgie sorriu. Sabia que Violet não trocaria a maternidade por nada. Para falar a verdade, não ficaria nem um pouco surpresa se ela e Edmund decidissem aumentar a família para além dos três meninos. A cunhada vivia exausta, mas sempre feliz. Georgie sentia gosto em vê-la, mesmo se dando conta de que agora era improvável que ela mesma fosse ter aquele tipo de experiência na vida.

Graças a Freddie Oakes.

– Estou tentando decidir com quem ele se parece – falou Georgie, ninando Colin.

O menino ainda não tinha muito cabelo, mas a penugem parecia estar ficando mais escura do que os cachos louro-escuros de Violet.

– Edmund. Todos são a cara dele.

– Discordo. Acho que os três são uma combinação de vocês dois.

– Muito gentil de sua parte, mas sei muito bem a verdade. – Violet deu um suspiro dramático. – Eu não passo de um receptáculo para a família Bridgerton.

Georgie soltou uma bela risada.

– Para ser sincera, na verdade acho que eles se parecem mais entre si.

– É, não é? – Violet sorriu consigo mesma. – Um conjuntinho que combina. Não sei por que, mas fiquei feliz de pensar nisso.

– Eu também. – Georgie afastou Colin alguns centímetros para ver melhor o rosto dele. – Olha só essas bochechas – comentou. – E esses olhos. Acho que ele vai ficar com olhos verdes.

– A cor da gula – murmurou Violet.

– Não era da inveja?

– Também. – Violet estremeceu. – Ele nunca para de comer.

Georgie sorriu e deu um beijinho no nariz de Colin.

– Se não for pedir demais, você pode fazer um favor à tia Georgie e ficar pelo menos um pouquinho ruivo? Só um pouquinho. Não aguento mais ser a única ruiva na família.

– Você é uma loba solitária, Georgie – brincou Violet. – Não dizem que os ruivos têm temperamento explosivo?

– Infelizmente, isso não vale para mim. Sou a serenidade em pessoa.

Violet apontou o dedo para Georgie.

– Pois escreva o que vou dizer, Georgiana Bridgerton. Um dia você vai perder as estribeiras e, quando isso acontecer, eu é que não quero estar perto.

– Nem para ver?

– Só se não for eu o alvo da sua ira.

Georgie voltou a olhar para o bebê.

– Você acha que tem alguma possibilidade de a sua mãe me deixar furiosa a esse ponto? Não? É, eu também acho que não.

Colin arrotou e se lançou à frente, fazendo Georgie quase perder o equilíbrio. Quando conseguiu voltar a segurá-lo direito, ele começou a mordiscar o ombro dela.

– Parece que ele está mesmo com fome – observou.

– Pois é. – Violet fez um aceno vago com a mão.

– Não estou acreditando nisso, Violet – comentou Georgie, rindo. – Quando Anthony era bebê, você o tratava como se ele fosse feito de porcelana.

– É porque eu ainda não sabia de nada. Eles são muito resistentes.

Georgie sorriu para o pequeno sobrinho.

– Bem, eu acho você um bebê adorável – disse, e Colin sorriu de volta. – Ele sorriu para mim! – exclamou Georgie.

– Ah, sim, quando quer, ele sabe ser muito encantador.

– Não sabia que os bebês sorriam tão cedo.

– Anthony não sorria. Benedict... – Violet franziu o cenho. – Nem me lembro. Sou uma péssima mãe por isso?

– Você está longe de ser uma péssima mãe.

– Que gentil. Você é um amor.

Violet estendeu o braço, mas, quando Georgie se aproximou, percebeu que a cunhada não fazia menção de pegar o bebê. Em vez disso, tomou a mão de Georgie e a apertou de leve.

– Você tem uma irmã de sangue – falou Violet –, mas eu não. Então quero que saiba que você é como uma irmã para mim.

– Não, por favor – disse Georgie, fungando. – Você vai me fazer chorar, e eu já gastei todas as minhas lágrimas por hoje.

– Se serve de consolo, não parece nem um pouco que você chorou.

– Isso é porque você não me viu na semana passada.

Georgie virou o rosto para a porta aberta. Pensou ter ouvido vozes.

– Acho que as pessoas estão chegando. É melhor descermos.

Violet se levantou e pegou Colin dos braços de Georgie.

– Edmund me contou um pouco do que aconteceu – disse ela, seguindo para o quarto das crianças. – Nunca o vi tão furioso na vida. Cheguei a achar que ele ia confrontar o Sr. Oakes.

– Edmund jamais faria algo tão estúpido – falou Georgie.

– Você é irmã dele – retrucou Violet – e sua honra foi conspurcada.

– Por favor, não me diga que ele usou a palavra "conspurcada".

– Na verdade, foi uma palavra um pouco mais baixa.

– Esse, sim, é o meu irmão. – Georgie revirou os olhos. – Mas ele precisa aprender que eu sou capaz de me defender. Na verdade, foi isso que fiz.

Os olhos de Violet se iluminaram e ela perguntou, animada:

– O que você fez?

Georgie subiu as saias só o suficiente para imitar o mesmo movimento que usara ao dar uma joelhada em Freddie Oakes.

– E você ainda diz que não tem o temperamento explosivo, hein? – brincou Violet. – *Muito* bem! Ele chorou? Por favor, diga que ele chorou!

Ele tinha, de fato, chorado, mas nem a metade do que Georgie choraria no dia seguinte ao perceber que a única forma de salvar sua reputação seria se casando com o homem que a sequestrara.

– O que aconteceu depois? – perguntou Violet.

Georgie seguiu a cunhada até o quarto das crianças.

– Eu o amarrei.

– Maravilhoso! – exclamou Violet, admirada. Ela deixou Colin com a babá e pôs a cabeça para fora do corredor. – Anthony! Benedict! Agora! – Então, ato contínuo, puxou Georgie de lado. – E o que aconteceu depois? Adoro ver o circo pegar fogo!

– Eu fugi pela janela.

– Engenhosa.

Georgie assentiu com modéstia, embora, na verdade, estivesse bastante orgulhosa de si mesma por ter conseguido escapar.

– Mas não dava para ter saído pela porta?

– Estávamos no térreo, então não foi tão difícil quanto seria de outra forma. Na hospedaria havia uns homens muito mal encarados. Achei melhor não passar pelo salão principal sozinha.

– Muito bem pensado – comentou Violet, aprovando. – Você ficou com muito medo? Eu teria ficado apavorada.

– Fiquei, sim – admitiu Georgie. – Eu não sabia nem onde estava. Só sabia que seguíamos para o norte... ele comentou que estávamos a caminho de Gretna Green e também que já tínhamos horas e horas de viagem.

Gretna Green era um vilarejo escocês, na fronteira com a Inglaterra, onde era permitido se casar sem muitas formalidades.

– Edmund disse que você estava em Bedfordshire?

– Biggleswade – corrigiu Georgie.

– Biggles-quem?

– Um vilarejo na Grande Estrada do Norte. Lá existem várias estalagens para viajantes. – Georgie deu um sorrisinho acanhado. – Agora eu sei disso.

Violet pensou um pouco, depois disse:

– Presumo que você nunca tivesse tido um bom motivo para viajar para o norte até então.

– De fato.

– Mas espere... Edmund contou que você foi salva por lady Danbury. Logo quem!

– Ela estava hospedada na mesma estalagem. Estava indo para o norte, mas desistiu da viagem e voltou comigo para Londres.

Georgie não tinha nem palavras para descrever o alívio que sentira ao ver o rosto familiar de lady Danbury do lado de fora da estalagem. Lady D. era uma das lideranças da alta sociedade e Georgie nunca trocara sequer meia dúzia de palavras com ela. Ainda assim, praticamente se atirara aos pés dela, implorando por ajuda.

– Não sei o que eu teria feito sem ela – admitiu Georgie.

Na verdade, Georgie não queria nem pensar no que poderia ter acontecido sem ela.

– Ela me dá muito medo – comentou Violet.

– Ela dá medo em todo mundo.

– Mas não creio que *ela* tenha sido o motivo pelo qual todos descobriram o ocorrido – observou Violet. – Ela jamais espalharia uma fofoca dessas.

– Não – respondeu Georgie, amarga. – Isso foi artimanha do Sr. Oakes. Assim que voltou a Londres, ele fez questão de contar tudo aos amigos... tirando a parte em que eu, hã, o emasculei.

– E a parte em que o amarrou.

– Isso, essa parte ele também deixou de fora.

Em solidariedade, Violet soltou um muxoxo muito apropriado de repulsa.

– Mas mesmo que ele não tivesse feito isso – prosseguiu Georgie –, ele causou um tremendo alvoroço quando empurrou Marian para fora da carruagem na Berkeley Square. Pelo que entendi, ao cair da noite a cidade inteira já sabia da fofoca.

Violet rangeu os dentes.

– Isso me deixa tão irada que não tenho nem palavras. Sabe, nunca levantei a mão para outro ser humano, pelo menos não de propósito, mas se eu visse esse... esse *desgraçado*...

A babá soltou uma exclamação, horrorizada.

– Eu ia deixá-lo com um belo de um olho roxo – completou Violet.

– Sabe de uma coisa? – falou Georgie, devagar. – Eu acredito em você.

Violet pôs a cabeça para fora do corredor outra vez.

– Anthony! Benedict! – Olhou para a babá, que ainda se recuperava de ouvir a imprecação bastante atípica que Violet soltara. – Sabe onde eles se meteram?

A babá balançou a cabeça.

Violet suspirou.

– Lamento deixá-la nesta situação, mas temos que descer para o jantar.

– Podemos pedir a um dos criados que vá atrás deles – sugeriu Georgie.
– Eles conhecem todos os lugares em que os meninos amam se esconder.

Já no corredor, Violet comentou:

– Preciso dar um aumento a essa babá. – Alisou o vestido, uma peça *à l'anglaise* em tons de azul que combinavam bem com a cor de seus olhos. – Estou apresentável?

– Está linda.

Violet abaixou o queixo, tentando examinar os próprios ombros.

– Tem certeza? Colin golfou no coche. Eu estava de capa, mas...

– Você está perfeita – interrompeu Georgie. – Juro. E mesmo se não estivesse, ninguém ia se importar.

Violet deu um sorriso de gratidão.

– Acho que já perguntei, mas todo mundo já chegou?

– Imagino que sim – disse Georgie.

Mas não tinha certeza. Ouvira ao menos uma carruagem se aproximar da casa, mas não olhara pela janela. Podia haver nela duas ou cinco pessoas.

– Ah, esqueci de contar. Nicholas vem também.

– Nicholas? Por quê? Ele nem deveria estar em Kent. Está bem na época de provas.

– Bem, presumo que não esteja, porque ele está mesmo aqui. Mamãe me disse, hoje mais cedo.

– Que estranho! Espero que não tenha acontecido nada. Edmund recebeu uma carta dele semana passada. Não, talvez um pouco antes... Mesmo assim, ele não tinha mencionado nada.

Descendo as escadas atrás de Violet, Georgie deu de ombros.

– Só sei o que a mamãe me contou. E até onde sei, ela só sabe o que a mãe dele contou a ela.

– Nós somos duas fofoqueiras, isso sim.

– Não *mesmo* – afirmou Georgie. – Nós só amamos as pessoas e nos importamos uns com os outros, portanto temos um interesse muito justificável no paradeiro delas. Não é questão de fofoca.

– Desculpe. – Violet se encolheu. – Deveria mesmo existir uma palavra mais generosa para quem ama as pessoas e, portanto, tem um interesse muito justificável no paradeiro delas.

– Família? – sugeriu Georgie.

Violet soltou uma gargalhada no instante em que entravam na sala de visitas. Com um sorriso intrigado, Edmund entregou a ela o copo de xerez que já tinha servido e perguntou:

– Qual é a graça?

– Você – disse ela. – Na verdade, todos nesta sala.

Ele se virou para Georgie.

– Ela tem razão – concordou Georgie.

– Talvez seja melhor voltar para o lado menos feminino da sala – brincou Edmund.

– Ora essa – retrucou Violet, dando o braço a ele –, vocês já estão em larga vantagem em casa. São quatro contra uma.

Ele beijou a mão dela.

– Você vale por cinco de nós, fácil.

Violet olhou para Georgie.

– Não sei se foi um elogio ou uma crítica.

– Pois eu interpretaria como um elogio, qualquer que tenha sido a intenção dele.

– Boa noite para você também, irmã – ironizou Edmund, dando o sorriso travesso de sempre para Georgie.

Ela respondeu com um beijinho na bochecha dele.

– Retiro o que disse – afirmou ela a Violet. – Falar da intenção de Edmund pressupõe que ele *tivesse* intenções. Mas quase sempre ele só faz as palavras jorrarem pela boca como se... – Ela fez um gesto circular diante da boca, tentando imitar um torvelinho verbal.

– Você é terrível – falou Edmund, em tom de aprovação.

– Aprendi com o melhor.

– Foi mesmo, não é?

– Nicholas já chegou? – perguntou Violet. – Georgie mencionou que ele vinha. Sabe por que ele está em casa?

Edmund balançou a cabeça.

– Billie e George já chegaram, mas disseram que Nicholas vem mais tarde com lorde e lady Manston.

George Rokesby era o futuro conde e, como herdeiro do título, também morava em Crake com Billie e os três filhos. Lorde Manston sempre dizia que Billie era a melhor coisa que acontecera aos Rokesbys desde que a família fora agraciada com o título, em 1672. Billie era muito interessada em agricultura e levava jeito para administração, de modo que a produção de Crake praticamente duplicara desde que ela se casara com George, dez anos antes.

Billie era bem mais velha que Georgiana, e, embora nunca tivessem sido muito próximas, isso vinha mudando à medida que Georgie ficava mais adulta. A diferença de nove anos, abissal quando Georgie tinha 16 anos, já não parecia mais tão escancarada aos 26.

– Vou cumprimentar Billie – disse Georgie, deixando Edmund e Violet, como sempre, com suas trocas de olhares apaixonados.

Às vezes era até difícil estar com os dois. Era sempre *tanto* amor envolvido... Georgie nunca conhecera duas pessoas tão obviamente feitas uma para a outra.

Ela os amava, de verdade, mas naquela noite em particular, o modo de agir do irmão e da cunhada era um lembrete de todas as coisas que ela jamais teria.

Sem marido. (A não ser que ela concordasse em se casar com Freddie Oakes, e isso *não* aconteceria.)

Sem filhos. (Para ter filhos, ela precisava de um marido.)

Sem nada do que vinha depois.

Ainda assim, ela era privilegiada. Tinha uma família que a amava, nunca lhe faltava nada e, sendo sincera, se parasse um segundo que fosse para pensar, logo encontraria outro propósito de vida.

A mãe tinha razão. Ela não podia ficar mofando no quarto para sempre. Talvez tivesse todo o direito de tirar mais algumas semanas para se lamentar, mas, depois disso, precisaria seguir em frente.

– Olá, meu bem – cumprimentou Billie, quando Georgie chegou ao lado dela. – Como você está?

Georgie deu de ombros.

– Sei lá.

– A mamãe está deixando você louca?

– Só um pouquinho.

Billie suspirou. Desde que o escândalo acontecera, ela fizera várias visitas, muitas das quais com o único intuito de distrair a mãe para que não sufocasse Georgie de preocupação.

– Ela só quer o seu bem.

– Eu sei. Isso é o que torna a situação mais suportável.

Billie tomou a mão dela e a apertou.

– Alguma notícia do Sr. Oakes?

– Não – respondeu Georgie, com certa preocupação. – Por quê? Ficou sabendo de alguma coisa?

– Nada de mais. Só rumores de que ele ainda está engomando o fraque.

– *Isso* não é nenhuma novidade.

Georgie contraiu os lábios, irritada. Recebera uma carta de Freddie Oakes no dia seguinte ao de sua volta para Kent. Tudo conversa fiada, pura balela, e dava até para ouvir a voz bajuladora dele declarando seu amor e sua devoção eterna. Pelo tom, ele fazia parecer que tinha sido acometido por uma necessidade absoluta de transformá-la em sua esposa.

Conversa fiada. Tudo um monte de conversa fiada. Se quisesse tanto que Georgie se tornasse sua esposa, teria feito a porcaria do pedido.

– Hoje vamos fazer de tudo para distrair você – falou Billie. – Nada como uma turba de Rokesbys e Bridgertons para fazer uma pessoa rir. – Parou para pensar. – Ou chorar. Mas acho que, hoje, vamos de risada mesmo.

– Falando em turba, sabe por que Nicholas voltou para casa?

Billie balançou a cabeça.

– Estive com ele muito rapidamente. Não estava com uma cara boa.

– Ah, Deus. Espero que esteja tudo bem.

– Se não estiver, tenho certeza de que ele vai nos contar tudo quando chegar a hora.

– Quando você ficou tão paciente?

– Aposto que não é nada sério – retrucou Billie. – Duvido que ele esteja indo mal nos estudos... ele é muito inteligente. Mas por que outro motivo ele estaria aqui?

Georgie deu de ombros. Nos últimos anos, quase não vira Nicholas. Mas já que a família era, de fato, um grupo de pessoas que se amam e se importam umas com as outras (e portanto possuem um interesse muito justificável no paradeiro dos demais), ela quase sempre sabia da vida dele.

– Acho que chegaram – comentou Billie, olhando por cima do ombro na direção da porta.

– Conde e condessa de Manston – anunciou Thamesly, como se todos já não soubessem quem ainda estava para chegar –, e o Sr. Nicholas Rokesby.

Mas a formalidade logo foi substituída pelo cumprimento jovial de Edmund.

– Rokes! – exclamou ele. – O que diabos você está fazendo aqui em Kent?

Nicholas riu e emitiu um grunhido que não revelava nada. Georgie achou impressionante que Edmund tivesse ficado satisfeito com aquela resposta chocha, mas os dois começaram a conversar como se não houvesse nada pendente.

46

– Viu isso? – perguntou à irmã.

– Viu o quê?

– Ele se esquivou da pergunta e Edmund nem percebeu.

– Ah, mas é claro que percebeu – disse Billie. – Ele só está fingindo que não.

– Por quê?

Billie deu de ombros.

– Sei lá. Talvez não se importe.

– Claro que se importa. Nicholas é o melhor amigo dele.

– Então ele deve estar deixando a conversa para depois. Ora essa, Georgie, por que está tão curiosa?

– Por que você não está?

– Talvez porque eu saiba que você vai descobrir tudo mais cedo ou mais tarde. A gente sabe que ninguém morreu.

– Claro que não – murmurou Georgie, porque o que mais ela poderia ter dito?

Às vezes ela não entendia mesmo a irmã.

– Vou pegar um xerez – disse Billie. – Quer?

– Não, obrigada. Vou cumprimentar Nicholas.

Billie lhe lançou um olhar de advertência, dizendo:

– Não faça um interrogatório.

– Não vou fazer!

Mas ficou claro que Billie não acreditou, pois contraiu os lábios com o dedo indicador em riste enquanto a irmã se afastava. Sentindo-se repreendida por algo que ainda nem tinha feito, Georgie respondeu com uma careta – nada como uma irmã mais velha para aflorar a imaturidade inerente à pessoa –, e é claro que foi bem nesse momento que ela se viu cara a cara com...

– Nicholas! – exclamou.

Embora dizer "exclamou" talvez fosse um exagero otimista, já que o som que ela emitiu não pareceu lá muito humano.

– Georgiana – respondeu ele, fazendo uma mesura educada, porém com alguma reticência no olhar.

– Me desculpe – disse ela à pressas. – Você me deu um susto.

– Perdão. Não tive a intenção.

– É claro que não. Por que teria?

Nicholas ficou sem resposta. E, parafraseando a própria Georgie, por que teria? Pergunta idiota.

– Me desculpe – disse ela. – Vamos tentar outra vez. Que prazer vê-lo.

– Digo o mesmo.

Com certeza, aquela estava sendo a conversa mais constrangedora que já tivera com ele.

Georgie não sabia bem o que pensar. Nunca fora íntima de Nicholas Rokesby, mas eles eram amigos, com certeza, e ela nunca tivera dificuldade de conversar com ele.

– Você está muito bem – elogiou Nicholas.

Ele, por sua vez, parecia cansado. Exausto. Seus olhos tinham o mesmo tom de azul compartilhado por todos os irmãos, mas as olheiras estavam apagando o brilho que costumava haver neles.

Só que isso não era coisa que se dissesse, ainda mais depois de passar quase um ano sem vê-lo. Assim, Georgie foi educada e apenas agradeceu o elogio.

– Hã, obrigada. As últimas semanas foram... – Ah, pelo amor de Deus, ele com certeza já tinha ficado sabendo do ocorrido. – Foram bastante tumultuadas – concluiu ela, enfim.

– É, eu... hã. – Ele pigarreou. – Eu imagino.

Pausa desconfortável. Depois outra. Georgie se perguntou se duas pausas constrangedoras seguidas não seriam, na verdade, *uma* longa pausa constrangedora.

Mas e se fossem separadas por um gesto como um arrastar de pés? Isso seria o bastante para constituir duas pausas isoladas? Sem a menor dúvida ela tinha arrastado os pés.

Inclusive estava arrastando outra vez.

E *agora*, sim, aquela era a pausa mais longa da história.

– Hã...

– É...

– Está gostando da Escócia? – disparou ela.

– Estou, sim – respondeu ele, parecendo aliviado por ouvir uma pergunta tão casual. – Às vezes é muito frio, é claro, embora não nesta época do ano.

– Fica bem ao norte.

– Fica, sim.

Ela esperou que Nicholas fizesse alguma pergunta. Com certeza ele não esperava que *ela* se incumbisse de puxar todos os assuntos bobos, certo? Mas não. Ele só ficou ali parado com uma expressão meio nauseada no rosto, dando olhadinhas ocasionais para os pais.

Estranho.

Lorde e lady Manston estavam conversando com os pais dela, o que não era *nada* estranho. Tirando o fato de que, durante boa parte do tempo, ela podia jurar que lorde Manston estava espiando na direção deles. Quando não era ele, quem espiava era lady Manston.

Na verdade, a situação toda era bastante bizarra.

Ela decidiu fazer uma última tentativa de manter uma conversa educada e dirigiu a Nicholas seu sorriso mais radiante.

– Estou enganada ou você chegou hoje de manhã?

– Cheguei, sim.

– Então que sorte a nossa que você tenha decidido vir jantar conosco.

Ele ergueu as sobrancelhas, só um pouquinho.

Então, em um murmúrio quase inaudível, Georgie perguntou:

– Ou posso presumir que você não teve escolha?

– A menor escolha, não mesmo.

Ele deu um sorriso irônico e Georgie teve a sensação de que aquela era a primeira expressão sincera que cruzava o semblante de Nicholas naquela noite.

– Entendo bem – respondeu ela. – Implorei para que mamãe me deixasse ficar no quarto das crianças e jantar queijo-quente com Anthony e Benedict.

– Eles vão comer queijo-quente? – Ele nem tentou disfarçar a inveja na voz.

– Eles *sempre* comem queijo-quente – respondeu Georgie. – A pergunta que não quer calar é: por que *nós* nunca comemos queijo-quente? Se, afinal, é isso que a gente quer comer de verdade.

Ele coçou o queixo.

– Eu sou um grande apreciador da famosa costeleta de cordeiro da cozinheira de vocês...

Ela chegou mais perto.

– Mas seria muito melhor com queijo-quente como acompanhamento.

Ele sorriu. Pronto, agora sim, concluiu Georgie.

Talvez tivesse apenas imaginado algo estranho no jeito como ele olhava para ela.

Queijo-quente resolvia todos os problemas. Já fazia anos que ela vivia dizendo isso.

CAPÍTULO 5

No fim das contas, queijo-quente *não* resolvia todos os problemas.

Essa era a conclusão à qual Georgie acabara de chegar, pois, deixando o decoro de lado em um raro momento espirituoso, a mãe dela mandara servir queijo-quente junto com a sopa, de modo que todos estavam se deliciando com alegria, comentando como a surpresa tinha sido agradável e reconfortante e se perguntando por que não comiam queijo-quente no jantar com mais frequência.

Deveria ter sido maravilhoso.

Teria sido maravilhoso, se não fosse por...

Georgie olhou de esguelha para a direita.

Ele estava olhando para ela outra vez.

Georgie não conseguia saber o que era mais irritante – a expressão estranha com que Nicholas Rokesby a observava, ou o fato de que ela *percebia* essa expressão estranha.

Porque era *Nicholas.*

Rokesby.

Se havia um cavalheiro que não deveria fazer com que ela se sentisse constrangida e inadequada, esse cavalheiro era Nicholas.

Mas ele não parava de olhar para ela de rabo de olho, e, embora Georgie tivesse pouquíssima experiência com homens, dava para ver que os olhares não eram de admiração.

Esses ela tinha recebido aos montes de Freddie Oakes.

Não que fossem sinceros, mas ainda assim.

Mas Nicholas... Ele a olhava diferente.

Quase como se a avaliasse.

Ou a inspecionasse.

Era absolutamente desconcertante.

– Gostou da sopa? – perguntou ela, de repente.

– O quê?

– A sopa – repetiu Georgie, tentando ser simpática e agradável, mas, a julgar pelo semblante dele, sem sucesso. – Está boa?

– Hum...

Ele olhou para a tigela, perplexo. Pensando bem, Georgie não o culpava, já que a pergunta tinha saído ríspida, mais como uma ordem do que qualquer outra coisa.

– Está deliciosa – respondeu ele, enfim. – Você... você gostou?

A última palavra saiu um pouco mais aguda, como se ele estivesse questionando a própria pergunta.

Georgie só imaginou o que ele deveria estar pensando.

"Será que convém falar com ela? Por que está tão agressiva?"

Ela ficou se perguntando o que Nicholas faria se ela rosnasse para ele.

Já tinham contado a ele que ela estava arruinada? Deviam ter contado; não tinha por que os pais não comentarem a respeito com ele. E lorde e lady Manston sabiam, com certeza; não tinha por que os pais *dela* não comentarem nada a respeito com eles.

Então ele sabia. Tinha que saber. E a estava julgando.

Esse era o ponto a que chegara? Ser julgada por Nicholas Rokesby?

Maldição, a raiva que ela estava sentindo...

– Georgie, está tudo bem?

Ela ergueu o rosto. Do outro lado da mesa, Violet a encarava com uma expressão um tanto assustada.

– Está tudo ótimo – respondeu Georgie, com a voz contida. – Esplêndido.

– Bem, nós sabemos muito bem que não é verdade – falou Edmund.

Violet deu uma cotovelada na costela dele. Com força.

– O que foi? – resmungou Edmund. – Ela é minha irmã.

– Por isso mesmo, você deveria zelar mais pelos sentimentos dela – sibilou Violet.

– Estou ótima – disse Georgie entre os dentes.

– Esplêndido – falou lorde Bridgerton, que obviamente perdera a primeira metade da conversa. Voltou-se para a esposa. – Querida, a sopa está uma delícia.

– Está, não é mesmo? – Lady Bridgerton parecia radiante. – A cozinheira me disse que é uma receita nova.

– Não, foi o queijo-quente – falou Edmund, ainda comendo. – Deixou a sopa mais gostosa.

– Não diga isso à cozinheira de jeito nenhum – advertiu a mãe. – E o queijo-quente foi ideia de Georgie.

– Muito bem. – Edmund deu uma piscadela.

– Se quer saber, eu estava me referindo a comer queijo-quente no quarto das crianças com as crianças – informou ela ao irmão.

– Não posso culpá-la, sendo eles esses diabinhos maravilhosos que são.

– Pare com isso – ralhou Violet. – Eles são perfeitos!

– Ela tem memória fraca – murmurou Edmund.

– Foi a *você* que eles puxaram – disse lorde Bridgerton ao filho. – Você bem que mereceu.

– Ter filhos como eu? Eu sei, e o senhor vive dizendo isso há anos.

– São diabinhos terríveis e *perfeitos* – insistiu Violet.

Enquanto a conversa descambava para algo ao mesmo tempo adorável e nauseante, Georgiana voltou-se para Nicholas outra vez. Pela primeira vez, ele não a encarava – nem fingia *não* encará-la.

Mas ele estava... bem, estranho.

– Está tudo bem? – perguntou ela.

Porque talvez a questão não fosse com ela. Talvez ele estivesse doente.

Nicholas soltou um grunhido. Talvez não exatamente, já que não chegou a emitir som algum. Mas fez aquele negócio com o rosto quando os cantos da boca se abrem, sem formar um sorriso.

– Tudo – respondeu ele. – A viagem foi longa.

– Imagino.

Ela estava sendo educada, mas sabia que era mentira. Não era cansaço e isso estava bastante óbvio. Mas qualquer que fosse o motivo pelo qual Nicholas vinha agindo de forma tão estranha, falta de sono é que não era.

Para dizer a verdade, ela estava começando a ficar muito enfastiada com aquele jantar. Se ela conseguia fazer uma expressão alegre e sustentar uma conversa, o que o impedia de fazer o mesmo? Desde a última vez que tinham se visto, a única coisa que mudara fora a ruína social dela.

Não havia cabimento em pensar que ele a condenaria, certo?

Não ele.

⁓

Era como se o mundo inteiro tivesse se inclinado em dez graus e ele fosse a única pessoa a perceber.

À primeira vista, tudo parecia normal. Tudo *estava* normal. Nicholas sabia disso.

Mas não era bem assim.

Ao redor da mesa estavam as pessoas com quem Nicholas tinha mais intimidade no mundo, as pessoas com quem ele mais se sentia à vontade. Os pais, George e Billie, Edmund e Violet, lorde e lady Bridgerton, até mesmo Georgiana. Mesmo assim, ele não conseguia ignorar a sensação de que estava tudo errado.

Se não errado, pelo menos não tão certo.

Não tão certo.

Para um homem da ciência, a frase era a mais ridícula possível.

Mas era isso aí. Havia algo de estranho naquela situação. E ele não sabia como consertá-la.

À volta dele, todos os Rokesbys e Bridgertons agiam com muita naturalidade. Georgie estava sentada à esquerda dele, o que era mais do que normal; não seria capaz de calcular quantas vezes ele se sentara ao lado de Georgiana Bridgerton durante o jantar. Mas sempre que olhava para ela... com muito mais frequência do que o de costume, diga-se de passagem...

Diga-se também de passagem, cada olhar era estranhamente fugaz, pois ele tinha plena ciência de que a estava quase encarando.

Diga-se de passagem de novo – mas que inferno –, ele estava muito desconfortável.

– Nicholas.

Não parava de pensar que...

– Nicholas?

Ele piscou, atônito. Georgie estava falando com ele.

– Desculpe – resmungou.

– Tem certeza de que está se sentindo bem? – perguntou ela. – Você parece...

Estranho?

Irritado?

Estranhamente irritado?

– Você dormiu mal? – perguntou ela.

Irritadamente estranho, talvez.

– Você deve estar exausto – disse ela, e ele ficou se perguntando se algo no próprio olhar fizera com que Georgie presumisse tal coisa, já que ele não tinha respondido a nenhuma das perguntas dela.

Ela inclinou o rosto para o lado, mas ele notou que havia algo diferente no olhar dela. Georgie já não o encarava mais com aquela curiosidade penetrante, graças a Deus.

– Quanto tempo dura a viagem de Edimburgo até aqui? – perguntou ela.

– Depende do trajeto – disse ele, grato por dar uma resposta factual. – Desta vez eu levei dez dias, mas usei a diligência postal para ir de Edimburgo para Londres.

– Parece desconfortável.

– E é mesmo.

Era, sim. Mas não tão desconfortável quanto ele estava naquele momento, conversando com a moça com quem sentia que ia acabar se casando, a despeito de suas profundas reservas.

– Fiquei surpresa ao saber que você viria jantar conosco – comentou ela. – Na verdade, estou surpresa ao vê-lo em Kent. Achei que você só viria no mês que vem.

– Sim, mas... – Nicholas sentiu as bochechas ficarem vermelhas. – Mas meu pai tinha umas questões a resolver.

Ela o encarou com uma expressão curiosa.

– Que exigiam a minha presença – concluiu ele.

– Imagino – murmurou Georgie, sem parecer nem um pouco convencida.

Se estava ficando vermelha, era com tamanha sutileza que Nicholas não poderia detectar à luz de velas.

Ele então se deu conta de que tinha esquecido de fazer uma pergunta muito crucial ao pai: alguém tinha contado a *Georgiana* que ele tinha sido convocado a voltar da Escócia para se casar com ela?

– Espero que tenha valido a pena a sua viagem de volta – disse ela, tranquila. – Se eu estudasse algo tão interessante quanto medicina, não gostaria de ser interrompida por uma mera trivialidade familiar.

Não, então. Ela não sabia.

– Do que você mais gosta? – perguntou Georgie, mergulhando a colher na tão falada sopa. – Digo, na medicina. A mim me parece muito fascinante.

– E é mesmo. – Por um momento, ele parou para pensar na pergunta dela. – Sempre tem alguma coisa nova. Nunca é igual.

Os olhos dela se iluminaram de interesse.

– Mês passado, eu vi Anthony levar pontos. Foi maravilhoso e horrível.

– Ele está se curando bem? Sem infecções?

– Creio que sim – respondeu ela. – Eu o vi antes do jantar e me pareceu muito saudável.

Se tivesse havido alguma complicação, Violet com certeza teria mencionado.

– Depois do jantar, eu posso dar uma olhada no ferimento.

– Imagino que ele já deva estar dormindo. Violet insiste para que se deitem cedo.

– Amanhã então.

Era bom falar de medicina, pois ele se lembrava de que havia uma área na vida dele pela qual as pessoas o admiravam. Um assunto sobre o qual os outros presumiam que ele soubesse do que estava falando.

Em Edimburgo ele era uma pessoa que respondia por si.

Ainda estava aprendendo, é claro. Nicholas duvidada que algum dia saberia mais do que aquilo que havia para aprender.

Suspeitava de que seria assim para sempre. Esse era um dos motivos pelos quais ele tinha tanto entusiasmo pelos estudos.

Olhou na direção da cabeceira da mesa, por trás de Georgie. Violet conversava com Billie, mas logo conseguiu chamar a atenção de Edmund.

– E Anthony, como vai a...

Ele olhou para Georgie.

– Mão – informou ela.

– A mão dele – repetiu Nicholas. – Georgie disse que ele precisou de sutura.

– Já está melhor – respondeu Edmund, sorrindo. – Pelo menos, eu suponho que sim. Ele tentou dar um soco em Benedict ontem e não pareceu nada incomodado ao cerrar o punho.

– Também não pareceu incomodado quando você agarrou tal punho para interromper a briga – disse Violet, abrindo o sorriso característico às mães de menino.

– Posso dar uma olhada amanhã, se vocês quiserem – falou Nicholas. – Às vezes a infecção tem sinais pouco visíveis.

– Tenho plena certeza de que ele está com uma saúde de ferro – respondeu Edmund –, mas seria ótimo se você pudesse.

– É tão bom ter um médico na família – comentou Violet, sem se dirigir a ninguém em particular. – Não acham?

– Teria sido uma bênção quando Billie era pequena – falou lady Bridgerton. – Ela quebrou os dois braços, sabe.

– Não ao mesmo tempo. – Billie estava de bom humor, mas havia uma leve nota de tédio em sua voz, indicando que o assunto já estava muito batido.

– Você já teve que pôr ossos no lugar? – perguntou Georgie.

– Algumas vezes – falou Nicholas. – Todos temos que aprender. Mas medicina não é como filosofia, que basta abrir um livro para poder estudar. Não podemos sair por aí quebrando ossos só para consertá-los.

– Isso, sim, seria maravilhoso e horrível – murmurou Georgie.

Ela estreitou os olhos e Nicholas se permitiu observá-la por um momento. Já fazia tempo que suspeitava haver um quê de travessura em Georgie.

– O que foi? – perguntou ela.

– Perdão?

– Você está olhando para mim.

– Você está do meu lado. Para quem mais eu deveria olhar?

– Sim, mas você estava... – Contraiu os lábios. – Deixa para lá.

Ele sentiu um sorriso nascer, mas esperou o criado recolher as tigelas de sopa para então dizer:

– Você estava tentando entender como se quebra um osso, não estava?

A surpresa transpareceu nos olhos de Georgie, e ela disse:

– Como você...

– Bem, essa foi muito óbvia.

– Sobre o que vocês dois estão conversando aí? – chilreou lady Manston.

Ele lançou um olhar para a mãe. Conhecia bem aquele tom. Já o ouvira muitas vezes, direcionado aos irmãos mais velhos. E também aos irmãos mais velhos de Georgie.

A mãe estava bancando a casamenteira, mas evitando *parecer* que bancava a casamenteira. Em vão, vale dizer, porque era curiosa demais para segurar a língua quando suspeitava que alguma coisa estava acontecendo. Por quê, se ela podia interferir e melhorar tudo?

Nicholas conhecia a mãe. Conhecia muito bem.

– Estamos conversando sobre como quebrar ossos – declarou Georgie.

Nicholas nem tentou esconder um sorriso.

– Ah. – A mãe dele pareceu desapontada, um pouco nauseada até.

– Recomendo cair de uma árvore – interpôs Billie. – Duas vezes, se possível.

– Mas não ao mesmo tempo – falou a mãe dela.

Com certa exasperação, Billie voltou-se para a mãe.

– Como raios se cai da árvore duas vezes ao mesmo tempo?

– Tenho certeza de que você conseguiria descobrir como se faz.

– Quanta fé na sua filha mais velha – falou Billie, secamente. – Fico até honrada.

A conversa ficou mais esparsa enquanto serviam o prato seguinte – costeleta de cordeiro com geleia de hortelã, batata temperada com ervas, vagem francesa na manteiga e terrina de pato com abobrinha.

Georgie voltou-se para Nicholas com camaradagem no olhar e disse:

– Queijo-quente *e* costeleta de cordeiro. Hoje estamos nos superando.

Logo na primeira mordida, Nicholas quase gemeu de prazer.

– Nem me lembro da última vez que comi tão bem.

– A comida escocesa é tão ruim assim?

– Não, mas a comida escocesa da minha estalagem é.

– Ah – murmurou ela. – Sinto muito.

– Achou que eu levava meu próprio cozinheiro quando viajo?

– Não, é claro que não. Achei que... bem, para ser sincera, nunca sequer pensei nisso.

Ele deu de ombros. Teria ficado surpreso com o contrário.

Georgie cortou a carne devagar e então, com a faca, passou um pouco de geleia. Contudo, com um olhar distante, não levou a comida à boca.

– Não consigo parar de pensar nisso – comentou.

Ele mesmo deixou o garfo pender alguns centímetros acima do prato.

– Na privação do meu paladar?

– Lógico que não! Isso é culpa da sua falta de planejamento. Estou pensando nos ossos quebrados.

– Por que não fico surpreso?

– Como você mesmo disse, para aprender medicina não basta abrir um livro.

– Mas, sendo sincero, é isso que fazemos a maior parte do tempo.

– Mas imagino que haja um momento em que o conhecimento prático se faz necessário. E, como você mesmo disse, não se pode sair por aí quebrando o braço das pessoas. É preciso esperar a coisa acontecer.

– De fato, mas o que não falta são pessoas doentes e contundidas.

A explicação não pareceu suficiente para aplacar a impaciência de Georgie.

– Mas e se essas pessoas não tiverem a doença ou o ferimento de que você *precisa*?

– Vou me arrepender de perguntar o que você quis dizer com isso, não vou?

Ela dispensou a pergunta (em grande parte) retórica com um gesto e disse:

– É um dilema ético interessantíssimo.

– Não estou entendendo.

– E se você *pudesse* quebrar os ossos de alguém?

– Georg...

Ela o interrompeu, dizendo:

– Em prol do conhecimento. E se você oferecesse uma compensação em dinheiro?

– Se eu pagasse uma pessoa para me deixar quebrar o braço dela?

Ela assentiu.

– Seria desumano.

– Seria mesmo?

– Definitivamente antiético.

– Bem, isso só se você não tivesse o consentimento da pessoa.

– Não se pode pedir permissão para quebrar o braço de alguém.

– Por quê? – Ela inclinou a cabeça para o lado. – Por exemplo, imagine que eu sou uma viúva. Não tenho muito dinheiro. Na verdade, sou muito pobre. E ainda tenho três filhos para sustentar.

– Parece que a sua vida ficou muito difícil de repente – murmurou Nicholas.

– Posso desenvolver meu argumento, por favor? – repreendeu ela, contrariada.

– Desculpe.

Ela esperou um instante, talvez para se certificar de que Nicholas não voltaria a interromper, e então disse:

– Se um médico me oferecesse um bom dinheiro para quebrar e consertar o meu braço, eu aceitaria.

Nicholas balançou a cabeça.

– Que loucura!

– Será mesmo? Lembre-se de que eu sou uma viúva com três filhos morrendo de fome. Parece que a outra opção seria a prostituição. E, sinceramente, eu preferiria um braço quebrado. – Georgie franziu a testa. – Muito embora um braço quebrado fosse dificultar bastante a tarefa de cuidar dos filhos.

58

Nicholas pousou o garfo.

– Prostituição *não* seria a única opção.

– E agora, do que estão falando? – perguntou a mãe dele.

Lady Manston parecia muito preocupada e Nicholas suspeitou de que ela entreouvira a parte da conversa com a palavra "prostituição".

– Ainda sobre os ossos quebrados! – respondeu Georgie com um sorriso radiante.

Que logo se transformou em um olhar severo quando ela voltou a conversar com ele.

– Para você é muito fácil dizer que prostituição não é a única opção. *Você* tem instrução.

– Você também.

Ela bufou e disse:

– Eu estudei com uma tutora em casa, Nicholas. Nem se compara, e fico sinceramente ofendida que você tenha a pachorra de fazer esse comentário. – Ela espetou a batatinha com tanta força que Nicholas chegou a estremecer de pena da coitada.

– Queira me desculpar – disse ele com toda a educação.

Ela desconsiderou as desculpas dele com o mesmo gesto de desdém, e Nicholas ficou se perguntando se Georgie tinha achado o pedido retórico.

– Em todo o caso, não importa – continuou ela –, porque estamos falando de uma Georgiana hipotética, não da real. A Georgiana hipotética não tem o apoio de uma família amorosa e rica.

– Então está bem. – Ele também sabia brincar. – A Georgiana hipotética tem três filhos. Eles já estão em idade de trabalhar?

– Ainda não têm idade para ganhar um salário decente. A não ser que eu os mande para a mina de carvão, o que, na verdade, parece muito menos saudável do que um osso quebrado.

– Do que *raio* vocês estão falando? – perguntou Edmund.

Ignorando-o, Nicholas prosseguiu:

– Espere aí, então agora você quer que eu quebre os ossos dos seus filhos?

– É lógico que não! Eu prefiro que você quebre o meu.

– É exatamente essa a questão. Você jamais permitiria que eu fizesse tal coisa se não fosse por dinheiro.

– Eu não sou burra.

– Só está desesperada.

De súbito, um lampejo atravessou os olhos dela. Um lampejo de dor. Mágoa.

– A Georgiana *hipotética* está desesperada – enfatizou ele, baixinho.

Ela engoliu em seco e disse:

– Ficar sem alternativa não é nada agradável.

– Não mesmo.

Ele levou o guardanapo aos lábios. Precisava de um instante. Já não sabia mais do que estavam falando – nem sequer sabia se estavam falando da mesma coisa.

– É por isso que não se pode pagar alguém em condições assim – disse ele, em voz baixa. – O consentimento pode vir através da coerção. A Georgiana hipotética diz que concorda em ter um braço quebrado em troca de dinheiro para alimentar os filhos. Mas será mesmo um consentimento real se a única alternativa é vender o próprio corpo?

– Pode-se argumentar que, de um jeito ou de outro, eu estaria vendendo o corpo.

– *Touché!* – admitiu ele.

– Entendo o seu ponto de vista – ponderou Georgie. – Até concordo, em parte. Certas coisas na vida não deveriam estar à venda. Por outro lado, quem sou eu para fazer essa escolha por outra pessoa? Acho fácil condenar uma decisão que eu jamais teria que tomar, mas será que é justo?

– Vocês ainda estão falando de ossos quebrados? – perguntou Violet. – Porque estão com uma cara muito séria...

– Nossa conversa acabou ficando mais filosófica – comentou Georgie.

– E mórbida – acrescentou Nicholas.

– Não podemos permitir isso. – Violet cutucou o marido. – Eles estão precisando de mais vinho, não acha?

– Com certeza.

Edmund meneou o rosto na direção de um criado que na mesma hora veio encher os copos.

Não que houvesse muito o que encher, notou Nicholas. Ele e Georgie quase não haviam tocado na bebida.

– Eu não sei – disse ele, devagar, num tom que só Georgie ouvia – se temos o direito de condenar alguém por fazer uma escolha com a qual nunca vamos nos deparar.

– Exato.

Ele ficou em silêncio por um momento.

– Essa conversa ficou mesmo muito filosófica – comentou ele.

– Então concordamos?

– Só com o fato de que provavelmente não há resposta.

Georgie assentiu.

– Agora vocês estão com cara de quem está prestes a *chorar* – protestou Violet.

Georgiana se recuperou primeiro.

– É o efeito da filosofia.

– Concordo – disse Edmund. – De longe, a matéria de que menos gosto.

– Mas você sempre se saiu bem – argumentou Nicholas.

Edmund sorriu, dizendo:

– Só porque eu consigo convencer qualquer pessoa de quase qualquer coisa.

Todos reviraram os olhos. Era a mais absoluta verdade.

– Nesse aspecto, acho que Colin puxou a você – falou Georgie.

– Ele só tem 4 meses – retrucou Edmund, gargalhando. – Ele ainda nem sabe falar.

– Eu sei, mas é algo no jeito como ele me olha – explicou Georgie. – Escreva o que estou dizendo: esse menino vai encantar todo mundo.

– Isso se ele não explodir antes – retrucou Violet. – Juro por Deus, esse neném não faz nada além de comer. Não pode ser normal.

– E *agora*, do que estão falando? – perguntou lady Manston, muito irritada com a disposição dos lugares à mesa, que a deixava sempre de fora da conversa.

– Bebês explodindo – respondeu Georgie.

Nicholas quase cuspiu comida do outro lado da mesa.

– Ah. – A mãe dele levou a mão ao coração. – Ah, céus!

Ele se pôs a rir.

– Um bebê em especial – continuou Georgie, pontuando a frase com um gesto perfeito de ironia. – Jamais falaríamos de bebês explodindo de maneira *geral*.

Nicholas gargalhou tanto que suas costelas começaram a doer.

E Georgie... Ah, Georgie estava inspiradíssima!

Não ensaiou sequer meio sorriso ao se inclinar para perto dele e murmurar:

– Isso seria de péssimo gosto.

A gargalhada dele ficou afônica, mas chacoalhou o salão inteiro.

– Não estou entendendo qual é a graça – disse lady Manston.

O que fez com que ele quase caísse da cadeira.

– Não seria melhor você se ausentar? – perguntou Georgie, ocultando os lábios com a mão. – Porque sei que quando *eu* rio tanto...

– Estou bem – disse ele, ofegante.

Na verdade, estava mais que bem. Apesar da dor nas costelas, sentia-se *ótimo*.

Georgie se virou para a irmã, que tinha lhe feito uma pergunta – provavelmente querendo saber por que Nicholas estava agindo feito um lunático. Ele aproveitou a oportunidade para recobrar o fôlego e pensar no que tinha acabado de acontecer.

Tinha se esquecido, por um momento, do motivo pelo qual estava ali.

Tinha se esquecido de que o pai ordenara que voltasse para casa e praticamente o forçara a se casar com uma moça que ele conhecia desde criança e pela qual jamais manifestara um pingo de interesse.

Para ser justo, a moça também nunca manifestara nenhum interesse por ele.

Mas não importava. Não ali, gargalhando tanto que começava a achar que deveria ter seguido o conselho de Georgie e se ausentado.

Só conseguia pensar que aquilo não era mau – não era *nada mau*.

Talvez ele pudesse, afinal, se casar com ela. Talvez não a amasse, mas se a vida ao lado de Georgie fosse sempre assim, seria bem melhor do que a vida da maioria das pessoas.

Ela riu de algo que Billie disse e ele voltou o olhar para os lábios dela. Georgie estava de lado, olhando para a irmã, mas seu perfil ainda evidenciava o formato da boca, os lábios fartos, a curva de um sorriso.

Como seria beijá-la?

Nicholas não tinha beijado muitas mulheres. Sempre ficava estudando enquanto seus companheiros farreavam, e o único homem na companhia de quem poderia ter se embebedado e feito escolhas frívolas – Edmund – tinha se casado cedo. Não tivera uma temporada libertina.

Então começara a estudar medicina, e não existia no mundo um modo mais duro e rápido de ensinar comedimento ao homem do que esse.

Ele dissera a Georgie que doenças não faltavam, e era verdade mesmo. Já vira tantos casos de sífilis que quase enlouquecera.

Já vira muitos homens ficando loucos com a doença.

Então não, Nicholas não tivera muitas experiências sexuais.

Mas já pensara a respeito.

Já imaginara todas as decisões ruins que poderia ter tomado, as coisas que poderia ter feito se tivesse conhecido a mulher certa. As mulheres em suas fantasias costumavam não ter nome, às vezes nem sequer tinham rosto, mas às vezes eram reais. Uma dama de trajes elegantes que passava por ele na rua. A mulher que servia mesas no pub.

Mas nunca, *nunca* Georgiana Bridgerton.

Até aquele momento.

CAPÍTULO 6

Crake House, mais tarde, naquela mesma noite

Sob qualquer aspecto, a primeira vez que Nicholas pensou em Georgiana Bridgerton de uma maneira não platônica fora desconcertante.

A ponto de deixá-lo quase desorientado.

Ela era bonita, com certeza – se alguém tivesse perguntado, ele jamais teria dito o contrário –, mas nunca notara como ela realmente era, além do fato de ser... ela.

Georgiana Bridgerton tinha os olhos azuis da mãe e cabelos acobreados que mais ninguém na família tinha. As observações de Nicholas só tinham chegado até aí.

Não, espere. Os dentes eram retinhos. Ele tinha observado isso também. Altura mediana. Não que tivesse, de fato, atentado para isso, mas se alguém perguntasse se ela era alta ou baixa, ele teria sido capaz de fornecer uma estimativa razoável.

Mas então, quando estavam brincando sobre os bebês explodindo, ela fizera aquele meneio com a mão. E por algum motivo inexplicável o olhar dele recaíra sobre o pulso dela.

O *pulso.*

Ele estava rindo, e olhando para ela, e ela fizera aquele movimento... Tinha virado a mão num gesto circular, fluido... um daqueles movimentos que as mulheres faziam e que, por mais ínfimos que fossem, eram muito notáveis e as envolviam em uma fina névoa de beleza. Havia sido um gesto inocente, feito sem segundas intenções, com o simples objetivo de pontuar o senso de humor cáustico de Georgie.

Um gesto simples, inocente.

E, se o pai nunca tivesse sugerido que se casassem, Nicholas jamais teria olhado para a parte interna do pulso de Georgie, quanto mais *daquela* forma.

Mas então ele voltara o olhar para o rosto dela.

E se pegara pensando em beijá-la.

Georgie.

Georgie.

Ele não podia beijar Georgie. Seria como beijar a própria irmã.

– Irmã? Não – disse ele, em meio ao frescor da noite.

Estava no próprio quarto, sentado diante da janela aberta, com o rosto voltado para as estrelas que não estavam visíveis. A noite estava nublada. O ar, turbulento.

Georgie não era irmã dele. Disso ele tinha certeza.

Já quanto ao resto...

Pensar em bebês explodindo parecia bem mais inofensivo que pensar no pulso de Georgie.

Ou, para ser mais preciso, pensar em rir da ideia ridícula de um bebê explodindo parecia mais inofensivo do que pensar em tomar a mão de Georgie e beijar a parte interna de seu pulso.

Ele seria capaz de beijá-la? Nicholas virou a palma da mão para cima – ou melhor, o punho cerrado, uma vez que não estava se sentindo nada relaxado – e encarou a parte interna do próprio pulso.

Ele seria capaz de beijá-la. É claro. Mas será que *queria*?

Seu olhar vagou pela noite. Ele seria capaz de passar dia após dia, ano após ano ao lado dela? Dividindo a mesa e a cama? Na calada da noite, não encontrou nenhum indício de que essa pergunta tivesse uma resposta possível. Contudo, voltou a sentir o peso da passagem do tempo. Não o tique-taque dos segundos, mas das horas, da passagem dos dias que cada vez mais consolidavam a ruína permanente de Georgie.

Não havia como adiar muito mais. O pai dele tinha falado do prazo temível que ela enfrentava, do marido que ela teria que encontrar caso ele não assumisse a responsabilidade. Mas o próprio Nicholas também tinha um prazo a cumprir. Mesmo que retornasse à Escócia no dia seguinte, já teria passado quase um mês fora. Um mês de aulas e provas perdidas. Segundo seus cálculos, poderia continuar em Kent por apenas mais uns dias – uma semana no máximo –, e depois perderia todas as chances de recuperar o tempo perdido nas aulas.

Ele precisava tomar uma decisão.

Olhou para a própria cama. Não a imaginava deitada ali.

A noite pareceu acrescentar: "Ainda não."

O perfil, os lábios, o pulso de Georgie – tudo isso voltava à mente dele. Mas quando tentava se deter naquelas imagens, destacá-las, só conseguia sentir vontade de rir.

Fitando a cama na qual ele ainda não conseguia imaginá-la, Nicholas murmurou:

– Não sei, não.

Sob o sopro fresco de uma brisa, ficou arrepiado.

"Sabe, sim."

Ele se levantou, dando as costas à noite. Hora de dormir.

Para sua própria surpresa, pegou no sono.

No dia seguinte, pela manhã, Nicholas já tinha aceitado a sua sina.

O que fazia a situação parecer muito mais dramática do que era. Contudo, dados os acontecimentos das 24 horas anteriores, ele achava ter conquistado o direito de cometer um exagero ou dois em benefício próprio.

Pediu que o camareiro do irmão fizesse sua barba com capricho, obrigou-se a tomar um café da manhã substancial e mandou um criado ao estábulo para pedir que lhe preparassem um cavalo. Iria a Aubrey Hall para visitar Georgiana e perguntar se ela gostaria de se tornar sua esposa.

Não era culpa dele que Georgie se encontrasse naquela situação tão difícil. Contudo também não era culpa dela, e ele não sabia se conseguiria encarar a própria imagem no espelho se a deixasse sozinha diante de um futuro tão incerto.

Na verdade, era muito simples: ele tinha o poder de resolver tudo. Ele poderia salvá-la. Não era esse o propósito a que dedicava sua vida? Salvar pessoas? Talvez sua benevolência devesse começar em casa. Ou melhor, na majestosa casa a cinco quilômetros dali.

Contudo, ao chegar a Aubrey Hall, um dos criados da família informou que Georgiana não estava; tinha ido dar um passeio com os sobrinhos. Anthony e Benedict Bridgerton não eram lá as testemunhas mais românticas para um pedido de casamento, mas, pensando bem, o pedido também não seria muito romântico.

Ele até poderia tentar, mas ela não se deixaria enganar nem por um instante. Sabia que ele não a amava.

E, diante das circunstâncias, ela entenderia muito bem a motivação por trás do pedido.

Ninguém sabia ao certo para onde Georgie levara os meninos, mas o lago parecia a aposta mais provável. A margem era bem larga, com uma ligeira inclinação, perfeita para um adulto sentar-se confortavelmente em um cobertor enquanto vigiava dois meninos correndo feito guerreiros ensandecidos. Além do mais, por conta da leve inclinação, era quase impossível cair no lago.

Talvez não impossível, mas muitíssimo improvável.

Porque, quando duas crianças encasquetavam que queriam dar um mergulho, nada era impossível. Caso quisessem chegar fundo o suficiente para afundar a cabeça, no entanto, seria necessário um pouco mais de planejamento.

Nicholas se lembrava de que era preciso subir em uma árvore.

Subir na árvore, se arrastar até a pontinha de um tronco paralelo à superfície do lago e então... *tchibum*!

Era assim que se fazia.

Com sorte, Anthony e Benedict ainda não teriam feito essa descoberta.

Ele atravessou o gramado com calma, pensando na tarefa que tinha à frente. Deveria apenas perguntar a Georgie e pronto? Ou seria melhor algum preâmbulo?

Poderia começar dizendo que eles já se conheciam havia tanto tempo, que tinham sido amigos a vida inteira, et cetera, et cetera.

Na verdade, a coisa toda parecia uma tremenda bobagem, e suspeitava de que Georgie também pensaria assim, mas Nicholas sentia que um cavalheiro deveria dizer *alguma coisa* antes de soltar um "quer se casar comigo?".

Precisaria improvisar, concluiu. Não era de seu feitio; sempre fora o tipo de aluno que estudava duas vezes mais que o necessário. Mas, para aquela avaliação, não havia como se preparar. Só havia uma pergunta, e a resposta não seria dele.

Nicholas chutou uma pedra no caminho de terra batida que subia o morro e levava ao lago. Se ela não estivesse ali, não sabia onde poderia procurar. Quando chegou ao cume do morro, no entanto, logo avistou Georgie e os dois sobrinhos à beira do lago.

Tudo indicava que ela havia planejado passar um bom tempo ali, aproveitando a brisa e o solzinho matinal. Georgie estava sentada em uma toalha azul, ao lado de um cesto de comida e de um caderno, provavelmente de desenho. Os meninos gritavam e perseguiam um ao outro, correndo na faixa estreita de terra que separava a grama e a água. Era uma cena encantadora.

– Georgie! – gritou ele, aproximando-se.

Ela se virou para ele e sorriu.

– Ah, Nicholas. Bom dia! O que o traz a estas bandas?

– Na verdade, eu vim ver você.

– Eu? – Apesar da expressão surpresa, Georgie parecia achar graça. – Coitadinho.

– Coitadinho? De mim?

Ela fez um gesto com a cabeça, indicando os meninos que corriam e o cesto de comida.

– Imagino que haja maneiras mais interessantes de passar a manhã.

– Ah, não sei, não. A outra opção envolvia a minha mãe, o bordado dela e seis cores diferentes de linha.

– Seis, é?

– Praticamente um arco-íris.

Ela ergueu um dos cantos da boca em um sorriso torto.

– Nicholas, do fundo do meu coração, nunca me senti tão lisonjeada na vida.

Ele deu uma risada abafada e se sentou ao lado dela, esticando as pernas longas. Agora que tinha enfim decidido se casar com ela, era impressionante como se sentia à vontade. Toda a angústia e aflição da noite anterior haviam evaporado, substituídas pelo que sempre estivera lá – a familiaridade e o conforto de uma amizade da vida inteira.

– Você estava desenhando? – perguntou ele.

– Está mais para torturar o papel – respondeu ela. – Sou péssima desenhista.

Embaixo do caderno havia várias folhas soltas, e Nicholas começou a dar uma olhada nelas. Deteve-se em um pássaro pousado em uma árvore. Era um desenho em grafite, mas mesmo assim dava para ver que era um pintarroxo de peito vermelho, e não apenas por causa do formato do pássaro.

– Gostei desse – falou.

Ela revirou os olhos e comentou:

– Quem fez foi o Benedict.

– Ah. Sinto muito.

Ela fez um gesto com a mão, claramente indiferente à própria falta de talento, e disse:

– É mesmo um bom desenho.

Nicholas avaliou-o com mais cuidado.

– Quantos anos ele tem mesmo?

– Cinco.

Nicholas sentiu as sobrancelhas se erguendo.

– Nossa... impressionante!

– Muito. Ele é bem talentoso, mas acho que no momento está muito mais interessado em torturar o irmão.

Nicholas passou alguns instantes observando os dois. Benedict estava de cabeça para baixo, sendo erguido pelos tornozelos por Anthony.

– Ou tentando não ser torturado – completou Georgie.

– Neste caso, parece que não está se saindo muito bem.

– De fato – concordou Georgie. – Ah, as agruras da vida de caçula...

– Disso você e eu entendemos bem, não é mesmo?

Ela assentiu, distraída, sem tirar os olhos dos sobrinhos – talvez para garantir que não se matassem.

– Na verdade... – começou ela.

Ele esperou, e então disse:

– Na verdade o quê?

Ela olhou para ele com um sorriso irônico.

– Na verdade nós dois somos meio filhos únicos, não?

– Será?

– Quantos anos há de diferença entre você e Andrew? Oito? Nove? Quando você era criança ele chegava a interagir de verdade com você? Ele lhe dava alguma atenção?

Nicholas parou para pensar. Na maior parte do tempo, os irmãos mais velhos o ignoravam. Ou melhor, mal lembravam que ele existia.

– Na verdade, não.

– Se você perguntasse a ele – prosseguiu Georgie –, aposto que diria que sempre se sentiu mais como o irmão mais novo, e menos como um irmão do meio. – Ela olhou Nicholas por cima do ombro. – O que faz de *você* filho único.

Georgie tinha certa razão, mas Nicholas não via como a lógica se aplicava a ela. Era um ano mais nova que Edmund e um ano mais velha que Hugo, ou seja, não dava para ser mais filha do meio do que isso.

– E como isso se aplica a você? – perguntou ele.

– Ah, o meu caso é completamente diferente – disse ela, descartando o comentário com um aceno. – Porque eu sempre fui muito doente. Ninguém nunca me tratou como caçula.

– Isso não é verdade.

– É sim. Minha mãe tinha certeza de que eu ia morrer se ela me deixasse brincar lá fora.

– Parece um pouco de exagero.

– Ora, com certeza, só que era assim que ela pensava, e não havia jeito de convencê-la do contrário. Quer dizer, talvez eu pudesse de fato ir lá fora e *não* morrer, mas isso não prova muita coisa. – Ela levou a mão à testa, protegendo os olhos do sol, e franziu a testa. – Benedict, você está perto demais da água!

Benedict fez beicinho, mas se afastou da margem mesmo assim.

– Falando em não morrer... – murmurou Nicholas.

– Ele até sabe nadar – falou Georgie –, mas não sei se bem ou mal.

Nicholas se lembrou da infância; ele e Edmund sempre nadavam naquele lago, mas Georgie nunca fora com o irmão. Nem uma única vez.

Parando para pensar, ele realmente não lembrava de tê-la visto ao ar livre. Ao menos não durante a infância. Georgie vivia dentro de casa, lendo um livro no sofá, ou sentada no chão brincando de boneca.

– Como anda a sua saúde agora? – perguntou ele.

Ela não parecia nada doente. A tez estava ótima, e também não parecia nem um pouco fraca. Georgie deu de ombros, dizendo:

– Melhorei com o tempo.

– Você foi mesmo tão doente assim? – perguntou Nicholas.

Porque, sinceramente, ele não conseguia se lembrar dos detalhes. Parecia até estranho, considerando o ofício que escolhera, mas não tinha quase nenhuma lembrança a respeito da saúde de Georgie na infância, exceto do fato de que não era boa.

– Você tinha dificuldade para respirar, não é?

Ela assentiu.

– Mas não era o tempo todo. A maior parte do tempo, eu me sentia bem. Mas às vezes... – Ela se virou para ele, encarando-o. – Você já sentiu falta de ar?

– É claro.

– Então imagine essa sensação, só que sem passar. Era isso que acontecia comigo.

– E agora?

– Já nem me lembro mais da última vez que tive uma crise. Faz muitos anos.

– Você já consultou um médico?

Ela apenas o encarou.

Depois, disse:

– Que pergunta mais descabida! Você conhece a minha mãe muito bem. Eu me consultei com tantos médicos que nós poderíamos ter aberto uma faculdade de medicina aqui mesmo, em Kent.

Ele abriu um sorriso torto.

– Isso teria facilitado muito os meus estudos.

– De fato. – Ela deu uma risada. – Na verdade, fico surpresa por seus pais terem deixado você ir para Edimburgo. É tão longe.

– Eles não têm que deixar ou não – respondeu Nicholas, um pouco irritado com o comentário. – Em todo o caso, depois que Edward foi para as colônias e passou aquele tempo desaparecido, Edimburgo é praticamente do lado de casa para os meus pais.

Nicholas estava em Eton quando o irmão serviu no Exército, primeiro como tenente e depois como capitão do 52° regimento. Edward ficara desaparecido durante vários meses e chegara a ser dado como morto antes de enfim voltar para casa.

– É verdade – comentou Georgie. – Presumo que essa seja a maior conveniência de ter irmãos mais velhos. Eles abrem caminho.

Ele franziu a testa.

– Ah, não foi o meu caso – completou ela. – Pare de respirar uma vezinha só na frente dos seus pais e não interessa se sua irmã fraturou os dois braços ou ateou fogo em uma garota. Minha mãe passou três anos seguidos sem tirar os olhos de mim.

Nicholas chegou mais perto. Já tinha ouvido a história muitas vezes, mas nunca com uma dose satisfatória de detalhes.

– A Billie ateou *mesmo* fogo em uma garota?

Georgie soltou uma bela risada.

– Ah, Nicholas, de todas as coisas que falei, eu adoro que seja *esse* o detalhe que desperta o seu interesse.

– Talvez a única coisa capaz de desviar minha atenção da parte em que você disse que ficou sem respirar.

– Ora essa, você é *médico*. Seria de esperar que você se interessasse mais pela parte em que eu fiquei sem respirar.

– Quase médico – corrigiu ele. – Ainda falta um ano para eu me formar. Para ser mais preciso, catorze meses.

Georgie fez que sim, e então começou a contar:

– *Dizem* que ela não fez de propósito, mas havia poucas testemunhas.

– Suspeito, muito suspeito.

Ela deu uma risadinha e prosseguiu:

– Olha, eu até acredito na palavra dela. Aconteceu pouco antes de ela ser apresentada à rainha. Já viu o tipo de vestido que a gente tem que usar ao ser apresentada? Os aros da crinolina chegam até aqui. – Ela esticou os braços o máximo que conseguiu. – Na verdade, a saia é até maior do que isso. Não dá para encostar na barra. Não dá para passar pelas portas sem virar de lado, e mesmo assim quase não conseguimos passar. É ridículo.

– E o que aconteceu? Ela derrubou um candelabro?

Ela fez que sim com a cabeça.

– A menina a quem ela ateou fogo também estava em trajes de Corte. A vela caiu na anágua da garota, que estava tão longe do corpo que ela demorou um pouco a notar que estava pegando fogo.

– Deus do céu!

– Eu daria *tudo* para ter visto a cena.

– Nossa, mas que sede de sangue, hein?

– Você não faz ideia – murmurou ela.

Nicholas ainda estava se perguntando o que Georgie queria dizer com aquilo quando ela se deitou e disse:

– Fique de olho neles por alguns instantes, sim?

– Pretende tirar uma soneca? – perguntou ele, achando certa graça.

– Não – respondeu ela com alegria. – Estou só apreciando o sol no rosto. Mas não conte à minha mãe. Ela tem medo que eu fique com sardas. Ela diz que, por causa do meu cabelo, eu tenho certa propensão.

De fato, os cabelos de Georgie a diferenciavam de todo o resto do clã dos Bridgertons. Todos os outros que ele conhecera – inclusive os primos – tinham cabelos castanhos, algum tom entre o castanho-escuro e o chocolate.

Mas Georgie com certeza era ruiva. Não aquele tom vivo de alaranjado que se sobressaía como um farol, mas mais para uma nuance suave e delicada. Diziam que a cor se chamava louro iluminado. Nicholas gostava do termo, porque parecia bastante preciso; de fato, ao lançar um olhar sorrateiro a Georgie, deliciando-se ao sol, ele admirou os cabelos dela, que pareciam refletir o sol em cada mecha.

Georgie suspirou.

– Eles já se mataram? – perguntou.

Nicholas voltou a vigiar os meninos, o que não deveria ter parado de fazer.

– Ainda não.

– Ótimo. É que ficou tudo muito quieto de repente. – A expressão dela assumiu um quê de suspeita, mesmo que continuasse deitada e de olhos fechados. – Quieto demais.

– Eles só estão correndo de um lado para outro – disse Nicholas. – Talvez seja uma brincadeira, e, se for, estou tentando entender se há regras.

– Com certeza há – respondeu Georgie. – Benedict já tentou me explicar, mas ele estava falando uma língua que não lembrava muito o inglês.

– Aposto que eu conseguiria entender.

Ela abriu um olho só, fitando-o com incredulidade.

– Lembra que eu já fui um garoto de 7 anos? – disse ele.

– Ah, é claro.

– Levante-se – disse ele, cutucando-a. – Veja só o Anthony. Está vendo que ele está com uma pedra na mão?

Georgie sentou-se na mesma hora.

– Anthony Bridgerton, não atire essa pedra no seu irmão! – gritou ela.

Anthony parou na mesma hora, indignado, e fincou as mãos na cintura.

– Eu não ia jogar!

– Ah, posso apostar que ia – disse Georgie a Nicholas.

– Pior que eu acho que não – comentou Nicholas, pensativo. – Veja só, ele está fazendo uma pilha de pedras ali.

Georgie franziu a testa e esticou o pescoço para ver melhor.

– É verdade. O que ele está tentando fazer? Um moledro?

– Não, posso garantir que não é nada tão estruturado. Mas... veja só o Benedict. Ele está tentando roubar as pedras da pilha do Anthony...

– Ah, mas ele não vai conseguir mesmo – interrompeu Georgie. – Anthony é quinze centímetros mais alto do que ele. E forte como um touro.

– Ele vai ter que ser sorrateiro – concordou Nicholas.

Ficaram olhando Benedict atacar o irmão mais velho com a sutileza de um javali.

Georgie deu uma risadinha.

– Por outro lado, força bruta é sempre uma opção.

– Sempre – concordou Nicholas.

Anthony contra-atacou.

– Uma opção nada sensata – continuou Georgie.

– Nem um pouco.

Enquanto os meninos se estapeavam em um torvelinho de braços e pernas, ela franziu a testa.

– Devemos ficar preocupados?

– Na verdade, parece que não vai acabar bem.

– Mas será que vai ter sangue? É só isso que eu quero saber.

Nicholas observou com mais atenção. Os meninos estavam fazendo uma algazarra danada, mas na verdade só estavam rolando um por cima do outro como dois filhotinhos molhados.

– Não por cima da pele.

Ela o encarou, perguntando:

– Como assim?

– Um hematoma é um sangramento, mas por baixo da pele.

– Hum! – Ela pareceu um tanto intrigada. – Faz sentido. Eu nunca tinha pensado nisso.

– Agora você sabe. Nós chamamos de equimose.

– Não podem só chamar de roxo?

– É claro que não. Se fosse assim, qualquer um sairia por aí achando que pode ser médico. – Ele deu um sorriso presunçoso quando ela deu um tapinha em seu ombro, e então continuou: – Mas, respondendo à sua pergunta, *acho* que não vai ter sangue, mas posso estar enganado.

Benedict emitiu um som que não foi bem um ganido. Mas chegou perto. Muito perto.

– Seria tão surpreendente assim? – perguntou Georgie.

Anthony rosnou, e Nicholas começou a reconsiderar.

– De que volume de sangue estamos falando?

– Um que chegasse a preocupar os pais, ou que fizesse de mim uma péssima cuidadora de crianças pequenas.

– É caso de um ou outro?

Ela deu uma leve cotovelada nele. Nicholas sorriu, dizendo:

– Desculpe. Bem, acho que não. Considerando minha vasta experiência como ex-menino de 7 anos.

– Curioso o tom com que você disse isso – comentou ela, virando-se para pegar o cesto de comida.

– Como assim?

– "Minha vasta experiência como ex-menino de 7 anos" – imitou ela. – Que tom mais seco. Como se você *não tivesse* vasta experiência.

– É que já faz *muito* tempo.

Ela balançou a cabeça e pegou um pedaço de queijo.

– Sinceramente, muito me surpreende que vocês todos tenham conseguido chegar à idade adulta.

– A mim também – falou ele, com franqueza. – A mim também. Embora eu precise observar que quem quebrou os dois braços foi a sua irmã.

Ela respondeu com uma risada, e eles passaram algum tempo em um silêncio confortável, comendo queijo.

– Também tenho pão – contou Georgie, olhando dentro da cesta. – E geleia.

– De morango?

– Framboesa.

Ele fungou com desdém.

– Então não me interessa.

Ela apenas o olhou, depois deu uma gargalhada.

– Como assim? – perguntou.

Ele sorriu outra vez, apreciando a sensação de estar sorrindo.

– Sei lá.

Nicholas sentia-se confortável com Georgie. Com ela, podia fazer aquele tipo de comentário meio sem graça e sem o menor sentido. Não precisava ficar pesando cada palavra, com medo de ser julgado ou menosprezado.

Com Georgie, sempre fora assim – exceto pela noite anterior. E, no fim das contas, até aquela situação acabara bem.

Havia sinas muito piores do que se casar com uma amiga.

74

Ele ergueu o corpo, apoiando-se no cotovelo e se esticando para olhar dentro do cesto atrás dela.

– Geleia, por favor. Qualquer sabor está bom.

– Pão? – perguntou ela.

– Lógico, somos seres civilizados.

Ela ergueu a sobrancelha.

– Fale por si.

– Você come geleia pura?

– E você não?

Ele a olhou de soslaio.

– Depende. Framboesa ou morango?

Ela jogou um naco de queijo nele e Nicholas riu, atirando o queijo na boca.

– Está bem, admito. Eu já comi geleia pura, direto do pote. Mas usei uma colher.

– Que rapaz educado. Só falta você me dizer que nunca bebeu uísque no gargalo.

– Nunca bebi mesmo.

– Ah, duvido muito – zombou ela. – Já vi o estado em que você e Edmund voltam de uma noite no pub.

– Lugar onde sempre recorremos a copos e taças para beber – observou ele. – Meu Deus, Georgie, você tem alguma ideia do que acontece com um homem que bebe uma garrafa inteira de uísque?

Ela balançou a cabeça, dizendo:

– Nunca sequer experimentei uísque.

– Não creio – observou ele.

Não era apropriado que uma dama bem-nascida como Georgiana tivesse o hábito de beber uísque, mas ela devia ter experimentado em algum momento da vida.

– Bem, para começar, eu não moro na Escócia – disse ela, passando geleia em uma fatia de pão.

– Ah, sim, isso realmente dificulta as coisas. Seu pai não bebe uísque?

Ela balançou a cabeça, dizendo:

– Não que eu saiba.

Nicholas deu de ombros. Uísque era uma bebida tão comum em Edimburgo que ele vivia esquecendo que não era muito consumida na Inglaterra, ainda mais tão ao sul do país.

– Aqui. – Georgie entregou a ele a fatia de pão, depois começou a preparar um pedaço para si mesma.

– Tia Georgie!

Ambos ergueram o rosto. Anthony se aproximou timidamente, com uma das mãos atrás das costas.

– Tia Georgie, você gosta de minhoca?

– Eu amo minhoca! – Ela deu uma olhadela para Nicholas e disse, baixinho: – Odeio. – E então disse aos meninos: – Quanto mais minhoca, melhor!

Anthony trocou olhares com o irmão mais novo. Ambos pareciam muito desapontados.

– Garota esperta – falou Nicholas.

– Pelo menos, mais esperta que um menino de 7 anos.

Ambos ficaram olhando os garotos que, sorrateiramente, deixaram um punhado de minhocas no chão.

– Uma empreitada e tanto – murmurou Nicholas.

Comendo o pão com geleia, ela disse:

– Você sabe mesmo fazer uma dama se sentir especial.

– Pois é – disse Nicholas, pigarreando. E ali estava a melhor oportunidade que tivera até então. – Por falar nisso...

Ela olhou para ele, achando graça.

– Por falar em fazer com que eu me sinta especial?

– *Não.* – Céus! Ele não tinha nem começado e a coisa já estava desandando.

Com sarcasmo no olhar, ela disse:

– Então você *não* quer me fazer sentir especial.

– Não é isso, Georgie...

– Desculpe. Não consegui resistir. – Com cuidado, ela pôs o pão em um guardanapo. – O que você queria mesmo?

O que ele *queria*? O que ele queria era voltar logo a Edimburgo e retomar a vida. Em vez disso, ali estava ele, prestes a pedir a mão dela em um casamento de conveniência – supostamente.

Porque para ele não era nada conveniente.

Nem para ela, na verdade. De fato, a vida de Georgie não andava nada conveniente nos últimos tempos.

– Desculpe – murmurou ele. – Eu queria conversar com você. Foi por isso que vim.

– Não foi por causa das minhocas? – brincou ela.

Mais do que qualquer outra coisa, esse comentário o deixou ainda mais certo de que ela não fazia a menor ideia do que estava por vir.

Ele pigarreou.

– Chá?

– Hein?

Georgie estava segurando uma garrafa em que ele ainda não tinha reparado.

– Gostaria de um pouco de chá? Já deve estar frio, mas vai ajudar com essa sua garganta.

– Não, obrigado. Não é isso.

Ela deu de ombros e bebeu um gole, dizendo:

– Pode ter certeza de que vai ajudar.

– Certo. Georgie. Eu preciso muito dizer uma coisa.

Ela piscou, surpresa, com uma expressão intrigada no rosto.

– Como eu já comentei, voltei de Edimburgo mais cedo porque meu pai queria conversar um assunto importante comigo. Mas...

– Ah, me desculpe, só um instante – disse ela, virando-se em seguida para o lago e gritando: – Anthony, pare já com isso!

Anthony, que estava radiante sentado em cima da cabeça do irmão, retrucou:

– Mas, tia Georgie...

– Agora!

Por um instante, pareceu que Georgie teria que se levantar para ser obedecida, mas Anthony saiu de cima do irmão e voltou à tarefa de remexer na terra com um graveto. Georgie revirou os olhos, e só depois voltou-se para Nicholas.

– Desculpe. O que você estava dizendo mesmo?

– Não faço a menor ideia – murmurou ele.

Pela expressão em seu rosto, Nicholas estava perplexo *e* achando graça ao mesmo tempo.

– Não – prosseguiu ele. – Não é verdade. Eu sei, sim, o que eu queria dizer. Porém não disse.

– Nicholas...

No fim das contas, embora tivesse dito a si mesmo para não fazer isso, ele acabou deixando as palavras irromperem boca afora.

– Você quer se casar comigo?

CAPÍTULO 7

– Perdão – falou Georgiana, devagar. – Tive a impressão de que você estava me pedindo em casamento.

Nicholas abriu e fechou a boca, como se não entendesse o que Georgie tinha falado.

– E estava mesmo.

Ela piscou, atônita.

– Essa piada não tem graça, Nicholas.

– Não era para ser uma piada. Era para ser um pedido de casamento.

Ela o encarou. Não *parecia* que ele tinha sido acometido por um rompante temporário de insanidade.

– Por quê?

Agora ele é que olhava para Georgie como se *ela* tivesse sido acometida por um rompante temporário de insanidade.

– Por que você acha?

– Ora bolas, sei lá! Em geral um pedido de casamento acontece quando dois seres humanos se apaixonam, mas como eu e você sabemos que *isso* não aconteceu...

Nicholas fungou, impaciente, e disse:

– Para começo de conversa, você sabe muito bem que, na maior parte dos pedidos de casamento, os dois seres humanos em questão não apenas *não estão* apaixonados, como...

– Mas *este* ser humano aqui preferiria estar – interrompeu ela.

– Este *aqui* também – retrucou ele –, mas infelizmente nem sempre a gente consegue o que quer.

Georgie assentiu, devagar. Ela estava começando a entender tudo.

– Então você está me pedindo em casamento por pena.

– Por amizade.

– Por *pena* – corrigiu ela.

Porque era verdade. Só podia ser. Um homem não abandonava os estudos e passava dez dias viajando só por um gesto de amizade.

Ele não a amava. Ambos sabiam muito bem disso.

E então ela se deu conta.

– Ai, meu Deus! – exclamou ela, horrorizada. – Foi por isso que você voltou da Escócia. Foi por minha causa.

Ele não conseguiu encará-la.

– Como você ficou sabendo do ocorrido? – perguntou ela.

Seria possível que a fofoca tivesse chegado à Escócia? Onde ela precisaria ir para escapar disso? América do Norte? Brasil?

– Meu pai – respondeu Nicholas.

– Seu pai? – Georgie engasgou. – Seu pai contou? Como? Por carta? O conde de Manston não tinha nada melhor do que a história da *minha* ruína para mandar em uma carta para o filho caçula?

– Georgie, não foi bem assim. Até ontem, eu nem sabia dos detalhes.

– Então o que foi que ele disse?

Mas ela já sabia. Soube antes mesmo que Nicholas respondesse, e logo ficou claro que ele não responderia. Estava constrangido. O que a deixou furiosa, pois ele não tinha o menor direito de se sentir constrangido. Ele não tinha o direito de ficar vermelho e baixar os olhos depois de deixá-la tão absolutamente mortificada. Se ia humilhá-la daquela forma, então era bom que aquele maldito aguentasse tudo de forma estoica.

Ela não conseguia mais ficar parada. Ficou de pé em um salto e começou a andar de um lado para outro, os braços cruzados com firmeza. Com muita, muita firmeza, como se ela pudesse conter as emoções na base da força bruta.

– Ah, não! Ah, não! – lamentou consigo mesma.

Esse era o ponto a que chegara? Os homens estavam sendo coagidos a casar com ela?

Ou subornados? Nicholas estava sendo *subornado* a pedir a mão dela em casamento? Será que os pais tinham dobrado o dote dela para deixar a oferta mais tentadora?

Eles tinham prometido que não iam forçá-la a se casar com Freddie Oakes, mas também deixaram bem claro que não queriam que ela escolhesse uma vida de solteirona.

Eles teriam pedido a lorde Manston que mandasse Nicholas voltar da universidade? *Todo mundo* sabia? Todos estavam de conluio, pelas costas dela?

– Georgie, pare.

Nicholas pegou-a pelo braço, mas ela logo se desvencilhou, dando uma olhada rápida em direção ao lago para se certificar de que Anthony e Benedict não estavam olhando.

– Não foi nem ideia sua, foi? – sussurrou ela, irada. – Foi seu pai que mandou.

Ele desviou o rosto. Não conseguia olhá-la nos olhos, aquele desgraçado.

– Ele pediu para você se casar comigo – prosseguiu Georgie, cada vez mais horrorizada.

E então ela cobriu o rosto com as mãos. Como se já não bastasse Freddie Oakes tentando arrastá-la para Gretna Green, agora ainda vinha essa... essa...

Essa pena. Isso ela não conseguia suportar.

Porque ela não tinha feito nada de errado.

Não deviam sentir pena dela. Deviam admirá-la, isso sim.

Ela havia sido sequestrada. Sequestrada!

E conseguira fugir.

Como isso não era motivo de comemoração?

Deveriam ter dado festas em sua homenagem. Uma procissão de gala. Vejam a corajosa e intrépida Georgiana Bridgerton! Ela lutou por liberdade, e venceu!

Os *homens* faziam esse tipo de coisa e fundavam *países*.

– Georgie – disse Nicholas, em um tom de voz horrível.

Ele estava bancando o superior, sendo condescendente, como faria qualquer homem que julgasse estar lidando com uma mulher histérica.

– Georgie – repetiu ele.

E nesse momento ela se deu conta de que, na verdade, a voz dele não imprimia nenhum desses sentimentos. Mas ela não se importava. Nicholas Rokesby a conhecia desde sempre. Não queria se casar com ela. O que sentia era *pena*.

Georgie estava cada vez mais estarrecida com os próprios pensamentos. Ela conhecia lorde Manston muito bem, afinal era padrinho dela, melhor amigo de seu pai. Pelo tanto que já o vira interagir com os filhos, ela sabia exatamente como a conversa devia ter transcorrido.

Ele não *pedira* que Nicholas se casasse com ela.

Forçando-se a encará-lo, ela disse:

– O seu pai *mandou* você se casar comigo, não foi?

– Não – disse ele, mas ela logo viu que era mentira.

Nicholas nunca fora bom mentiroso. Ela nem sequer imaginava o que havia passado pela cabeça do padrinho para achar que Nicholas conseguiria mentir ao fazer um pedido de casamento.

Francamente, *pior* pessoa.

– Ele não pode mandar que eu me case com você – prosseguiu Nicholas, rígido. – Sou um homem adulto.

– Ah, muito adulto – caçoou ela. – Foi só o seu pai dar a ordem que você veio correndo como o bom garotinho que é.

– Pare com isso! – vociferou ele.

– Não tente fingir que isso tudo foi ideia sua, Nicholas. Você só está fazendo o trabalho sujo do seu pai.

– Estou é fazendo um favor a você!

Georgie arquejou, ofendida.

– Não foi isso que eu quis dizer – apressou-se em dizer Nicholas.

– Ah, eu sei bem o que você quis dizer.

– Georgie...

– Pois minha resposta é "não" – disse ela, devagar, com fúria contida em cada palavra.

– Você está recusando. – Não foi uma pergunta. Foi mais uma manifestação de incredulidade.

– Claro que estou recusando. Como você pôde pensar que eu aceitaria um pedido desses?

– Era a coisa mais razoável a fazer.

– "Era a coisa mais razoável a fazer" – imitou ela. – Vocês se divertiram muito às minhas custas?

Ele a pegou pelo braço, dizendo:

– Você sabe muito bem que não foi assim.

– Não estou acreditando nisso – disse Georgie, entre os dentes, puxando o braço de volta. – Será que você não entende... não, você não *tem* como entender a sensação de se ver completamente sem escolha.

– Você não sabe do que está falando.

– Ah, então você acha que *isso*... – Ela gesticulou os braços com intensidade. – *Isso aqui* é uma situação sem escolha para você? Só porque mandaram você se casar comigo? Pelo menos você pode se sentir bem consigo mesmo.

– Nossa, estou me sentindo ótimo agora, com certeza – disse Nicholas com sarcasmo.

– Você pode se convencer de que é um herói por salvar a honra da pobre Georgiana Bridgerton, donzela arruinada. Mas eu... eu tenho que escolher entre me casar com um homem que me arruinou ou com um que sente pena de mim.

– Eu não sinto pena de você.

– Mas você não me ama.

Ele parecia prestes a arrancar os cabelos.

– Você quer que eu ame você?

– Não!

– Então pelo amor de Deus, Georgie, qual é o problema? Estou tentando ajudar.

Ela cruzou os braços.

– Eu não sou uma obra de caridade. Não quero ser mais uma das suas *boas ações*.

– Você acha mesmo que eu queria sacrificar a minha vida inteira por sua causa?

Uau, essa doeu.

– Não foi isso que eu quis dizer – disse ele às pressas.

Ela ergueu as sobrancelhas.

– É a segunda vez em cinco minutos que você repete essa frase.

Nicholas xingou baixinho, e Georgie, tinhosa que era, sentiu certo prazer com o desconforto dele.

– Pois então considere-se eximido de qualquer obrigação para com a minha pessoa – disse ela, com a voz arrogante mais irritante que sabia fazer. – Você já pediu. Eu disse não. Você cumpriu seu dever.

– Não é meu dever – atalhou ele. – É minha escolha.

– Melhor ainda. Assim sei que você vai respeitar a *minha*. De dizer "não".

Ele respirou fundo.

– Você não está sendo razoável.

– Eu *não estou sendo razoável*?

Deus tivesse piedade do homem que dissesse que ela não estava sendo razoável. Freddie Oakes falara a mesma coisa no coche a caminho de Gretna Green. Se Georgie ouvisse aquela frase mais uma vez, não sabia se seria capaz de responder por si.

– Fale baixo – sussurrou Nicholas, sinalizando na direção de Anthony e Benedict, que tinham parado de brincar e estavam olhando para eles.

– Acharam mais minhocas? – perguntou Georgie sem fazer ideia de como conseguira soar tão feliz. Ela não soava tão feliz nem quando *estava* feliz.

– Não. – Anthony tinha certo ar de suspeita no semblante. – Não tem graça se ninguém se assusta com elas.

– Então está bem, continuem a brincar.

Georgie estava com um sorriso tão largo que as bochechas chegavam a doer.

– Desse jeito você vai ficar com câimbra no rosto – resmungou Nicholas.

– Cale a boca e sorria, para eles pararem de olhar para nós.

– Você está com cara de maluca.

– É porque eu *realmente* estou à beira da loucura – sibilou ela. – Se eu fosse *você*, estaria muito preocupado.

Ele ergueu as mãos e deu um passo atrás, um gesto tão condescendente que ela quase voou na garganta dele.

– Tia Georgie, por que parece que você vai bater no tio Nicholas?

Georgie se interrompeu bruscamente, notando só naquele momento que estava com o punho cerrado.

– Não vou bater em ninguém – respondeu a Benedict, que a observava com franca curiosidade. – E ele não é seu tio.

– Não? – Benedict olhou para Nicholas, depois para Georgie, e depois outra vez para Nicholas. Abriu a boca, fechou a boca, e então voltou-se outra vez para Georgie com um olhar desconfiado. – Tem certeza?

Georgie levou a mão ao peito.

Só podia estar sendo alvo de uma pegadinha. Nem Shakespeare seria capaz de conceber uma farsa como aquela.

– O papai disse que é para a gente chamar ele de tio Nicholas. – falou Benedict, franzindo o narizinho. – A mamãe mandou obedecer a você hoje, mas eu não posso desobedecer ao meu pai.

– Não, é claro que não – respondeu Georgie.

Enquanto isso, Nicholas estava de lado, tentando (sem muito sucesso) disfarçar o riso.

– Você tem sempre que obedecer ao seu pai – disse ela a Benedict.

Ele assentiu e acrescentou:

– Acho que o tio Nicholas deveria mesmo ser meu tio.

Georgie sentiu vontade de gritar. Até as crianças estavam de complô contra ela.

– O tio George é irmão do tio Nicholas – explicou Benedict –, então ele só pode ser nosso tio também.

– O tio George é seu tio porque ele se casou com a tia Billie – insistiu Georgie. – E a tia Billie é sua tia porque ela é irmã mais velha do seu pai.

Benedict a encarou com seus olhos grandes arregalados.

– Eu sei.

– Só porque o irmão dele é seu tio não significa que ele seja seu tio também.

Benedict passou meio segundo pensando no dilema, e então disse:

– Mas ele *pode* ser meu tio se o irmão dele é.

– É a mesma coisa que acontece no caso dos quadrados e dos retângulos. – Anthony interveio com toda a autoridade que possuía por ser o irmão mais velho. – Todos os quadrados são retângulos, mas nem todos os retângulos são quadrados.

Benedict coçou a cabeça, e disse:

– Mas e os círculos?

– O que tem os círculos? – retrucou Anthony.

Benedict ergueu os olhos para ela.

– Tia Georgie...

Ela balançou a cabeça. Não tinha estrutura para lidar com aquela situação naquele momento. Ninguém deveria ter que lidar com um pedido indesejado de casamento *e* geometria na mesma manhã.

– Você não entende nada de círculos – falou Anthony.

Benedict cruzou os braços.

– Entendo, sim.

– Se entendesse, não estaria perguntando sobre eles, porque eles não têm *nada* a ver com...

– Agora chega – disse Georgie, com autoridade. – Chega!

– Ele vive fazendo isso – protestou Benedict. – Ele acha que só porque é maior que eu...

– Eu sou mesmo maior que você.

– Mas não vai ser para sempre.

– Quem disse?

– *Eu* disse!

– Chega! – gritou Georgie.

– Eu te odeio – sibilou Benedict.

Anthony fez careta para o irmão, retrucando:

– Eu te odeio mais.

– Meninos, parem com isso agora mesmo – repreendeu Nicholas.

84

Por Deus, se eles obedecessem a Nicholas depois de a terem ignorado, Georgie ia começar a gritar.

– Foi ele que começou! – choramingou Benedict.

– Não comecei, não! Você que falou de círculos!

– Mas foi só porque eu queria saber!

– Já chega! – Nicholas pôs a mão no ombro de Benedict, mas ele se desvencilhou.

Nesse momento Georgie voltou a ter fé no Universo. Nicholas também não estava conseguindo lidar com os dois.

Benedict bateu o pé, dizendo:

– Anthony Bridgerton, eu te odeio uma vez a mais do que você. – E então recuou o punho, prestes a dar um soco no irmão.

Georgie deu um salto e se colocou no meio.

– Não! Você não pode bater no seu irmão!

Mas Benedict não tinha a menor intenção de bater no irmão. Em vez disso, a mãozinha dele arremessou uma bola feita da mais pura lama de lago, que ninguém tinha notado até então.

Teria acertado Anthony no rosto se Georgie não tivesse interferido.

Anthony vibrou com a mais pura *schadenfreude* quando a bola atingiu o ombro da tia.

– Ah, Benedict – exclamou ele. – Agora você está *muito* encrencado.

– Benedict! – repreendeu Nicholas.

– Eu não quis acertar a tia Georgie! – lamuriou-se o menino. – Era para acertar o Anthony.

Nicholas pegou-o pelo braço, puxando-o de lado e preparando a bronca.

– O que é tão ruim quanto – disse ele.

Foi então que Georgie....

Bem, para falar a verdade, nem ela mesma entendia onde estava com a cabeça. Jamais saberia o nome do demônio que a movia naquele momento. Ela era como uma marionete nas mãos de um titereiro perverso.

Foi então que Georgie pegou a lama que escorria do ombro e atirou...

Bem no pescoço de Nicholas.

– Era para acertar o Benedict – disse ela, a candura em pessoa.

Então cometeu o erro crasso de olhar para os sobrinhos. Ambos a encaravam com uma expressão idêntica no rosto – olhos arregalados, boca escancarada –, e então Benedict praticamente cantarolou:

– Tia Georgie, você está encrencada!

Nicholas – maldito seja – *teve* que vir salvar o dia.

– Meninos – disse, com calma forçada –, acho que a sua tia não está se sentindo muito bem.

Georgie estava prestes a dizer "Estou ótima", a não ser pelo fato de que não estava ótima coisa nenhuma e que, naquele momento, seu desejo de acabar logo com aquela situação era muito maior do que a vontade de contrariá-lo.

– Voltem para casa, agora – disse Nicholas aos meninos. – Nós vamos logo depois.

– O Benedict vai levar bronca? – perguntou Anthony, esperançoso.

– Ninguém vai levar bronca.

– A tia Georgie vai levar bronca?

– *Para casa!* – repetiu Nicholas, severo.

Os meninos deram uma última olhada nele e se puseram a correr.

Georgie trincou os dentes, dizendo:

– Sinto muito pela lama.

– Não, você não sente – retrucou Nicholas.

– Tem razão. Não sinto, não.

Ele ergueu a sobrancelha.

– Até que você admitiu bem rápido.

– Sou péssima mentirosa.

– Eu também – disse ele, dando de ombros.

– É, eu sei.

Então o canto da boca dele começou a se repuxar e, que Deus o ajudasse, aquela foi a gota d'água.

– Não ria – advertiu ela, quase rosnando.

– Não estou rindo.

Georgie estreitou os olhos.

Nicholas parecia prestes a erguer as mãos, exasperado.

– Não estou rindo! Pode acreditar, não estou achando a menor graça dessa situação.

– Acho melhor você...

– Embora eu esteja *de fato* lisonjeado por ter recebido de Edmund o status de tio.

Ele queria rir. Georgie tinha certeza disso.

86

– Por que você está com essa cara de superioridade? – alfinetou Nicholas. – Estamos os dois sujos de lama.

Ela o encarou por um longo tempo, e então deu meia-volta e saiu pisando forte.

– Georgie, pare! – Em um instante, ele estava ao lado dela. – Ainda não terminamos.

– Eu já terminei – disse ela, trincando os dentes, *farta* daquela conversa. – Pode dizer ao seu pai – prosseguiu, a raiva mais suprimida a cada sílaba – que você cumpriu seu dever e me pediu em casamento. E pode dizer a ele que fui eu que recusei.

– Você não está sendo razoável.

– Você não se *atreva*! – Ela avançou, dedo em riste, e deu um cutucão forte no peito dele. – Não se atreva a me dizer, nunca, que eu não sei o que quero, ouviu bem?

– Não foi isso que eu quis dizer.

– Outra vez! Preste atenção no que está dizendo! Se você tem que falar "não foi isso que eu quis dizer" três vezes em uma única conversa, talvez isso seja sinal da falta de clareza em suas palavras.

– Falta de clareza? – repetiu ele.

Como se não bastasse, agora ele estava tentando corrigi-la! Georgie sentiu vontade de gritar.

– Acho melhor você ir embora – sugeriu ela, tentando manter a voz baixa. Os meninos ainda não tinham se afastado o suficiente.

– Por favor, me deixa apenas...

Georgie estendeu o braço mais ou menos na direção de Crake.

– Vá embora!

Cruzando os braços, Nicholas a encarou.

– Não.

Ela se retraiu.

– O quê?

– Não – repetiu ele. – Eu não vou embora. Não até ter certeza de que você ouviu, de verdade, o que eu tenho a dizer.

– Você. Quer. Se. Casar. Comigo? – Ela foi contando as palavras nos dedos. – Eu ouvi muito bem.

– Georgiana, não seja obtusa assim, está bem? Não combina com você.

Ela chegou para a frente, dizendo:

– Quando você virou um homem tão condescendente?

Ele também se adiantou.

– E quando *você* virou uma mulher tão orgulhosa e de mente fechada?

A essa altura, estavam quase nariz a nariz, e Georgie espumava de raiva ao dizer:

– Um cavalheiro de verdade teria aceitado com elegância a recusa de uma dama.

– Uma dama de verdade ao menos pensaria um pouco antes de rejeitar de cara a proposta – rebateu ele.

– Não foi isso que eu fiz.

– Estou pedindo você em casamento não por pena – explicou ele, tentando conter a ira na voz. – Estou pedindo porque conheço você desde que me entendo por gente. Eu *gosto* de você, Georgiana. Você é uma boa pessoa e não merece passar o resto da vida no ostracismo só por causa das ações torpes de um cretino.

A resposta morreu antes mesmo de deixar os lábios dela. Porque agora *ela* é que se sentia uma cretina.

Uma cretina que não fazia a menor ideia do que dizer.

Ela engoliu em seco, detestando sentir o gosto das lágrimas na garganta. Detestando o fato de Nicholas não entender por que ela ficara tão possessa. E detestando que ele fosse uma boa pessoa e ainda assim não entendesse.

Acima de tudo, Georgie detestava estar naquela posição horrível de ter alguém agindo com gentileza, munido apenas de cuidado e boas intenções, e tudo o que ela queria fazer era gritar.

– Obrigada, Nicholas – disse ela, escolhendo bem as palavras. – Foi muito atencioso de sua parte.

– Atencioso – repetiu ele, e ela teve a sensação de que a palavra genérica e sem graça o deixara sobressaltado.

– Minha resposta continua sendo "não" – disse ela. – Você não precisa me salvar.

Ele se encrespou:

– Não é isso que eu quero.

– Não?

Ele a encarou por um instante antes de, enfim, admitir:

– Bem, é claro que quero, mas é porque é *você*, Georgie.

– Eu?

– Imagino que você saiba que eu jamais faria isso por nenhuma outra pessoa.

Ela sentiu uma comichão no peito. Sentiu vontade de chorar. Sentiu *muita* vontade de chorar e não sabia por quê.

Ou talvez houvesse apenas razões demais para chorar e a perspectiva de ter que avaliar todas fosse justamente o que mais dava vontade de chorar.

Ela balançou a cabeça e disse:

– Alguma vez você parou para pensar que talvez eu não queira passar o resto da vida me sentindo grata a você?

– Não seja ridícula. Não seria assim.

– Não tem como saber.

Ele não chegou a revirar os olhos, mas ela sabia que ele teve muita vontade.

– Não tem como saber do contrário também – retrucou ele.

Georgie respirou fundo para se acalmar.

– Eu não quero ser o motivo do seu sacrifício.

– Que absurdo, Georgie.

– "Não seja ridícula. Que absurdo!" – A voz dela ficou dura e fria como o aço. – Por obséquio, será que pode me dar a honra de não desdenhar de cada palavra que eu digo?

Nicholas apenas a encarou, perplexo.

– Quer saber...

Ele girou nos calcanhares e deu um passo para longe de Georgie, que aguardou sem sequer respirar. Todas as linhas do corpo dele estavam rígidas de frustração – ou talvez de fúria – quando Nicholas voltou a se virar para ela.

– Esqueça tudo o que eu disse – falou ele, irritado. – Esqueça que eu tentei ser um bom amigo. Esqueça que você está numa situação muito complicada e que eu tentei oferecer uma saída.

Ele começou a se afastar. Sem conseguir suportar a ideia de vê-lo ir embora irritado com ela, Georgie chamou:

– Nicholas, não fique assim. Isso não tem a ver com você.

Ele se virou para ela.

– O que você disse? – perguntou ele, com um tom de voz gélido e contido.

Ela fez uma expressão de surpresa.

– Eu disse que isso não tem a ver com você – repetiu ela.

E então ele apenas riu. Riu tanto que Georgie não conseguiu pensar em nada para dizer. Só ficou ali, feito uma boba, se perguntando o que causara aquela reação.

– Sabe – disse ele, enxugando os olhos –, meu pai disse exatamente isso.

Ela balançou a cabeça.

– Não entendi.

– É, ele também não entendeu.

Nicholas se deteve e fez uma mesura; tinham chegado à bifurcação no caminho. Um lado levava à casa e o outro, ao estábulo, que devia ser onde ele tinha deixado a montaria. Então ele disse por fim:

– Tenha um ótimo dia.

Ótimo dia... até parece.

CAPÍTULO 8

Que conversa desastrosa.

Curioso, mas Nicholas não tinha sequer chegado a considerar que ela pudesse dizer "não".

– Um alívio – disse ele consigo mesmo, entregando as rédeas de sua montaria aos cavalariços de Crake. – Eu nem queria me casar com ela mesmo. Mas cumpri o meu dever – anunciou ele ao gramado descampado enquanto marchava na direção da casa. – Eu pedi, ela não aceitou. Não há mais nada a fazer.

Por fim, quando abriu com força a imensa porta da frente de Crake e adentrou o vestíbulo, murmurou:

– Em todo o caso, foi uma ideia horrorosa. Meu Deus, onde eu estava com a cabeça? Georgiana Bridgerton.

– Senhor?

Wheelock havia se materializado do nada, como de costume. Nicholas levou um baita susto.

– Senhor, sinto muito se o assustei.

Nicholas não conseguia nem contar o número de vezes que Wheelock já lhe dissera aquela mesma frase.

Fosse o que fosse, era igual ao número de vezes que o mordomo não fora muito sincero. Wheelock vivia para pregar sustos nos Rokesbys.

– Saí para cavalgar – falou Nicholas.

Não era mentira. Ele tinha, de fato, cavalgado. Até Aubrey Hall, onde pedira uma mulher em casamento, levara uma bola de lama no pescoço e fora rejeitado, não necessariamente nessa ordem.

Wheelock olhou para a manga enlameada de Nicholas, a que ele tinha usado para limpar o pescoço.

– O que foi? – perguntou Nicholas.

Ele ainda se arrependeria por ter falado com Wheelock de forma tão pouco civilizada, mas naquele momento não foi capaz de nada diferente.

Antes de responder, Wheelock fez uma pausa, só o tempo necessário para deixar bem claro qual dos dois era a fina flor da calma e da serenidade.

– Eu só ia perguntar se o senhor gostaria de comer algo – disse o mordomo.

– Sim – respondeu Nicholas. – Não. – Céus, ele não queria ver ninguém. Mas estava mesmo com fome. – Sim, mas, por favor, mande para o meu quarto.

– Como queira, senhor, mas posso informá-lo...

– Agora não, Wheelock.

– Mas creio que o senhor gostaria de saber que...

– Um banho – anunciou Nicholas. – Eu vou subir, tomar um banho, beber uma dose e voltar para a cama.

– Às onze e meia da manhã?

– São onze e meia agora?

– Sim, senhor.

Nicholas fez uma mesura educada e disse:

– Então aqui eu me despeço.

Wheelock olhou para ele como se o rapaz tivesse ficado louco.

O que – ora bolas! – parecia não estar longe da verdade.

Mas Nicholas não conseguiu dar nem três passos antes que o mordomo o chamasse outra vez.

– Menino Nicholas!

Nicholas fez um muxoxo. Talvez tivesse conseguido ignorar se Wheelock tivesse falado "senhor". "Menino Nicholas" o remeteu imediatamente à infância, quando a palavra de Wheelock era a lei. Ele se virou devagar.

– Sim, Sr. Wheelock?

– Seu pai está no escritório dele.

– Meu pai está sempre no escritório dele.

– Uma observação muito astuta, mas desta vez ele está esperando o senhor.

Nicholas grunhiu de novo, desta vez alto e de propósito.

– Devo mandar sua refeição para o escritório de lorde Manston? – perguntou Wheelock.

– Não. Para o meu quarto, por favor. Não vou me demorar o suficiente para comer lá.

Wheelock não pareceu muito convencido, mas aquiesceu mesmo assim.

– Você vai mandar a comida para o escritório do meu pai, não vai? – perguntou Nicholas.

– Para os dois lugares, senhor.

Nicholas já devia saber.

– Céus, Wheelock, sua eficiência me espanta!

O mordomo assentiu com elegância.

– Estou apenas fazendo o meu trabalho, senhor.

Nicholas balançou a cabeça.

– Se os mordomos dominassem o mundo...

– Quem nos dera se essa utopia se tornasse realidade.

Apesar do péssimo humor, Nicholas riu e foi para o escritório de seu pai. A porta estava aberta, então deu apenas uma batida rápida e entrou.

– Ah – falou lorde Manston, erguendo o olhar. – Você voltou.

– Voltei, como pode ver.

O pai dele franziu a testa ao notar o ombro de Nicholas.

– O que aconteceu?

Como não tinha a menor intenção de contar a verdade, ele apenas disse:

– Tem bastante lama lá fora.

O pai dele olhou para a janela. Parecia que ia chover, mas ambos sabiam que não havia caído um pingo a manhã inteira.

– Sei – murmurou ele.

– Eu estava no lago – contou Nicholas.

O pai assentiu, dando um sorriso plácido.

Nicholas deu um suspiro profundo e esperou. Sabia por que tinha sido chamado. "Três, dois, um..."

– E então, já fez o pedido?

Pronto.

– Ainda não.

Não sabia por que tinha mentido. Talvez porque estivesse se sentindo um bobo. Um bobo rejeitado.

– Não foi para isso que você foi a Aubrey Hall?

– Ela estava cuidando de Anthony e Benedict. Definitivamente não era o momento.

– De fato, não. – Lorde Manston deu uma risadinha. – Edmund não estava exagerando quando chamou aqueles dois de diabinhos terríveis. Ela estava arrancando os cabelos com eles?

– Não. Na verdade parecia mantê-los na rédea curta.

Lorde Manston voltou o olhar para a lama.

– Foi um acidente – falou Nicholas.

Ele não tinha a menor intenção de contar ao pai que a própria Georgiana jogara lama nele. Lorde Manston deu de ombros e disse:

– É, acontece.

– De fato. – Nicholas ficou se perguntando quanto tempo ainda conseguiriam sustentar aquela conversa superficial.

– Ela vai ser uma boa mãe.

– Provavelmente – concordou Nicholas.

Para os filhos de outro homem. Não os dele. Porque ela dissera "não".

"Não."

Ponto final. Ele poderia voltar à Escócia no dia seguinte. Ou, pelo menos, assim que conseguisse contar ao pai que Georgie tinha rejeitado o pedido.

Mas, primeiro, um banho.

– Se isso é tudo, pai...

– Meu emissário voltou de Londres com a licença especial de casamento – disse o pai.

Nicholas reprimiu um muxoxo.

– Que eficiente.

– O arcebispo me devia um favor.

– O arcebispo lhe devia um favor – repetiu Nicholas.

Não era sempre que se ouviam aquelas palavras, nessa ordem específica.

– Devia – confirmou o pai. – Agora estamos quites.

Nicholas não conseguia nem imaginar a série de eventos que tinha culminado com o arcebispo da Cantuária devendo um favor ao pai.

– Espero que tão tenha desperdiçado seu favor.

Como resposta, o pai apenas olhou para ele.

– Você mesmo me disse que precisa voltar logo a Edimburgo. Ou por acaso prefere esperar as três semanas dos proclamas?

Nicholas respirou fundo.

– Já ocorreu ao senhor que ela pode não aceitar?

– Não seja ridículo, Nicholas. Georgiana é uma garota sensata. Sabe como o mundo funciona.

– E eu achava que *eu* soubesse como o mundo funciona – resmungou Nicholas.

– O que você disse?

Nicholas balançou a cabeça.

– Nada. – E então falou consigo mesmo: – Absolutamente nada.

Georgie levou exatamente uma hora para se dar conta de que estava sendo uma idiota.

Duas horas depois, decidiu que tinha que tomar uma atitude.

Estava sentada na sala de visitas com a mãe, como era de costume durante a tarde. A mãe bordava. Georgie também, o que, por sua vez, *não* era de costume. Em geral ela mantinha o cesto do lado, pois tinha que dar a impressão de que estava ao menos *pensando* em atacar o bordado, mas acabava passando o tempo todo olhando pela janela ou lendo.

Naquela tarde, contudo, sentiu-se inspirada para bordar. "Agulha para cima, agulha para baixo. Agulha para cima, agulha para baixo."

Não era nada chique ou floral, só uma carreira caprichada de pontos em linha reta. Agulha para cima, agulha para baixo. Era quase algo puramente mecânico. Havia uma curiosa satisfação no movimento repetitivo.

A conversa com Nicholas na noite anterior a lembrara de como tinha ficado impressionada com a sutura que o médico fizera na mão de Anthony. Os pontos eram tão simétricos e precisos quanto um trabalho de bordado em um bastidor. E ainda por cima em um menino que chorava e se remexia.

Ficou imaginando quanto treinamento era necessário para chegar àquele nível de perfeição.

"Agulha para cima, agulha para baixo."

Georgie franziu a testa. Será que ela teria habilidade suficiente para dar pontos em um corte? É provável que não. A linha que fizera estava reta e simétrica, mas tecido não era pele. Se estivesse suturando um corte de verdade, não conseguiria acessar a pele por baixo, como fazia com a musselina esticada no bastidor.

– Meu Deus, Georgiana – comentou a mãe. – Nunca vi você assim, tão concentrada no bordado. O que está fazendo?

Georgie não teve escolha a não ser mostrar à mãe a carreira de pontos caprichados e bem-feitos porém sem formar nada mais interessante que uma linha reta.

A mãe pareceu perplexa, mas Georgie achou que não estava fingindo interesse ao perguntar:

– Hã, e o que era para ser isso?

– Não era para ser nada – admitiu Georgie. – Quis ver quantos pontos idênticos eu conseguia fazer.

– Ah. Bem, é um objetivo admirável. É necessário dominar o básico antes de passar aos aspectos mais criativos do bordado.

Georgie tentou espiar o bastidor da mãe.

– No que a senhora está trabalhando?

– Ah, só umas florzinhas.

Lady Bridgerton mostrou o trabalho. Só umas florzinhas, pois sim. O bordado era praticamente uma obra-prima. Peônias cor-de-rosa, íris roxas, algum tipo de flor branca bem delicada... tudo entremeado de folhas em todos os tons possíveis e imagináveis de verde.

Era óbvio de onde vinha o talento artístico de Benedict.

– Que lindo, mãe! – elogiou Georgie.

Lady Bridgerton ficou corada de alegria.

– Obrigada, meu bem. Passei vários dias desenhando no papel antes de passar para o tecido. Antes eu tentava ser mais espontânea, mas depois entendi que preciso planejar tudo.

– A senhora realmente gosta muito de bordar, não é?

– Gosto. Muito mesmo.

Algo no tom de Lady Bridgerton despertou a curiosidade de Georgie, e então ela comentou:

– O que houve? Parece até que a senhora ficou surpresa.

– Não é bem surpresa... – Lady Bridgerton franziu a testa e ficou com o olhar vago, perdida em pensamentos. – Acho que nunca tinha parado para pensar – disse ela –, mas a criação traz mesmo uma satisfação muito grande.

– Criação?

– E conclusão. E saber que você é a responsável pelas duas coisas.

Georgie olhou a carreira de pontos caprichados que marchavam pelo seu bastidor. Tinha usado linha azul, o primeiro novelo que encontrou em seu cesto, mas agora percebia que gostava daquela cor. Era reconfortante. Infinita. Azul era o oceano e o céu. E a linha que, se ela tirasse o tecido do bastidor, poderia se estender para sempre.

Só o que tinha que fazer era ir além dos limites.

Georgie amava Aubrey Hall. De verdade. E também amava a família. Mas já fazia anos que aquelas paredes vinham se fechando cada vez mais em torno dela, tão lentamente que ela nem sequer se dera conta.

Nicholas lhe oferecera uma alternativa. Talvez não a que era certa para ela, mas tinha sido um erro descartá-la logo de cara. Seu orgulho tinha prevalecido sobre a razão, e ela nem dera a ele a chance de se explicar.

De fato, tinha ficado magoada ao saber que ele só fizera o pedido porque recebera ordens do pai de voltar da Escócia com esse único propósito, mas talvez...

Talvez...

Talvez houvesse algo mais?

Ou talvez não, mas talvez *pudesse* haver?

E mesmo que não houvesse, mesmo que ela não estivesse predestinada a encontrar o amor e a paixão e coraçõezinhos e florezinhas e todas as baboseiras sobre as quais os cupidos e querubins cantavam e...

Ainda assim talvez valesse a pena.

Então como se "desrejeitava" um pedido de casamento?

Georgie se levantou.

– Vou a Crake.

A mãe a encarou, surpresa.

– Agora?

– Agora. – Uma vez tomada a decisão, Georgie estava determinada a seguir em frente. – Vou de carroça.

– É mesmo? De carroça?

– É mais rápido do que ir andando.

– Está com pressa?

– Não.

"Sim." E se Nicholas voltasse à Escócia naquela mesma tarde?

Improvável, é claro, mas ainda assim, possível. E aí ela se sentiria muito idiota.

Olhando pela janela, lady Bridgerton franziu o cenho e advertiu:

– Mas, meu bem, parece que vai chover. Acho prudente não ir.

O que ela realmente queria dizer era: "Você não deveria sair na chuva porque pode pegar um resfriado, ter falta de ar e morrer."

Georgie respondeu com um sorriso tranquilizador.

– Mamãe, já faz mais de um ano desde a minha última crise. Acho que não vou ter mais.

Como lady Bridgerton não disse nada, Georgie já estava até esperando que ela fosse mandar preparar uma tigela de água quente com ervas e ordenar que a filha fizesse uma inalação. Durante a infância, aquele fora um ritual muito frequente – e a mãe dela jurava de pé junto que havia salvado a vida da filha muitas e muitas vezes.

– Mamãe... – chamou Georgie, quando o silêncio começou a ficar opressivo.

Lady Bridgerton suspirou.

– Eu não recomendaria que ninguém saísse de casa com esse tempo – disse. – Pelo menos enquanto houver possibilidade de chuva, como desconfio que há.

Como se tivesse ouvido a deixa, uma gota avantajada atingiu a janela.

As duas Bridgertons ficaram imóveis, fitando o céu, esperando outra gota. Nada.

– Alarme falso – declarou Georgie, alegremente.

– Minha filha, olhe o estado do céu – argumentou lady Bridgerton. – Está cada vez mais pesado. Escreva o que estou lhe dizendo: se você sair agora para Crake, vai pegar uma chuva danada e um resfriado mortal no caminho, ou vai ser forçada a pernoitar por lá.

– Ou vou pegar um resfriado mortal no caminho de volta – brincou Georgie.

– Não é assunto para fazer piada, mocinha.

Ploc.

Outro pingo de chuva.

Ambas se voltaram outra vez para a janela.

– Talvez seja melhor tomar um coche – falou lady Bridgerton, suspirando.

Ploc. Plocplocploc.

Os pingos começaram a açoitar a casa, e as gotinhas esparsas logo deram lugar a agulhas afiadas de chuva.

– Tem certeza de que quer ir *agora*? – insistiu lady Bridgerton.

Georgie fez que sim.

– Não sei nem se Billie estará em casa agora à tarde – argumentou a mãe. – Ela tinha falado em ir aos campos de cevada para... Bem, confesso que não sei. Não estava prestando muita atenção. Mas fiquei com a impressão de que tinha muito o que fazer.

– Vou correr o risco – afirmou Georgie, sem se incomodar em corrigir a suposição de lady Bridgerton de que era a irmã que ela queria ver.

Toc!

Lady Bridgerton olhou pela janela.

– Isso foi *granizo*?

– Ah, Deus – resmungou Georgie.

No instante em que decidira tomar uma atitude, o Universo se voltava contra ela. Não ficaria nada surpresa se começasse a nevar.

Em plena primavera.

Georgie foi até a janela e olhou para fora.

– Acho que vou esperar um pouquinho – disse ela, mordendo o lábio. – Para ver se o tempo melhora.

Mas não melhorou.

O granizo continuou por uma hora inteira.

Depois choveu.

E enfim parou, mas àquela altura já estava escuro.

Se Georgie fosse uma mulher mais intrépida, ou talvez menos sensata, teria avisado à família que iria de coche mesmo assim – jamais permitiriam que ela fosse sozinha de carroça pelas estradas enlameadas às escuras.

Mas isso suscitaria perguntas demais, tanto em sua própria casa quanto em Crake, onde uma visita noturna daquele tipo seria considerada muito pouco ortodoxa.

– Amanhã – afirmou a si mesma.

No dia seguinte, iria a Crake. No dia seguinte, diria a Nicholas que tinha sido tola ao descartar o pedido dele e que, embora ainda não estivesse pronta para dizer "sim", será que ele poderia desconsiderar o "não"?

Jantou no quarto, tramando o que diria a Nicholas quando o visse na manhã seguinte, e depois foi para a cama.

De onde achou que não sairia mais até a manhã seguinte.

Pois achou errado.

CAPÍTULO 9

Confusa e atordoada, Georgie se sentou de repente na cama. Não fazia ideia da hora e ainda não tinha entendido o que a despertara, mas sabia que o coração estava acelerado e... *Tump.*

Por instinto, ela se encolheu contra a cabeceira da cama, ainda desorientada demais para identificar o barulho.

Tump.

Um dos gatos?

Tumptumptump.

Mordeu o lábio inferior.

O último barulho foi diferente, vários "tumps", mas todos juntos. Ou melhor, quase todos. E com certeza não era um gato.

Tumptumptump.

Mais uma vez, o mesmo som, vindo... da janela?

Impossível. Talvez fosse um pássaro? Mas por que um pássaro ficaria batendo várias vezes no mesmíssimo lugar? Não fazia sentido. Tinha que ser uma pessoa, mas não tinha *como* ser uma pessoa. O quarto dela era alto demais. Até havia um parapeito em sua janela e, pensando bem, grande o bastante para acomodar uma pessoa, mas a única forma de chegar ali era escalando o imenso carvalho que ficava bem perto da casa, algo do qual o pai dela vivia reclamando. Ainda assim, seria necessário se arrastar por um galho, deitado.

Um galho que com certeza não aguentaria o peso de uma pessoa em toda a sua extensão.

Mesmo Billie, mestre em correr riscos estúpidos e absurdos em suas aventuras pelas copas das árvores, se furtara a tentar essa proeza.

Além do mais, fazia poucas horas que a chuva havia parado. A árvore estaria molhada e escorregadia.

– Ah, pelo amor de Deus! – exclamou ela.

Georgie saltou da cama. Só podia ser um animal. Um bicho muito inteligente ou um humano muito burro.

Tump. Tump. Tump.

Ou pedrinhas. Alguém estava atirando pedrinhas na janela dela.

Por um segundo, pensou em Nicholas.

Mas Nicholas jamais faria algo tão imbecil. Além do mais, por que ele viria na surdina?

Outra vez. Nicholas não era burro. Esse era um dos motivos pelos quais gostava tanto dele.

Devagar, Georgie se aproximou da janela, embora não soubesse o motivo daquela maldita cautela. Se alguém estava atirando pedrinhas, era porque não conseguia subir, certo? Ainda assim, ela pegou um castiçal só para garantir, abriu as cortinas e espiou lá fora. Estava escuro demais para ver, então ela pôs o castiçal debaixo do braço e usou as duas mãos para subir a janela.

– Quem está aí? – sussurrou.

– Sou eu.

Ela congelou. Conhecia bem aquela voz.

– Georgiana, meu amor, eu vim buscá-la.

Mas que inferno! Era Freddie Oakes.

Judite, que tinha saltado silenciosamente no parapeito, sibilou na mesma hora.

A noite estava nublada, mas os candeeiros da casa emitiam luz suficiente para que ela o visse ali, na árvore, de cócoras na junção do tronco com o galho comprido que se estendia em direção à janela de Georgie.

Ela tentou gritar em um sussurro:

– O que diabo você está fazendo aqui?

– Você não recebeu a minha carta?

– Recebi, sim, e talvez você tenha reparado que não respondi. – Georgie tirou o castiçal de baixo do braço, furiosa, e o brandiu na direção de Freddie. – Vá embora daqui agora!

– Não vou a lugar nenhum sem você.

– Ele endoidou – disse ela consigo mesma. – O homem ficou maluco de vez...

– Maluco por você – cortou ele.

Ele abriu um sorriso, e ela só conseguiu pensar: "É um desperdício dentes tão retos em um sujeitinho tão desagradável." Sob todos os aspectos, Freddie Oakes era um rapaz bonito. O problema era que ele sabia muito bem disso.

– Eu te amo, Georgiana Bridgerton – disse ele, ainda com o sorriso presunçoso. – Quero que você seja minha mulher.

Georgie gemeu de desgosto. Ela não acreditava nem um pouco nisso. E, no fim das contas, achava que nem ele próprio acreditava.

Freddie Oakes não a amava. Só queria que *ela* achasse que ele a amava e se casasse logo com ele. Como podia considerá-la tão ingênua assim? Será que o histórico de sucesso com as mulheres o fazia dar por certo que ela cairia tão fácil?

– O gatinho é seu? – perguntou ele.

– Um deles. – Georgie tirou Judite da janela. A gata cinzenta estava muito raivosa, golpeando o ar com as patinhas. – Ela é uma excelente julgadora de caráter.

O insulto passou despercebido por Freddie.

– Mas e a segunda carta que mandei, você recebeu? – perguntou ele.

– O quê? Não recebi. – Ela deixou Judite no chão do quarto. – E não quero saber de nenhuma carta sua.

– Eu decorei – insistiu ele. – Só para o caso de eu chegar antes dela.

Ó, céus!

– Freddie – disse ela –, você precisa ir embora antes que alguém o veja.

– "Minha caríssima Georgiana" – recitou ele.

– Pare agora mesmo! – Ela olhou para o céu lá em cima. – Acho que vai chover de novo. Não é seguro ficar aí nessa árvore.

– Então você se *importa* comigo, afinal.

– Não, eu só estou dizendo que não é seguro ficar aí nessa árvore – retorquiu ela. – Embora só Deus saiba por que estou me dando ao trabalho de dizer isso. Só um tolo subiria aí com esse tempo horrível, e seria muito bom ter menos tolos na minha vida.

– Assim eu fico magoado, Srta. Bridgerton.

Ela grunhiu.

– Isso não estava na carta – acrescentou ele.

– Não dou a mínima para o que estava na carta!

– Quando eu terminar, você vai dar.

Georgie revirou os olhos. Que Deus lhe desse paciência.

– Aí vai o que eu escrevi. – Ele pigarreou, como quem está prestes a fazer um grande discurso. – "Não tenho palavras para expressar como o teu silêncio parte o meu coração".

– Pare! – implorou ela.

Mas ele continuou, como ela já esperava.

– "Eu expus minha alma na carta anterior. Minhas juras de amor e devoção foram respondidas apenas com o teu silêncio. Só posso imaginar que não tenhas recebido a missiva, pois uma pessoa tão generosa e amável como a senhorita jamais me magoaria com tamanha indiferença."

Ele ergueu os olhos para ela, na expectativa.

– Eu já falei que recebi sua outra carta – disse Georgie.

Isso o desanimou. Mas só por um instante.

– Bem – disse ele, no tom de voz de alguém que decide ignorar a lógica e os fatos –, também escrevi: "Sinto muito se meu ardor assustou a senhorita. Saibas que tudo o que fiz foi por amor. Um amor desesperado que jamais senti por outra dama."

Georgie enterrou o rosto nas mãos.

– Chega, Freddie! Pare logo com isso. A situação está constrangedora para nós dois. Sobretudo para você.

– Mas eu não estou constrangido – disse ele, colocando a mão no peito em um gesto dramático.

O movimento fez com que se desequilibrasse um pouco, e Georgie prendeu a respiração, convencida de que ele ia despencar. Só que, aparentemente, Freddie estava agarrado à árvore com mais firmeza do que ela imaginara, porque suas pernas continuaram bem presas ao galho longo que se estendia na direção de sua janela.

– Pelo amor de Deus, Freddie, desça logo daí antes que você caia e quebre o pescoço!

– Não vou sair daqui até você concordar em se casar comigo.

– Então acho bom você começar a fazer um ninho, porque isso nunca vai acontecer.

– Que diabos, por que você está sendo tão teimosa?

– Porque eu não quero me casar com você! – Georgie se encolheu para o lado quando Judite saltou no parapeito, logo seguida por Blanche. – Sinceramente, Freddie, procure outra mulher, está bem?

– Eu quero *você*.

– Ora, faça-me o favor! Nós dois sabemos que você não me ama.

– Claro que eu...

– *Freddie.*

Judite ficou eriçada de novo. Blanche também, porque ela sempre imitava tudo o que a outra gata fazia. E então Gatonildo também subiu na janela, formando assim uma fileira de gatos hostis, todos encarando Freddie.

– Está bem. – A boca dele se crispou e a postura mudou por completo.

– Eu não amo você. Eu não amo ninguém. Mas preciso muito me casar. E você é a melhor candidata.

– Seria de imaginar que a melhor candidata fosse uma mulher que *quisesse* essa vaga, ao contrário de mim.

– Não posso me dar ao luxo de procurar essa mulher – retorquiu ele. – Preciso me casar já.

– Você está tão endividado assim?

– Demais – admitiu ele. – E você é a combinação perfeita de dote e tolerabilidade.

– É desse jeito que você pretende me persuadir?

– Eu *tentei* do jeito mais agradável – disse ele.

– Sequestro é agradável?

Ele fez um gesto vago com a mão e Georgie, mais uma vez, temeu pela segurança dele. Mas Freddie não escorregou. Lembrou-se então de ter ouvido alguém comentar que ele era um atleta nato e que tinha reinado nos campos de críquete de Eton. Graças aos céus, porque algo lhe dizia que, não fosse por isso, ele já teria se estatelado no chão.

– Eu fiz tudo direitinho – falou ele. – Eu dancei com você. Levei você à livraria.

– E me raptou na saída.

Ele deu de ombros, dizendo:

– Meus credores me obrigaram a apressar o cronograma. Agora, vamos aos fatos. Você não tem escolha, sabe muito bem disso. Sua reputação foi arruinada.

– Por você!

– Então me deixe consertar a situação. Quando nos casarmos o problema todo vai desaparecer. Você terá a proteção do meu nome.

– Eu não quero a proteção do seu nome – sibilou Georgie.

– Você será a Sra. Oakes – insistiu ele.

Georgie ficou em dúvida se ele continuava ignorando-a de propósito ou se estava tão deslumbrado com a grandeza do próprio nome que nem sequer percebera sua resposta.

Inclinando-se ainda mais na direção dela, ele disse:

– Quando o meu pai se for, você será lady Nithercott.

– Prefiro continuar sendo a Srta. Bridgerton.

– A Srta. Bridgerton é uma solteirona. – Ele começou a se arrastar para a ponta do galho, vindo na direção dela. – Você não quer ser uma solteirona.

– Freddie, pare!

Apavorada, Georgie o encarou. Não era possível que ele achasse que o galho aguentaria seu peso até a janela dela.

– Eu vou entrar.

– Não vai, não.

– Aceite o seu destino, Georgiana.

– Eu vou gritar – ameaçou ela.

O cretino chegou a rir!

– Se fosse para gritar, você já teria gritado.

– O único motivo pelo qual eu ainda não gritei é porque meu irmão está em casa, e se ele pegá-lo perto de mim, vai arrancar as suas tripas!

– Então você se importa mesmo comigo.

Deus do céu, mas que homem estúpido!

– Quanto ao meu irmão – sibilou ela –, não tenho a menor intenção de vê-lo preso por matar você. E não preciso de mais escândalos. Você já arruinou a minha vida.

– Então me deixe consertar tudo.

– Seu plano desde o início, presumo.

Ele deu de ombros outra vez, avançando mais alguns centímetros.

– Você não vai conseguir ninguém melhor do que eu.

– Freddie, pare! O galho não vai aguentar.

– Então jogue uma corda para mim.

– Eu não tenho corda! Por que raios você acha que eu teria uma corda aqui no meu quarto? Pelo amor de Deus, desça daí!

Ele não ouviu.

– Nem mais um centímetro – advertiu ela.

Georgie estava começando a temer que o galho *aguentasse* o peso dele. Achou que ele deveria estar bem mais vergado do que de fato estava.

– Você *vai* se casar comigo – rosnou ele.

– Seria mais fácil se eu apenas *desse* o dinheiro a você?

Ele parou no ato.

– Você faria isso?

– Não!

Ela pegou o primeiro objeto que viu – um livro – e atirou nele.

– Ai! – O livro acertou o ombro dele. – Pare com isso!

Ela atirou outro.

– O que diabos você está fazendo?

– Defendendo a minha honra – rosnou ela.

Ela tentou se inclinar para a frente, mas os gatos estavam no caminho. Sem tirar os olhos de Freddie, pegou-os um a um e os colocou no chão.

– Se você tem algum apreço pela sua saúde – advertiu ela –, convém se lembrar do que aconteceu da última vez que tentou me convencer a me casar com você.

– Não seja tão... Jesus Cristo!

Ela atirou um tinteiro na testa dele.

– Tem mais de onde veio esse – ameaçou ela. – Eu escrevo muitas cartas.

Ele retorceu o rosto de um jeito desagradável.

– Estou começando a achar que você não vale mesmo o esforço.

– É o que venho *tentando* dizer – disparou ela.

Ela atirou um segundo tinteiro, mas quando Freddie foi desviar, Gatonildo (que nunca fora o mais esperto do trio) saltou outra vez no parapeito, soltou uma imprecação felina e lançou-se janela afora.

– Gatonildo!

Georgie saltou para a frente, tentando segurá-lo, mas não teve a menor chance: ele já estava em cima de Freddie.

– Tira esse bicho de cima de mim! – ganiu Freddie.

– Gatonildo! Gatonildo, volte! – implorou Georgie, tentando não fazer muito barulho.

Os outros quartos ficavam na face oposta da casa, de modo que, com sorte, talvez ninguém ouvisse o grito de pavor de Freddie.

Freddie segurou o gato, tentando arrancá-lo de cima dele, mas Gatonildo se segurou com força, envolvendo a cabeça de Freddie como um polvo peludo.

Um polvo peludo e com garras.

– Seu maldito...

As palavras de Freddie se transformaram em um resmungo furioso quando, enfim, ele conseguiu agarrar o gato pela barriga.

– Não se atreva a jogar o meu gato daí! – advertiu Georgie.

Mas Freddie já tinha subjugado o bicho. Gatonildo deu um baita grito de gato e Freddie o atirou longe.

A coisa não terminou bem para Freddie.

Já Gatonildo saiu-se muito bem. Por um momento aterrorizante, ele pareceu ficar suspenso no ar, pelos voando para todo lado, mas logo conseguiu cravar as garras em um monte de folhas e se pendurar em um galho, saltando de volta para um lugar seguro.

Freddie, por outro lado, perdeu o equilíbrio. Soltou um uivo de desespero, tateando freneticamente para tentar se segurar, em vão. É claro que escorregou e caiu, batendo em vários galhos antes de chegar ao chão.

– Ai, meu Deus! – exclamou Georgie, com um gritinho horrorizado, debruçando-se na janela. – Ai, meu Deus!

Estava morto? Ela havia matado Freddie? O gato dela havia matado Freddie?

Georgie saiu correndo do quarto e agarrou uma lamparina no aparador do corredor.

– Aimeudeusaimeudeusaimeudeus... – Desceu a escada nessa ladainha até o final, derrapando ao chegar ao vestíbulo e correndo descalça porta afora. – Ai, meu Deus!

Ele estava caído junto à raiz da árvore, imóvel.

A cabeça sangrava e um olho já começava a inchar.

– Sr. Oakes? – chamou ela, hesitante, aproximando-se dele devagar. – Freddie?

Ele gemeu.

Ah, graças a Deus! Não tinha morrido.

Ela chegou mais perto, cutucando o quadril dele com a ponta do pé.

– Sr. Oakes, está me ouvindo?

– Desgraçada!

Então ele *estava* ouvindo.

– O senhor se machucou?

Ele cravou nela um olhar irado. Um olhar irado de um olho só, o que, de certa forma, era ainda pior.

– Hã, *onde* o senhor se machucou? – corrigiu ela.

– No corpo todo, sua idiota!

– Sabe – disse ela –, considerando que isso tudo foi culpa exclusivamente sua e que eu sou a única pessoa por perto com o poder de ir buscar ajuda, no seu lugar eu seria mais educado.

Ela aproximou a lamparina do rosto dele. Havia muito sangue na testa, embora, no escuro, não desse para discernir o que era sangue e o que era tinta. Mas isso não era o pior. O braço esquerdo dele estava dobrado em um ângulo que não era apenas esquisito: era desumano.

Georgie estremeceu.

– Parece que você quebrou o braço.

Ele soltou uma torrente dos piores palavrões, todos direcionados a ela.

– Srta. Georgiana? Srta. Georgiana!

Era Thamesly, saindo da casa às pressas, de roupão. Não surpreendia em nada que o mordomo fosse o primeiro a chegar à cena. Sempre tivera ouvido de tuberculoso.

– Srta. Georgiana, o que houve?

– Houve um acidente – disse ela, perguntando-se se deveria desviar o olhar. Até então, só vira Thamesly trajando uniforme completo. – O Sr. Oakes se machucou.

Ele arregalou os olhos.

– A senhorita disse Sr. Oakes?

– Disse.

Thamesly olhou o homem caído no chão.

– Parece que quebrou o braço – constatou o mordomo.

Georgie assentiu.

– Parece estar doendo muito.

– E está mesmo, seu palerma – vociferou Freddie, no chão. – E se você não...

Thamesly deu um passinho à frente, pisando na mão de Freddie.

– A mim parece um tanto tarde para buscar ajuda – disse ele a Georgie. – Não me agrada incomodar um médico a uma hora dessas por conta de ferimentos que claramente não oferecem risco de vida.

Georgie ficou comovida. Nunca tinha sentido tanto amor pelo mordomo quanto naquele momento.

– Parece que ele também cortou o rosto – prosseguiu Thamesly, olhando para baixo, e depois outra vez para ela. – Vai ficar uma cicatriz.

– Não se suturarem direito – respondeu Georgie.

– Está muito tarde – tornou a dizer Thamesly, com um fingido suspiro lamentoso. – Infelizmente.

Georgie precisou cobrir a boca para reprimir uma risada nervosa. Ela então pegou o mordomo pelo braço, de modo que Thamesly se afastou (e saiu de cima da mão) de Freddie.

– Estou adorando o que está fazendo por mim – sussurrou ela –, mas acho que precisamos buscar ajuda, sim. Se Freddie morrer...

– Ele não vai morrer.

– Mas, se morrer, vou carregar essa culpa na consciência para sempre.

– Mas a senhorita não pode se responsabilizar pelo fato de esse idiota ter subido na... – Thamesly olhou para cima. – Presumo que ele tenha caído da árvore.

– Sim, ele estava tentando entrar no meu quarto.

As narinas de Thamesly se inflaram de maneira ameaçadora.

– Eu vou matar esse sujeito com minhas próprias mãos!

Foi quase engraçado ouvir aquela frase dita no característico tom monocórdio de Thamesly. *Quase.*

– De jeito nenhum – sussurrou Georgie, nervosa. – O pai dele é barão. Eu até posso conseguir me safar por ele ter se machucado, mas o senhor não.

– Ele não merece sua preocupação, Srta. Georgiana.

– Não mesmo, mas o senhor merece.

Georgie o encarou. Não chegaria a dizer que Thamesly era como um segundo pai para ela, mas desde sempre ele fora uma figura reconfortante e bondosa em sua vida e ela gostava muito dele.

– Não vou perder uma única noite de sono por causa dele. – Georgie fez um meneio rápido de cabeça na direção de Freddie, que ainda se retorcia no chão. – Mas, se você for punido por não conseguir ajuda para ele, eu jamais vou me perdoar.

Os olhos azul-claros de Thamesly ficaram marejados.

– Precisamos chamar socorro – insistiu Georgie –, e depois temos que tirá-lo daqui.

Thamesly assentiu, dizendo:

– Vou chamar os seus pais.

– Não! – Georgie agarrou o braço dele com surpreendente rapidez. – Prefiro que ninguém saiba que ele esteve aqui.

– Mas ele precisa pagar pelo que fez.

– Concordo, mas ambos sabemos que quem vai acabar pagando sou eu. Se mais alguém se envolver nisso, será impossível abafar o caso. – Georgie franziu a boca, dando uma rápida olhadela para a casa e depois para o estábulo. – Você sabe arrear uma carroça?

– No que a senhorita está pensando?

– Sabe ou não? – insistiu ela.

– Claro que sei. – Ele bufou, claramente ofendido por ter suas habilidades questionadas.

108

– Vou correr em casa, buscar sapatos, vestir um casaco e pegar alguma coisa que possamos usar como atadura. O senhor prepara a carroça e nós vamos tirá-lo daqui.

– E depois?

– E depois... – Ela parou para pensar, fechando a cara e dando um chute na grama. – E depois nós...

O que ela faria?

– Milady?

De repente, Georgie ergueu o rosto. Só havia uma coisa a fazer.

– E depois nós vamos procurar o Nicholas.

CAPÍTULO 10

– Senhor.

Nicholas espantou um inseto qualquer que estava zunindo em seu ouvido e rolou para o outro lado.

– Senhor! Senhor!

Acordou no susto, respirando acelerado, e tremia ao se sentar na cama. Nunca despertava bem quando interrompiam o seu sono.

– O que foi? Aconteceu alguma coisa?

... foi o que pensou ter dito. Na realidade, o que saiu de sua boca estava mais para um gorgolejo enrolado. Ele piscou com força tentando despertar. Quando enfim conseguiu discernir entre sonho e realidade, viu que Wheelock estava ao lado de sua cama com uma vela na mão.

– Wheelock? O que diabo está acontecendo?

– Precisam do senhor – sussurrou Wheelock. – Thamesly está aqui.

O sono que ainda anuviava seu cérebro se dissipou no mesmo instante.

– Thamesly? Por quê? Hein? Alguém se machucou?

– Não consegui mais detalhes – falou Wheelock. – Mas acho importante que saiba que Thamesly pediu para acordar o senhor, e apenas o senhor.

– Mas que diabos... – murmurou Nicholas.

Wheelock entregou uma folha de papel.

– Ele deixou isso para o senhor.

– Ele já foi embora?

– Já. Partiu imediatamente. Disse que não podia deixar a Srta. Georgiana sozinha.

– Georgiana!

Nicholas saltou da cama, cambaleando até o guarda-roupa para se vestir. Wheelock já estava com uma camisa a postos, mas primeiro o rapaz queria ler a mensagem de Thamesly.

– O que diz? – perguntou Wheelock.

Nicholas leu as frases curtas à luz da vela de Wheelock.

– Não diz muita coisa. Só que ele e Georgiana precisam da minha ajuda e que eu devo ir à velha fazenda Millston.

– Se não me engano, foi lá...

– ... que Billie torceu o tornozelo anos atrás, isso mesmo. Creio que ainda esteja abandonada, não?

– Está sendo usada como depósito, ninguém mora lá.

Nicholas enfiou-se nas roupas com uma pressa alimentada pelo medo.

– Mas Thamesly não disse *nada*? É Georgiana? Ela está doente, se machucou?

Wheelock balançou a cabeça, dizendo:

– Creio que não. Ele só disse que outra pessoa estava precisando de cuidados médicos.

– *Outra* pessoa? Quem diabo estaria com ela a essa...

Nicholas tentou ver a hora no relógio, mas estava escuro demais.

– Que horas são, caramba?

– Duas e meia, senhor.

Nicholas praguejou baixinho. Aquilo tudo cheirava muito mal.

– Suas botas, senhor. – Wheelock as estendeu para ele. – Posso sugerir que o senhor as calce lá fora, para evitar o barulho?

Nicholas assentiu, admirado.

– O senhor pensa em tudo, não é?

– É o meu trabalho, senhor.

Saíram do quarto calçando apenas meias, seguindo em silêncio para a escadaria principal.

Nicholas quase nunca zanzava por Crake àquela hora da noite. Todos os Rokesbys costumavam ir dormir cedo quando estavam ali no campo. Uma rotina muito diferente de Londres, onde diversos compromissos sociais e atividades de lazer deixavam todos acordados até de madrugada.

110

A casa era muito diferente no escuro. O luar adentrava o salão principal pelas janelas, pintando feixes de luz e sombras que deslizavam do chão para as paredes. Imperava um silêncio absoluto, mas havia uma estranha expectativa no ar, quase como se a noite prendesse a respiração à espera de algo – ou alguém – que rompesse a calmaria.

Nicholas estava com um mau pressentimento.

Ao pé da escada, Wheelock tocou o braço dele, detendo-o.

– Espere por mim lá fora, senhor – sussurrou ele. – Vou ao seu encontro em menos de um minuto.

Nicholas queria dizer que não tinham tempo a perder, mas Wheelock saiu em disparada antes mesmo que pudesse pronunciar as palavras e ele não quis levantar a voz para chamá-lo sob o risco de acordar a família toda. Em vez disso, saiu de casa, parando diante da porta principal para calçar as botas. O mordomo reapareceu momentos depois, com os sapatos na mão.

– Vou com o senhor – falou.

– Vai? – Nicholas foi pego de surpresa.

Wheelock se retraiu, claramente ofendido.

– Senhor...

– Sabe cavalgar? – perguntou Nicholas.

– É claro que sim.

– Então vamos.

 ∽

Cerca de dez minutos depois, chegaram à velha fazenda. Em uma das paredes laterais, Nicholas notou um clarão – talvez a luz de uma lamparina.

– Por aqui, suponho – disse ele a Wheelock, que, diga-se de passagem, era mesmo um cavaleiro surpreendente.

Reduziram a velocidade do galope, contornando a casa de fazenda, e Nicholas viu três pessoas perto do velho muro de pedra que cercava a propriedade. Georgie e Thamesly estavam agachados junto a uma terceira pessoa deitada de bruços – à distância não dava para ver quem era.

– Georgiana! – chamou ele em um sussurro.

Quando ela ergueu o rosto, o alívio ficou evidente em sua postura.

– Vou cuidar dos cavalos – disse Wheelock, enquanto desciam das selas.

Nicholas entregou as rédeas e correu para perto dela.

– Georgiana – repetiu ele. – O que houve? Vocês estão...?

Então ele olhou para baixo.

– Misericórdia!

Nicholas puxou-a de lado, perguntando:

– É Freddie Oakes?

– O próprio. Ele quebrou o braço – disse ela.

Oakes estava soltando fogo pelas ventas.

– Essa desgraça...

Thamesly pisou na perna de Oakes.

– O que foi que eu disse sobre o seu linguajar na presença de uma dama?

– Bravo, Thamesly – murmurou Nicholas.

– Ele também está com um corte na testa – prosseguiu Georgie. – Consegui conter o sangramento, mas não estancou por completo.

Georgie levantou a bandagem com que vinha fazendo pressão na testa dele, perto da linha do cabelo.

– Aproxime a luz – pediu Nicholas.

Thamesly obedeceu. Em meio ao sangue seco e ao que ainda minava do ferimento, Oakes parecia ter uma laceração de baixa gravidade na têmpora.

Tirando isso, o rosto dele estava bastante arranhado, mas nenhum outro ponto com sangramento.

– Parece que ele perdeu muito sangue – falou Georgie. – Já faz mais de uma hora desde o ocorrido.

– Tenho quase certeza de que o ferimento parece muito pior do que de fato é – assegurou Nicholas. – O couro cabeludo é uma região muito vascularizada, sangra mais do que outras partes do corpo.

– Graças a Deus! – exclamou ela.

Nicholas ergueu o rosto, dizendo:

– Preocupada com o bem-estar dele?

– Não, só não quero que ele *morra*.

Nicholas fez uma avaliação rápida. Seria necessário um exame mais detalhado, mas por ora parecia que Freddie Oakes ficaria bem.

– Ele não vai morrer – garantiu Nicholas. – O que é uma pena. Contudo... – Aproximou-se, pedindo a Thamesly que trouxesse a lamparina para mais perto. – Estou achando curiosa a coloração do sangue.

– Ah, é tinta – disse Georgie. – Eu atirei um tinteiro nele. Manchou a camisa também.

– Caramba! – exclamou Oakes, de repente. – Rokesby, é você?

– O próprio – respondeu Nicholas, com a voz rouca.

Como não se lembrava se tinha dito a Georgie que ele e Freddie Oakes frequentaram Eton na mesma época, explicou a ela:

– Nós estudamos juntos.

– Grandes amigos – falou Freddie, com um de seus característicos sorrisos.

– Não somos grandes amigos – retrucou Nicholas.

Freddie, contudo, nem deu trela.

– Ah, como nos divertíamos!

Nicholas balançou a cabeça.

– Não teve nada disso. Nunca.

– Ah, deixe de ser mondrongo.

– Mondrongo? – repetiu Georgie.

Nicholas deu de ombros. Não fazia ideia do que significava.

– Fique parado, está bem? – disse ele a Freddie. – Preciso examinar o seu braço.

– Faz uns bons anos que não vejo você, Rokesby – prosseguiu Freddie. – Já faz... seis? Oito?

Nicholas o ignorou.

– Dez?

– Fique quieto – atalhou Nicholas. – Quer ou não quer que eu cuide disso aqui?

– Que-ero – respondeu Freddie, esticando a palavra. – Embora deva dizer que não faço a menor ideia do que você está fazendo aqui.

– Eu moro perto – explicou Nicholas.

Georgie se intrometeu e disse:

– Ele está estudando medicina.

– Ah! – Na mesma hora, o semblante de Oakes ficou mais alegre. – Por que não disse antes? – Ele olhou outra vez para Georgie. – Somos grandes amigos.

– Não somos nada – cortou Nicholas, olhando para Georgie. – Freddie foi expulso da escola porque foi pego colando em uma prova.

– Convidado a me retirar – corrigiu Freddie.

– Não é a mesma coisa? – perguntou Georgie a Nicholas.

Nicholas deu de ombros.

– Como nunca fui convidado a me retirar de uma instituição educacional, não sei dizer.

113

– Não foi culpa minha – falou Freddie. – Winchie me deu as respostas erradas, aquele tapado.

Nicholas revirou os olhos. Que Deus o poupasse dos idiotas.

– Mas nós *somos* grandes amigos, não é? – Com o braço bom, Freddie deu um tapinha amigável no ombro de Nicholas. – Você precisa ir a Londres dia desses. Vou levar você ao clube. Apresentá-lo à turma. Eu conheço todo mundo.

Nicholas olhou feio para Freddie.

– Não quero ser seu amigo nem quero ser apresentado a ninguém da sua turma. O que eu quero é consertar logo o seu braço, mas para isso preciso que você cale a *porcaria* da boca. – Nicholas voltou-se então para Georgie. – Queira me desculpar.

De olhos arregalados, ela balançou de leve a cabeça. Na verdade, estava interessadíssima na conversa.

– Imagine.

– Pode me contar o que aconteceu? – perguntou ele, baixinho.

– Depois – disse ela. – Depois que você tratar esses machucados.

Com cuidado, Nicholas apalpou o braço quebrado.

– Aaah!

– Desculpe – disse Nicholas, no automático.

– Posso ajudar? – perguntou Georgie.

– Não quero que ela encoste em mim – falou Freddie.

– Você estava determinado a se *casar* comigo – disse Georgie, incrédula.

– Antes era diferente – grunhiu Oakes. – Você não queria me machucar.

– Ah, Freddie... Eu quero machucar você desde sempre.

Nicholas não reprimiu uma leve risadinha.

– Quer mesmo ajudar? – perguntou a ela.

– Quero, com certeza. – O semblante de Georgie se iluminou. – Parece coisa do destino. Estávamos falando disso outro dia mesmo.

– Vocês estavam falando sobre o meu braço quebrado? – perguntou Freddie.

– É claro que *não* – respondeu Georgie, olhando-o exasperada. – Meu Deus, Freddie, seja razoável.

– Você me jogou da árvore!

Impressionado, Nicholas olhou para ela e disse:

– Você fez isso?

– Quem me dera.

– Creio que havia um gato envolvido na situação – disse Thamesly, aproximando a lamparina.

– Ah. – Nicholas avaliou o rosto de Freddie outra vez. – Isso explica os arranhões.

– Alguns deles – replicou Freddie, carrancudo. – O resto foi culpa da árvore.

– O gato mordeu você? – perguntou Nicholas.

Por incrível que pareça, uma mordida de gato seria mais perigosa do que todos os outros ferimentos de Freddie.

– Não. Mas as garras dele eram afiadas pra diabo.

– Ele estava assustado – justificou Georgie.

– Aquele bicho tinha que ser abatido, isso sim! – vociferou Freddie.

Thamesly pisou outra vez na perna dele.

– Se eu fosse você, não falaria mal do gato da Srta. Bridgerton – recomendou Nicholas. – Na verdade, vou pedir que você não fale nada, a não ser que eu faça alguma pergunta.

Freddie trincou os lábios, mas então assentiu.

– Ótimo. Agora não se mexa. Vou cortar a sua camisa.

Nicholas trouxera de Edimburgo um pequeno kit médico – nunca viajava sem ele –, e o pegara ao sair de Crake. Tirou dele uma tesourinha – não era lá muito boa para cortar linho, mas precisaria se virar com o que tinha. Depois do corte inicial certamente conseguiria abrir o resto da camisa no rasgo, mas queria mexer o mínimo possível no braço de Oakes.

– Eu faço isso – falou Georgie.

Ele parou e olhou para ela.

– A camisa. Eu corto. Assim você pode ir cuidando do rosto dele.

– Boa ideia.

Nicholas entregou a tesoura a ela. Georgie riu e começou a trabalhar.

– Seria mais rápido com uma tesoura maior, eu sei – falou ele.

– Eu vou conseguir – assegurou ela.

E, de fato, estava conseguindo. Nicholas se concentrou na testa de Oakes. Precisava limpar o ferimento maior, então pegou um frasquinho de uísque dentro do kit e embebeu um lenço.

– Já aviso que vai...

– Arder, eu sei – completou Freddie, azedo.

Nicholas aquiesceu. Era a coisa mais sensata que Oakes dissera até então.

Freddie se encolheu enquanto Nicholas limpava o sangue do rosto dele, mas era esperado. Nunca tinha visto alguém se manter impassível sentindo o uísque na ferida aberta. Ao lado dele, Georgiana continuava empenhada em abrir a camisa, fazendo pequenos cortes com a tesourinha em uma linha perfeita (e desnecessariamente) reta.

– Estou quase acabando – disse ela.

Nicholas até sentiu o sorriso na voz dela.

– Talvez nem seja necessário suturar – disse ele a Freddie, examinando a ferida mais de perto –, mas imagino que você vá preferir passar um tempo sem dar as caras no clube.

– Está tão ruim assim? – perguntou Freddie.

– É mais a tinta, mesmo. Não vai sair tão fácil quanto o sangue.

– De fato, ele está com uma tonalidade meio adoentada – disse Thamesly.

– Tem certeza de que o gato não mordeu ou lambeu você? – perguntou Nicholas.

– Lambida de gato é perigoso? – perguntou Georgie.

– Só se a lambida for em uma ferida aberta.

– Graças a Deus – disse ela. – Senão eu já estaria condenada.

Freddie resmungou alguma coisa inaudível.

Nicholas não entendeu direito, mas foi o bastante para decidir jogar um pouco mais de uísque na ferida.

– O que você estava dizendo mesmo sobre o gato? – murmurou Nicholas.

Freddie o encarou.

– Tenho certeza de que ele não mordeu, lambeu, cuspiu, mijou...

– Pronto!

O anúncio de Georgie interrompeu com maestria a frase de Freddie, enquanto ela dava a tesourada final com um floreio. Olhou então para Nicholas.

– E agora, o que fazemos?

– A senhorita deveria olhar para o outro lado – sugeriu Thamesly.

Estava se referindo ao peito desnudo de Freddie.

– Não posso ajudar se não conseguir ver o que estou fazendo – falou Georgie.

– Quem vai cuidar dele é o Sr. Rokesby.

– E eu sou a assistente dele. – Ela lançou um olhar intenso para Nicholas. – Sou sua assistente, não sou?

116

– Com certeza – respondeu Nicholas, sincero.

Georgie estava se saindo muito bem.

– Vamos precisar de alguma coisa que sirva como tala – disse ele, erguendo os olhos para os dois mordomos.

Como Thamesly estava com a lamparina, achou melhor pedir diretamente a Wheelock.

– O senhor poderia procurar um galho mais ou menos deste tamanho?

Wheelock franziu os olhos, mensurando o tamanho que Nicholas indicava com as mãos.

– É para já, senhor.

Nicholas se virou outra vez para o paciente, mas foi com Georgie que falou:

– Precisamos colocar o osso no lugar antes de imobilizar.

– Como?

– Vem aqui – instruiu Nicholas. – Preciso que você segure o braço dele com muita firmeza. É essencial que ele permaneça imóvel, certo? Então vou puxar o antebraço para criar tração. Isso vai separar as pontas quebradas do osso e aí vou poder realinhá-lo do jeito certo.

– Eu consigo – disse Georgie, assentindo.

– Será que um dos dois não pode segurar o meu ombro em vez dela? – perguntou Freddie, referindo-se aos mordomos.

– É a Srta. Bridgerton ou ninguém – disse Nicholas em tom seco. – Pode escolher.

Freddie hesitou por um momento um pouco longo demais, então Nicholas disse:

– Precisa ser feito por duas pessoas.

Não precisava, não necessariamente, mas com certeza era mais fácil do que com uma pessoa só.

– Tudo bem – disse Freddie, entre os dentes. – Façam o pior.

– Imaginei que gostaria que fizéssemos o melhor, não? – provocou Georgie, dando um sorrisinho adorável para Nicholas.

Foi então que ele percebeu que ela estava se *divertindo*.

Ela estava *mesmo* se divertindo.

Nicholas sorriu de volta e perguntou:

– Pronta?

Ela assentiu. Ele olhou para Freddie.

– Vai doer.

– Já está doendo.

– Vai doer mais do que já está doendo. Quer algo para morder?

– Não precisa – desdenhou Freddie.

Nicholas se aproximou ainda mais dele.

– *Tem certeza?*

– Eu... acho que sim?

Freddie estava começando a dar sinais de preocupação.

Nicholas falou com Georgie mais uma vez:

– Pronta?

Ela assentiu, animada.

– No três. Um, dois...

Oakes deu um berro horripilante.

– Meu Deus, mas nem fizemos nada – disse Nicholas, contrariado.

– Mas *doeu*.

– Pare de agir como um bebê, Freddie – ralhou Georgie.

– Se eu não conhecesse você tão bem – falou Freddie –, diria até que está gostando disso.

Georgie chegou mais perto, os dentes à mostra.

– Ah, mas eu estou gostando – afirmou ela. – Estou gostando *muito*.

– Sua sanguin...

– *Calado!* – advertiu Nicholas.

– Bem, se serve de consolo – falou Georgie a Freddie –, é um prazer de natureza puramente acadêmica, e não tem nada a ver com você.

– Fale por si mesma, Srta. Georgiana – intrometeu-se Thamesly. – Estou sentindo um imenso prazer em testemunhar a dor e o sofrimento do Sr. Oakes.

Wheelock surgiu para dizer:

– Eu também.

– Uma dupla de mordomos felizes – resmungou Freddie.

– Exato – disse Wheelock. – Acho que posso até dizer que nunca senti tanta vontade de sorrir na vida.

– O que, por si só, não é lá um grande feito. – Nicholas não conseguiu reprimir o comentário. – O senhor não é conhecido por ser muito sorridente.

Com isso, Wheelock abriu um sorriso tão amplo que quase fez Nicholas se encolher.

– Meu Deus – disse ele –, não sabia que o senhor tinha tantos dentes.

– Tenho todos os 32, senhor – respondeu Wheelock, batendo no incisivo com o nó dos dedos. – Não é preciso estudar medicina para reconhecer a importância de uma boa higiene bucal.

– Vamos voltar ao que interessa? – perguntou Freddie, irritado e petulante.

– Ainda nem começamos – retrucou Nicholas. – Você que já foi gritando por antecipação.

– Está bem. Arrume alguma coisa para eu morder então.

Todos pararam e olharam à volta.

– Eu tenho um graveto – falou Wheelock, estendendo um galho peque-no. – Tomei a liberdade de pegar enquanto procurava a tala. Que, inclusive, também trouxe.

Ele entregou a Nicholas um galho de espessura média, poucos centímetros mais curto que a ulna de Oakes. Nicholas assentiu, aprovando. Era perfeito.

Freddie sinalizou que estava de acordo, então Wheelock colocou o graveto na boca de Oakes, mas com a ponta virada para dentro.

– Wheelock – repreendeu Nicholas.

Wheelock suspirou e, com uma performance melodramática, virou o gra-veto do jeito certo. Oakes mordeu e grunhiu para que Nicholas prosseguisse.

– Pronta, Georgie?

Ela assentiu.

– Um... dois... *três*! Freddie soltou um grunhido terrível, mas Nicholas conseguiu colocar o osso no lugar de primeira.

– Maravilha – disse para si mesmo, conferindo outra vez o antebraço. – Tala?

Wheelock entregou o galho a ele.

– Um de vocês pode rasgar essa camisa ao meio? Vou usar uma parte para amarrar o graveto e a outra para fazer uma tipoia.

– Eu posso cortar – ofereceu Georgie, mostrando a tesoura.

– Vai ser mais rápido rasgando – respondeu ele. – Eu teria rasgado na hora de tirar a camisa do corpo, mas não quis mexer muito na fratura.

– Ah, fico feliz então. Seria péssimo se todo o meu trabalho tivesse sido em vão. Ou pior... – Ela fez uma pausa, dando um corte pequenininho no tecido para que fosse mais fácil começar a rasgar. – Se você tivesse me dado algo para fazer só para me manter ocupada.

– De jeito nenhum. Você foi essencial.

Georgie ficou radiante e, por um momento, Nicholas perdeu o fôlego. Estavam no meio da madrugada, em uma escuridão densa como piche exceto pela luz da lua, da lamparina...

E do sorriso dela.

Quando Georgiana Bridgerton sorria daquele jeito, Nicholas sentia vontade de se esticar, buscar o sol lá no alto e entregá-lo de bandeja para ela.

Só para demonstrar que aquele brilho não chegava aos pés do dela.

– Nicholas?

O que estava acontecendo com ele?

– Nicholas?

Ele estava pensando em *Georgie*, a mulher com quem jamais havia cogitado se casar. Georgie, que, diante de seu pedido de casamento, tinha dito "não". Georgie, que...

– *Senhor!*

Ele piscou, atônito. Wheelock o encarava.

– A Srta. Bridgerton chamou o senhor ao menos duas vezes – disse o mordomo.

– Ah, me desculpem, eu... – murmurou Nicholas. – Eu só estava... pensando... – Nicholas balançou a cabeça. – Me desculpem. O que foi?

– A tala – falou Georgie, estendendo um retalho da camisa de Freddie.

– Ah, sim, é claro.

Nicholas pegou o retalho e baixou os olhos, aliviado e grato por ter alguma função médica na qual se concentrar. Então logo enfaixou o braço de Freddie e usou o retalho para prender a tala improvisada no lugar.

– Procure um médico o quanto antes, certo? – disse ele a Freddie. – Ele vai preparar uma tala definitiva para você.

– Ah, você não acha que o Sr. Oakes deveria usar um galho durante todo o período de convalescença? – brincou Georgie.

– Bem, se fosse necessário, o galho funcionaria também – respondeu Nicholas com um meio sorriso. – Mas ele vai ficar mais confortável com uma solução menos improvisada.

– Ora, estou impressionada – comentou ela, vendo Nicholas fazer a tipoia. – Qualquer um pode consertar uma fratura sem sair do conforto do lar.

– Qualquer um? – murmurou Nicholas.

– Qualquer um que tenha sido treinado para tal – corrigiu ela. – É preciso muito talento para fazer um procedimento como esse no meio da madrugada usando apenas um galho e uma lamparina.

– E uísque – completou Nicholas, brindando com o frasco.

– Achei que isso fosse para desinfetar machucados.

Nicholas bebeu um gole.

– E para celebrar um trabalho bem-feito – acrescentou ele.

– Sendo assim... – Ela estendeu a mão.

– Ah, é mesmo – falou ele. – Você nunca experimentou uísque.

– Sr. Rokesby. – A desaprovação era palpável na voz de Thamesly. – O senhor não está pensando em oferecer bebida alcoólica à Srta. Bridgerton, está?

Nicholas parou e olhou para o mordomo.

– Estamos fora de casa no meio da madrugada, cuidando de um homem descamisado, mas é o *uísque* que merece a sua objeção?

Thamesly encarou-o por um longo tempo e depois arrancou o frasco da mão dele.

– Não se eu puder dar um gole. – O mordomo bebeu e passou o frasco para Georgie. – Aqui está, senhorita.

– Obrigada, Thamesly.

Os olhos de Georgie corriam do mordomo para Nicholas, como quem diz: "Isso aconteceu mesmo?" Então bebeu um golinho comedido e devolveu ao dono.

– Nossa, é forte! – comentou.

– A gente se acostuma.

– Tem um golinho para mim? – perguntou Freddie.

– Não – responderam todos, em uníssono.

– Desgraça – resmungou Freddie, emburrado.

– Olhe o linguajar, Sr. Oakes – repreendeu Thamesly.

– Por favor – gemeu Freddie –, não pise em mim outra vez.

– Fique de boca fechada e não vou pisar.

Nicholas trocou um olhar com Georgie e ambos reprimiram uma risadinha.

– Sinto interromper – falou Wheelock –, mas precisamos decidir o que fazer com ele. Por mais que eu preferisse deixá-lo à mercê dos lobos, não podemos abandoná-lo.

– Tem lobos aqui? – perguntou Freddie.

– Estou ouvindo o senhor falar, Sr. Oakes? – advertiu Thamesly.

– Não tem lobo nenhum. – Georgie estava ficando impaciente. – Meu Deus!

– Um de nós precisa levá-lo de volta para casa – declarou Nicholas. – Ou até uma hospedaria, pelo menos. Acho que ele consegue chegar em casa por conta própria. – Voltou-se então para Freddie – Não preciso nem dizer para você não falar uma única palavra sobre esta noite com ninguém.

– Mas, se você falar – acrescentou Georgie –, vou contar para todo mundo que você foi derrotado por um gatinho doméstico.

Freddie parecia prestes a cuspir fogo, mas, antes que pudesse dizer qualquer coisa, Thamesly o cutucou com o dedo do pé e ele se deteve.

– Coloque-o na carroça – falou Thamesly. – Vou levá-lo para o Frog and Swan.

– Tem certeza? – perguntou Georgie. – Fica, no mínimo, a duas horas daqui. O Musty Duck é bem mais perto.

– Acho melhor tirá-lo da área – falou Thamesly. – Além do mais, o Frog fica na estrada principal e de lá vai ser mais fácil conseguir transporte de volta a Londres.

Georgie assentiu.

– Mas, se o senhor levar a carroça, como eu vou...

Ela olhou para Nicholas.

– Eu levo você – falou ele. – Wheelock pode ir com a gente, caso isso a deixe mais tranquila.

– Isso *me* deixa mais tranquilo – falou Thamesly.

– Por Deus, Thamesly – disse Georgie. – Você está preocupado com o meu bem-estar ou com a minha reputação? Porque, quanto ao meu bem-estar, o senhor sabe muito bem que o Sr. Rokesby é um cavalheiro dos mais íntegros. E quanto à minha reputação, acho que não há mais nada para arruinar, não é mesmo?

Thamesly a olhou por um longo tempo, depois pisou outra vez em cima da perna de Freddie.

– Mas que inferno! Eu não disse nada!

– Essa foi só por diversão.

CAPÍTULO 11

– Tem um minuto, Sr. Wheelock?

O mordomo estava a meio caminho de ajudar Nicholas e Thamesly a pôr Freddie Oakes na carroça.

– É claro, Srta. Bridgerton. Em que posso ajudar?

Ela meneou o rosto para trás, dizendo:

– Em particular, por favor.

Georgie achava que Nicholas não conseguiria ouvir dali, mas era melhor prevenir. Wheelock concordou e afastaram-se alguns passos.

– Hum...

"Como começar? O que devo dizer?"

Acabou decidindo por:

– Tenho um pedido atípico para fazer ao senhor.

Wheelock não disse nada, mas ergueu as sobrancelhas, sinalizando que ela deveria prosseguir.

Georgie pigarreou. Não era para ser tão difícil assim. Ou talvez fosse, na verdade. Consertar o erro monumental que havia cometido naquela tarde não poderia ser simples.

– Talvez o senhor saiba que o Sr. Rokesby me pediu em casamento – começou ela.

– Não sabia – respondeu Wheelock, com o semblante impassível –, mas não estou surpreso.

– É, bem...

Georgie pigarreou outra vez, tentando decidir como prosseguir. Não podia simplesmente dizer que rejeitara o pedido. Wheelock amava Nicholas como se fosse seu filho. Na verdade, ela suspeitava que o caçula dos Rokesbys era o preferido do mordomo.

– Eu ainda não dei minha resposta.

Bem, ao menos não a resposta que ela achava que deveria ter dado.

Wheelock ergueu as sobrancelhas outra vez – provavelmente, pensou Georgie, por considerá-la louca ou burra por não ter aceitado no ato o pedido de Nicholas.

– E gostaria muito de retomar o assunto com ele ainda hoje – continuou ela.

– A senhorita não pode esperar até amanhã de manhã?

Ela balançou a cabeça, torcendo para que o mordomo não pedisse maiores esclarecimentos.

– Suponho que a senhorita não pretende decepcioná-lo, certo?

– Não pretendo – confirmou ela, baixinho.

Wheelock assentiu lentamente, ponderando.

– E se eu acompanhá-los até Aubrey Hall, dificilmente a senhorita encontrará um momento para essa conversa.

– Era o que eu estava pensando.

– Mas a senhorita não quer que o Sr. Thamesly fique ciente desse lapso dos bons costumes.

– Isso também.

Wheelock contraiu os lábios.

– Srta. Bridgerton, procuro levar a vida agindo de acordo com um certo conjunto de regras e padrões. Seu pedido contraria quase todos eles.

– *Quase* todos? – disse ela, esperançosa.

– Quase – disse ele, visivelmente contrariado. Wheelock suspirou, mas ficou óbvio que o gesto exagerado fazia parte da cena. – Assim que o Sr. Thamesly se for, vou pensar em alguma desculpa esfarrapada. A senhorita terá o seu momento a sós com o Sr. Rokesby.

– Obrigada, Wheelock.

Ele a encarou com ares de superioridade.

– Srta. Bridgerton, por favor, não faça com que eu me arrependa dessa minha escolha.

– Jamais – jurou Georgie.

Assim, no momento em que Thamesly partiu com a carroça e um Freddie Oakes combalido ao seu lado, Wheelock cumpriu sua palavra e "percebeu" que sua égua estava coxa da pata dianteira direita.

Conferindo a sela do próprio cavalo, Nicholas deu uma olhada e disse:

– Tem certeza, Wheelock? No caminho para cá ela parecia bem.

– Eu acho que... – Wheelock então apontou. – Ali. Viu?

Georgie não viu nada, e com certeza Nicholas também não, mas Wheelock não deu espaço para argumentação.

– Vou voltar caminhando com ela – sentenciou ele. – Não quero que corra o risco de se lesionar, então é melhor que não carregue peso agora.

– Lógico, lógico – murmurou Nicholas.

Mesmo assim, ele parecia um tanto perturbado com a mudança no plano original, que era de que ele e o mordomo levassem Georgie de volta a Aubrey Hall, juntos.

– Talvez possamos ir os três andando até Aubrey Hall, mas...

– Não temos tempo, milorde – disse Wheelock, balançando a cabeça. – Já está quase na hora de amanhecer e logo, logo os criados vão acordar.

124

– Eu confio em você – disse Georgie a Nicholas, porque pareceu o momento certo de intervir. – E, sinceramente, não é como se nunca tivéssemos ficado sozinhos juntos.

Os olhos deles se encontraram.

– Tem certeza?

– Você pretende me atacar e me deflorar?

– É claro que não!

– Então tenho certeza.

– Meu Deus, Georgie – resmungou ele.

– Ah, não venha repreender meu linguajar. – Ela deu uma leve bufada. – Depois dos acontecimentos desta noite eu acho que tenho direito.

– Desta noite – sentenciou Wheelock – sobre a qual jamais tornaremos a falar.

– Obrigado, Wheelock – falou Nicholas. – De verdade.

– Foi uma honra, senhor. Agora, se me dão licença, preciso ir. É melhor que eu chegue a Crake antes que o resto da casa acorde.

– Faça isso, mas com segurança, está bem? – orientou Nicholas.

– Ah, Wheelock? Antes de ir, pode me ajudar a subir no cavalo? – pediu Georgie.

– Eu ajudo – falou Nicholas.

– Nicholas, só temos um cavalo – explicou ela. – Se você vai guiando, como imagino, não é mais fácil se montar primeiro?

Ele murmurou algo que ela não conseguiu entender, mas devia ser uma concordância, porque logo montou no cavalo com a maior facilidade.

– Deve ser tão bom ser alto... – resmungou Georgie.

Como se os homens já não tivessem vantagens em, bem, *todos* os aspectos, eles também não precisavam de banquinhos para subir na sela.

Muito menos da ajuda de um mordomo prestativo. O pobre Wheelock parecia mortificado por desempenhar uma tarefa tão aquém de sua posição, mas, como em todas as outras coisas que fazia, não teve a menor dificuldade em erguê-la para a sela.

– Ele é mesmo bom em tudo? – perguntou Georgie sem o menor sinal de sarcasmo na voz.

Nicholas deu uma risadinha e disse:

– Até onde sei, é.

Foi então que Georgie se deu conta de que tinha se colocado em uma posição um tanto escandalosa. Nem se lembrava quando tinha sido a última vez que cavalgara com uma perna de cada lado e, não bastasse isso, a posição exigia que ela erguesse as saias de uma forma nada pudica.

– Preciso só arrumar o penhoar – murmurou ela.

Como tinha uma fenda na frente, ela abriu a saia e prendeu cada lado na lateral das pernas, cobrindo-as. Mais ou menos.

– Está confortável? – perguntou Nicholas.

– Estou – mentiu ela.

Porque não estava nem um pouco. Georgie envolveu a cintura dele com os braços e a distância entre os dois desapareceu por completo. Quando Nicholas falava, ela *sentia* a voz dele pulsando pelo corpo até reverberar na pele dela, até se entranhar em seus ossos. Os seios dela estavam comprimidos contra as costas dele e, à medida que o trote do cavalo os fazia balançar, os mamilos dela foram ficando sensíveis de uma forma que ela nunca sentira antes. Ficaram duros, como acontecia no frio, mas era essa a única semelhança. Em vez de desconforto, ela sentiu um formigamento na pele, uma sensação que se espalhava pelo corpo como uma corrente elétrica, deixando-a sem ar.

Tirando seu juízo.

Então era isso o desejo? Georgie já tinha visto os olhares que o irmão trocava com Violet sempre que achavam que não havia ninguém observando. Georgie não sabia o que era aquilo que compartilhavam, mas com certeza era algo intenso, tinha ares de flerte e Georgie nunca entendera bem.

Naquele momento ela também se sentia arrebatada por uma sensação desconhecida.

E estranha, pois o alvo era Nicholas. Mesmo que tivesse decidido aceitar o pedido dele, jamais esperava sentir essa necessidade de tê-lo mais perto, essa vontade de sentir o corpo dele junto ao seu.

Georgie estava ávida. Bem no âmago, naquela parte do corpo que nunca deveria ser mencionada.

Não. Ávida, não. Voraz.

Deus do céu!

– Tudo bem aí? – perguntou Nicholas, dando uma olhadela por cima do ombro.

– Tudo – ela conseguiu responder. – Claro. Por quê?

– Você fez um barulho.

Como estavam a cavalo, *graças* a Deus os sons eram abafados pelo vento e pelo ruído dos cascos. Georgie suspeitava, para seu desespero, que chegara a gemer quando o cavalo passou do trote ao galope.

– Eu bocejei – improvisou ela.

Contudo a pergunta dele tinha vindo em boa hora. Assim como o próprio constrangimento dela. Qualquer coisa que a arrancasse daquele torpor de luxúria.

– Estamos quase chegando – falou Nicholas.

Colada às costas dele, Georgie se deliciou com o calor e a proximidade daquele corpo, do aroma masculino e da leve aspereza do casaco de lã.

Nicholas tinha sido magnífico. Havia um quê excitante em um homem que sabia fazer as coisas, consertá-las. Georgie ficara hipnotizada pelas mãos dele, com suas unhas curtas e quadradas, pela confiança silenciosa que guiava seus movimentos.

Ela seria feliz com ele. Tinha certeza disso. Talvez não vivessem um amor de romances tórridos, como o que o irmão e a irmã encontraram em seus respectivos parceiros, mas ela seria feliz. Talvez até mais do que isso.

Haveria algo entre a felicidade e o amor?

Se tudo corresse bem, ela se casaria com aquele homem e descobriria. Chegaram ao limiar de Aubrey Hall pelo gramado ao sul. Nicholas freou o cavalo antes que deixassem a cobertura das árvores.

– É melhor seguirmos o resto do caminho a pé, senão faremos muito barulho.

Desmontou e, quando se voltou para ajudá-la, Georgie sentiu aquelas mãos grandes em seu quadril.

Quando os pés dela tocaram o chão, Nicholas a soltou, exatamente como deveria.

Para a tristeza dela.

Tinha gostado de estar tão perto dele. Estava encantada com a força silenciosa de Nicholas, com sua determinação. E, com as mãos dele em seus quadris, mesmo que só para ajudá-la a descer do cavalo, experimentara a sensação prazerosa de pertencer a ele.

– Como sugere que a gente entre?

A pergunta de Nicholas deixou claro que o cérebro *dele* não estava dominado por fantasias. Na verdade, ele parecia formal e distante, segurando as mãos diante do corpo da forma como convinha a um cavalheiro que não estivesse se mexendo.

Georgie sentiu uma pontada de decepção. *Bem feito*, pensou ela, *quem mandou dizer não ao pedido de casamento?*

– Eu e Thamesly deixamos uma das portas abertas – respondeu ela. – No salão prateado. Fica longe da ala dos criados.

Ele assentiu.

– Vou levá-la até lá. Ainda está escuro o suficiente. Não deve ter ninguém acordado.

– Não precisa. Qualquer coisa, posso dizer que fui dar uma volta.

Ele olhou para baixo.

– Vestida assim?

– Já fiz coisas mais estranhas.

Georgie deu de ombros, mas não conseguiu reprimir a vontade de puxar o penhoar para mais perto do corpo.

Ele deu um leve suspiro.

– Peço encarecidamente que apazigue o meu cavalheirismo e me permita levá-la até a porta.

Por algum motivo, isso a fez sorrir.

– Você consegue me ver daqui. O caminho quase todo até a porta.

Nicholas não pareceu feliz, mas não a contrariou.

Ela engoliu em seco. Era agora ou nunca.

– Mas, antes de ir, eu queria perguntar...

Ele a encarou.

– É que...

Era *tão* difícil! E tudo por culpa dela.

– Eu queria saber... – Georgie não conseguia encará-lo – se...

Ele endireitou as costas, unindo as mãos atrás do corpo.

– O que foi, Georgie?

Ela ergueu o rosto, porque aquele momento merecia algo mais verdadeiro do que olhar para baixo.

Ele merecia mais.

– Eu gostaria de reconsiderar o seu pedido de casamento – disse ela enfim.

E então ele falou:

– Por quê?

Hein?

– Por quê? – ecoou ela.

Georgie não tinha imaginado que ele a questionaria. Ele diria que sim, ou que não, e ela lidaria com a resposta.

– Por quê? – repetiu ele. – Você foi bastante veemente hoje à tarde. – Nicholas franziu a testa. – Digo, ontem à tarde.

– Você me pegou de surpresa.

O que certamente era verdade e, sem dúvida, era melhor ser sincera.

– Sei que eu deveria ter parado para pensar antes de responder, mas tem sido tão horrível ser alvo da pena de todas as pessoas – explicou ela. – Eu só consegui pensar que você também estava com pena de mim e achei que esse é um péssimo motivo para pedir alguém em casamento. Eu não queria que você se arrependesse depois.

Foi só então que ela se deu conta de que não fora bem assim. Respirou fundo e continuou:

– Não, não é verdade. Eu não pensei em você, Nicholas. Pensei só em mim, o que não é tão egoísta quanto parece, ou, pelo menos, espero que não seja. Mas é horrível ser motivo de pena para as pessoas. Muito horrível. E foi só isso que eu consegui enxergar.

As palavras dela saíram em uma enxurrada, mas o semblante dele se mantinha calmo. Não indiferente, não frio, apenas... calmo.

Ela não sabia se isso a assustava ou não.

– Por que você mudou de ideia? – perguntou ele.

Uma pergunta fácil, até que enfim.

– Assim que eu cheguei em casa percebi que tinha sido uma idiota.

Ele deu um meio sorriso. O que já era melhor do que sorriso nenhum.

Mas não disse nada, o que indicava que *ela* deveria falar. O problema é que, depois de dizer a parte mais importante, Georgie já não sabia mais se ainda tinha algo a dizer.

– Eu acho... eu acho...

"Eu acho que posso fazer você feliz. Sei que me esforçaria, ao menos."

"Acho que, se for com você para Edimburgo, posso acabar descobrindo que não sou a pessoa que sempre achei que fosse. Talvez eu seja alguém melhor."

– Georgie?

– Acho que serei uma boa esposa para você – disse ela.

– Nunca duvidei disso.

– Eu ia procurar você amanhã.

Georgie olhou para o céu, como se fosse capaz de dizer que horas eram só pelas estrelas. Estrelas que, inclusive, nem estavam visíveis. O céu ainda estava muito encoberto, embora parecesse que não ia mais chover.

– Quer dizer, hoje. Não faço ideia das horas.

– Meu plano era voltar logo para Edimburgo – disse Nicholas.

– Meu plano era ir até a sua casa bem cedo.

– Ah, é?

Georgie assentiu. Havia um leve tom de provocação na voz dele, e isso a deixou levemente agitada por dentro.

– É. Mas aí tudo isso aconteceu – Ela fez um gesto com o braço, presumindo que ele tinha entendido a referência a Freddie Oakes e seu braço quebrado. – E então eu vi você...

Ele pareceu achar graça da resposta.

– Você me viu...

– Cuidando do braço de Freddie.

– Tecnicamente – disse ele –, eu vi *você* cuidando do braço dele.

– Você está dificultando muito a minha vida neste momento – murmurou ela.

Ele cruzou os braços, mas não parecia irritado; na verdade o gesto tinha um quê de sarcasmo, como se dissesse: "E você esperava o quê?"

– Você estava sendo profissional – disse ela.

A frase parecia formal demais para o momento, mas Georgie não sabia o que mais poderia dizer. Então, aparentemente determinada a ter a conversa mais constrangedora de sua vida, prosseguiu:

– Achei bem atraente – resmungou ela.

– O quê? Ser médico? – perguntou Nicholas, e ela não soube dizer se ele estava achando graça ou apenas tentando entender.

– Você sabia o que estava fazendo – disse ela, dando de ombros.

– E você gosta de homens que sabem o que estão fazendo?

– Parece que sim.

Ele a olhou nos olhos, e ela não conseguiu desviar o olhar. Ela não *quis* desviar o olhar.

– Ora, Srta. Bridgerton – disse ele –, então acho que vou pedir outra vez.

Ela ficou sem ar. Não era uma surpresa, na verdade. Georgie já imaginava que ele faria o pedido outra vez; Nicholas era um cavalheiro honrado demais para não fazê-lo. Mas, mesmo assim, não tinha previsto que ficaria tão nervosa.

Ele tomou a mão dela, algo que não tinha feito da primeira vez.

– Georgiana Bridgerton – falou ele –, quer se casar comigo?

Ela assentiu, um gesto solene.

– Seria uma honra.

E então... nada.

Eles só continuaram ali, parados.

– Certo. Então... – falou Nicholas.

Ela engoliu em seco.

– Combinado.

– Sim – disse ela.

Georgie remexeu os pés, perguntando-se como diabos aquele momento poderia estar sendo mais desconfortável do que quando ela, de fato, pedira a ele que se casasse com ela.

Ou melhor, quando pedira a ele que a pedisse em casamento. Pior ainda.

Nicholas rompeu o silêncio.

– O dia está quase raiando – falou ele.

Ela olhou para leste. Ainda não havia nenhuma nuance de cor-de-rosa ou coral no céu, mas a bordinha do horizonte já assumia um tom mais claro de azul.

– Preciso ir. – Contudo, ela não se mexeu.

– Está bem. – Ele levou a mão dela aos lábios. – Você sabe que não sou um homem rico, certo? A minha família é, mas eu mesmo não sou.

– Não tem problema.

Era verdade. E Nicholas podia não ser rico como um conde ou visconde, mas com certeza nunca seria pobre. Ela jamais passaria necessidade sendo esposa dele.

– Eu vou trabalhar para me sustentar – prosseguiu ele. – Pode até haver quem me olhe com desdém por morar na cidade.

– Eu não estou nem aí para essas pessoas.

Ele a encarou mais alguns segundos, depois sussurrou:

– Já está quase amanhecendo.

– Você deveria me beijar – disse ela, de repente.

A mão dele ficou tensa ao redor da dela.

– Não é isso que se faz? – perguntou Georgie, tentando disfarçar a vergonha.

Ele também parecia desconfortável, o que a fez sentir-se um pouquinho melhor.

– Acho que sim – disse ele.

– Nunca beijei ninguém – sussurrou ela. – Freddie bem que tentou, mas...

Ele balançou a cabeça, dizendo:

– Mesmo que ele tivesse conseguido, não teria contado.

– Não, imagino que não.

Nervosa, Georgie engoliu em seco e esperou.

E esperou.

Por que ele estava ali parado olhando para ela daquele jeito? Por que não a beijava logo?

Talvez isso devesse partir dela também. Afinal, ele já fora corajoso quando a pedira em casamento. Agora era a vez de Georgie. Ela ficou na ponta dos pés, inclinou-se para a frente e pousou os lábios nos dele. Ficou ali por um segundinho a mais do que talvez fosse necessário, depois se afastou.

Bem. Então pronto.

O primeiro beijo.

Bem, não tinha sido lá grande coisa.

Ela ergueu os olhos para ele. Nicholas a encarava de uma forma inescrutável.

Ela pigarreou.

– Imagino que não tenha sido seu primeiro beijo, certo?

Ele balançou a cabeça, dizendo:

– Não. Mas também não tive uma legião de beijos.

Ela o encarou por alguns instantes, depois começou a rir.

– Não teve uma legião de beijos? O que isso quer dizer?

– Que eu não beijei muitas pessoas – resmungou ele.

E então ela compreendeu – *ele estava envergonhado*.

Talvez. Não tinha certeza.

Mas até que fazia sentido. Georgie estava começando a entender que a sociedade em que vivia era muito idiota. Esperava-se que os homens acumulassem experiências antes do casamento e que as mulheres se mantivessem puras como a neve.

Georgie nunca questionara a ordem das coisas, mas depois do que acontecera nas semanas anteriores, estava cansada de tudo aquilo. Era tudo parte da mesma hipocrisia que fazia a alta sociedade celebrar Freddie Oakes e considerá-la arruinada.

Bem, talvez eles não tivessem chegado a *celebrar* Freddie Oakes, mas a reputação dele estava intacta.

– Sinto muito – disse ela. – Fui muito rude. Mas achei engraçado o que você disse, não o sentimento por trás de suas palavras. Mas devo confessar que...

– Sim?

Georgie ardia de vergonha, mas mesmo assim admitiu:

– Fico *feliz* que você não tenha beijado muitas mulheres.

Ele ameaçou abrir um sorriso.

– Fica?

Ela assentiu.

– Assim eu não tenho como ser muito pior do que você.

– Podemos tentar de novo – sugeriu ele.

– Agora?

– Agora é sempre o melhor momento.

– Não sei se concordo – respondeu ela. – Agora, *agora*, nós estamos escondidos atrás de uma árvore nas sombras da minha casa, e são, sei lá, umas cinco da manhã. Acabamos de cuidar do braço quebrado do meu inimigo mortal e, no processo, eu me vi obrigada a, literalmente, rasgar a camisa do corpo dele e...

– Georgie – interrompeu Nicholas. – Fique quieta.

Ela o encarou piscando freneticamente. Atônita.

– Vamos tentar de novo? – perguntou ele.

CAPÍTULO 12

Uma vez anunciado o noivado, tudo transcorreu com incrível rapidez.

Nicholas ficou impressionado. Ou melhor, teria ficado se não estivesse tão frustrado.

E assoberbado.

Mas, acima de tudo, frustrado.

O beijo... aquele que ele propusera ao sussurrar, todo sedutor, "Vamos tentar de novo?"...

Fora um desastre.

Ele se inclinara para beijá-la, e não sabia mesmo dizer o que tinha acontecido – será que Georgie tinha se assustado? – porque a testa dele batera na dela com força suficiente para fazê-lo recuar, surpreso também.

Não chegaria a dizer que vira estrelas. A descrição era poética demais para descrever a pontada dolorosa que lhe atravessara o crânio. Estrelas eram uma coisa boa, e aquilo... não era.

Tentara outra vez, é claro. Tinha passado os vinte minutos anteriores em um estado desconfortável de excitação. *E* ela deixara bem claro que queria ser beijada. *E* ele ia se casar com ela.

Então sim. É óbvio que ele tentaria outra vez.

Para ser sincero, ele até se achou muito contido, considerando que, da fazenda até Aubrey Hall, tinha passado a cavalgada inteira com as coxas envolvidas pelas pernas nuas de sua futura esposa. Georgie tinha tentado preservar os bons modos arrumando o penhoar de forma decente, mas a solução não tinha durado nem trinta segundos.

Embora tivesse mantido os olhos à frente (o que de fato fizera, ao menos um pouco), evitando o vislumbre do luar reluzindo na pele branca de Georgie, não conseguiu ignorar os seios dela colados às costas, a mão envolvendo sua barriga.

Tudo. Tudo dela estava colado a tudo dele, e quando chegaram a Aubrey Hall, ele estava rijo como uma pedra – uma condição muito desconfortável para andar a cavalo.

Ou descer do cavalo.

Ou ajudar uma dama a descer do cavalo. Ao segurar Georgie pelos quadris, precisara reunir todo o autocontrole para não deixar a mão escorregar um pouco mais para baixo.

Por isso largara a dama como se ela estivesse pegando fogo.

Metaforicamente falando, uma descrição não muito diferente da realidade.

Então ele logo cruzara as mãos diante do corpo, porque, *céus*, o que mais poderia fazer?

Não podia ficar parado ali, com uma ereção forçando o tecido da calça.

Mas aquele primeiro beijo não fora nada inspirado. E o segundo, simplesmente horrível.

Quando Nicholas estava pensando em tentar o terceiro, o cavalo espirrou. Bem em cima de Georgie.

A oportunidade morreu no mesmo segundo. O sol nasceria a qualquer momento, o desejo estava esfriando e, para ser franco, ele teria um dia cheio.

Precisava ir para casa, avisar aos pais que Georgie tinha aceitado o pedido e tomar as providências para que a tal licença especial de casamento fosse usada. Em um ou dois dias já estariam casados e ele poderia voltar à Escócia. Não sabia muito bem como ele e Georgie se ajeitariam ao chegar a Edimburgo – não teria condições de levá-la para morar no quarto que alugava na pensão. O pai dele mencionara a possibilidade de alugar uma casa na parte nova da cidade, mas isso não aconteceria da noite para o dia. Talvez Georgie preferisse esperar em Kent até que arrumassem uma residência definitiva.

Mas não era hora de tomar uma decisão daquelas.

Nicholas retomaria o assunto mais tarde, quando ela não estivesse de roupa de dormir e ele já não tivesse mais um lenço manchado de uísque e o sangue de Freddie Oakes no bolso.

Eles se despediram – talvez de forma um pouco mais formal do que o esperado – e Nicholas subiu na sela.

– Espere! – exclamou Georgie.

Ele fez o cavalo dar meia-volta.

– Sim?

– Como vamos contar a eles? Aos nossos familiares?

– Como você preferir. – Na verdade, Nicholas não tinha pensado nisso.

– Imagino que a sua família já saiba.

– Só os meus pais. E eles não sabem que você aceitou, é claro.

Georgie assentiu devagar, daquela forma tão característica sempre que ponderava alguma coisa.

– Você pode estar comigo? – perguntou ela. – Quando eu contar a eles?

– Se você quiser.

– Eu gostaria muito, porque sei que vão fazer muitas perguntas. Acho que vai ser mais fácil se você estiver do meu lado. Para aliviar o fardo.

– O que por si só é a própria definição do casamento – murmurou ele.

Isso arrancou um sorriso dela.

– Posso voltar mais tarde, então?

– Será um prazer.

E foi assim. O momento não teve nada de romântico, nada que o fizesse perder o fôlego, o deixasse com o coração acelerado ou baboseiras do tipo.

E então Georgie sorriu.

Nicholas perdeu o fôlego.

O coração acelerou.

E ele sentiu na pele *todas* as baboseiras do tipo.

Georgie estava tomando café da manhã quando Nicholas chegou.

Tinham combinado o seguinte: ela queria que tanto o pai quanto a mãe estivessem disponíveis quando ele chegasse, e como os Bridgertons tinham uma rotina muito pontual pela manhã, parecera o melhor momento para pegar os dois em casa.

Mas Georgie não previra que Nicholas viria trazendo os próprios pais.

– Vieram todos – constatou, com certa surpresa, quando ele se inclinou para cumprimentá-la.

– Você não achou que eu viria sozinho, achou? – perguntou ele, erguendo a sobrancelha com um ar malicioso; em uma pessoa tão séria, a expressão ganhou contornos quase diabólicos. – Se vou ajudá-la a lidar com sua família, você também precisa me ajudar com a minha.

– Justíssimo.

Ele se sentou ao lado dela, dizendo:

– Além do mais, não consegui impedir que viessem.

Isso a fez sorrir, mas, por um motivo qualquer, Georgie sentiu necessidade de esconder o sorriso com a xícara de chá.

Os Rokesbys eram presença frequente em Aubrey Hall, mas não costumavam vir tão cedo; talvez por isso lady Bridgerton parecesse um tanto surpresa ao se levantar para cumprimentá-los.

– Helen! – exclamou, indo falar com a amiga. – Que surpresa. O que os traz a Aubrey Hall logo pela manhã?

– Ah, bem, sabe... – Lady Manston murmurou uma série de palavras sem sentido.

Georgie estava impressionada. Conhecia muito bem a mãe de Nicholas e sabia que ela devia estar morrendo de vontade de contar tudo.

– Algo errado? – indagou lady Bridgerton.

– Muito pelo contrário – disse, mas com tanto vigor e tanta ênfase que todo o salão parou e olhou para ela.

– Mãe – repreendeu Nicholas, baixinho.

Ele se inclinou na cadeira e pegou o braço dela com delicadeza, afastando-a de lady Bridgerton.

E então olhou para Georgie e perguntou:

– Onde está Edmund?

– Já foi embora com Violet e os meninos.

– Talvez seja até bom – respondeu ele. – Vai ser uma confusão danada daqui a pouco.

Lady Bridgerton corria os olhos de um para o outro.

– Por que tenho a sensação de que todo mundo sabe de um segredo menos eu?

– *Eu* não sei – comentou lorde Bridgerton, voltando exultante ao seu café da manhã. – Se serve de consolo. – Ele fez um gesto para que lorde Manston se sentasse ao seu lado. – Café?

– Champanhe, talvez? – murmurou lorde Manston.

Nicholas virou o rosto na mesma hora.

– *Pai!*

Georgie mordeu a língua tentando não rir do constrangimento dele.

– Você não está ajudando em nada – repreendeu Nicholas.

Georgie decidiu que caberia a ela fazer o anúncio.

– Mãe, pai, tenho uma coisa importante a dizer.

Nicholas pigarreou.

– Digo, *nós* temos algo importante a dizer.

Georgie não havia planejado uma pausa dramática, mas logo notou quão fascinantes e deliciosas eram as reações dos pais – o sorriso bobo de lady Manston, a alegria contida de lorde Manston, os olhos da própria mãe arregalando-se quando se deu conta do que estava acontecendo ali.

O pai dela, é claro, continuou sem entender nada até que Georgie anunciou:

– Eu e Nicholas decidimos nos casar.

– Ah, mas que *maravilha!* – exclamou lady Bridgerton, e Georgie não estaria exagerando ao dizer que a mãe atravessou o salão em um pulo para abraçá-la.

– É a *melhor* notícia do mundo – prosseguiu lady Bridgerton. – Ah, a melhor de todas. Eu não poderia ter desejado nada melhor. Não sei por que *eu* não pensei nisso. Acho que porque Nicholas não estava aqui, então nunca me ocorreu...

– Não importa como aconteceu – interrompeu Georgie, com delicadeza –, só que aconteceu.

– Sim, sim, é claro – disse lady Bridgerton, que então olhou para o marido. – Vamos precisar de uma licença especial.

– Resolvido! – anunciou lorde Manston, deixando Georgie de queixo caído quando, com um gesto enérgico, tirou o documento do bolso. – Aqui está. Podemos casar os meninos hoje mesmo.

Georgie tentou argumentar.

– Acho que não seria...

– Será? – disse a mãe dela. – Digo, é claro que sei que há motivos de sobra para resolver isso de uma vez por todas, mas talvez fazer tudo com tanta pressa não fique bem...

– E quem iria julgar? – intercedeu lady Manston. – Ninguém sabe quando ele fez o pedido, e não é como se todos não desconfiassem que, de certa forma, esse casamento é uma resposta ao escândalo.

– Bem, isso é verdade – refletiu lady Bridgerton. – No fundo, é mais uma questão de tirar o melhor da situação, não é mesmo?

– Estou felicíssimo – falou lorde Bridgerton, sem se dirigir a ninguém em particular. – Felicíssimo!

Lorde Manston chegou perto dele e sussurrou algo em seu ouvido. Georgie não sabia fazer leitura labial, mas podia apostar que ele dissera: "A ideia foi minha."

Nicholas se virou para Georgie, dizendo:

– Duvido que alguém sequer perceberia se saíssemos da sala.

– Tenho certeza absoluta.

– Temos planos a fazer – anunciou lady Bridgerton.

– Não temos tempo para um casamento grandioso – disse lorde Bridgerton.

– Não estou falando disso – retrucou ela. – Estou falando de *depois*. Onde eles vão morar?

– Em Edimburgo, mãe – disse Georgie, respondendo a uma pergunta que, embora tivesse sido *sobre* ela, não tinha sido *dirigida* a ela. – Nicholas precisa voltar para a faculdade.

– Sim, é claro, mas... – Lady Bridgerton deixou a frase morrer; fez um pequeno gesto com as mãos e pareceu esperar que todos tivessem entendido o que ela quis dizer.

– Está decidido, mãe. Eu vou com ele. Para a Escócia.

– Querida – insistiu a mãe –, você não vai querer ir para Edimburgo assim, de repente.

Georgie manteve o semblante bem sério e o ar decidido.

– Vou, sim.

– Não fale besteira. Não vai ter nada providenciado por lá.

– Não tem problema.

– Você não sabe das coisas, querida.

Georgie tentou não trincar os dentes.

– Então vou aprender.

Lady Bridgerton virou-se para lady Manston como quem pedia ajuda. Ela, por sua vez, abriu um sorriso amigável e disse:

– Lorde Manston pretende alugar uma casa para vocês na Cidade Nova.

– Cidade Nova? – repetiu Georgie.

E nesse momento percebeu que não sabia muito sobre Edimburgo. Não sabia nada.

– É a parte nova da cidade – explicou Nicholas.

– Ajudou muito – resmungou ela.

Ele deu de ombros, dizendo:

– Mas é verdade.

Ela fez cara feia para ele.

– Jura?

– Andrew tem amigos que trabalharam no projeto de urbanismo – disse lorde Manston. – Parece tudo muito moderno.

O irmão mais velho de Nicholas, Andrew, era arquiteto, mais por ofício do que por formação. Georgie sempre gostara de conversar com ele sobre arquitetura e engenharia, e se ele achava que a Cidade Nova era o melhor lugar para alugar uma casa, ela confiava.

Mas isso não minimizava o fato de que, se mais uma pessoa tentasse ditar o que ela deveria ou não querer, ela iria *gritar*.

– Georgiana – falou lady Manston –, não vai ser nada fácil em Edimburgo.

– Nada fácil? – repetiu Georgie.

O que diabo ela queria dizer com isso? Nicholas também chegou para a frente, franzindo a testa para a mãe.

– Como assim, milady? Edimburgo é uma cidade muito civilizada.

– Não, não – respondeu lady Manston –, não é isso. Imagino que seja um belo lugar para se viver. No futuro. – Virou-se então para Georgie. – Querida, entenda, mesmo que encontremos uma casa apropriada, ainda haverá muito que fazer. Comprar a mobília, contratar empregados.

– Eu posso fazer tudo isso – declarou Georgie.

– Georgie – intercedeu a mãe –, acho que você não está entendendo...

– Eu posso fazer tudo isso – repetiu ela, entre os dentes.

– Só se você quiser – falou Nicholas.

Ela sabia que ele estava apenas tentando ajudar, mas o que Georgie queria era que ele pusesse um ponto final em toda aquela interferência e insistisse para que os dois se mudassem para o norte, como um casal.

– Eu não vou ficar em Kent depois de me casar – afirmou Georgie com veemência.

– De fato isso passaria uma imagem errada – ponderou a mãe.

– Pouco me importa a imagem que vai passar – retrucou Georgie. – Só o que importa sou eu. E Nicholas – acrescentou depressa.

Ele concordou com elegância.

– Se vou me casar com ele, então vou me casar com ele. Mesmo que seja para morar na pensão.

Nicholas pigarreou.

– Na verdade – disse ele –, não sei se o estabelecimento da Sra. McGreevey permite a presença de mulheres.

– Nem mesmo de mulheres casadas? – perguntou a mãe dele.

– Confesso que não sei. Nunca tive motivos para perguntar. Mas sei que no momento todos os inquilinos são homens. – Ele se virou para Georgie. – Eu quero que você venha comigo para Edimburgo, mas não sei se ficará confortável em um ambiente como a pensão.

– Só vamos descobrir se tentarmos – murmurou ela.

– Eles podem morar em Scotsby – disse lorde Bridgerton, de repente.

Todos os rostos se voltaram para ele.

– Scotsby – repetiu ele. – Imagino que já tenham me ouvido falar da propriedade. É uma pequena cabana de caça. Faz séculos que não vou lá, mas não fica longe de Edimburgo. Não vejo por que não poderiam ficar lá. Nicholas pode ir a Edimburgo sempre que necessário.

– Muita generosidade – disse Nicholas –, mas, com todo o respeito, posso perguntar a que distância fica de Edimburgo?

Lorde Bridgerton franziu o cenho.

– Não me lembro muito bem, mas deve ser, no máximo, umas duas horas.

– Duas... *horas*?

– De carruagem – esclareceu lorde Bridgerton. – A cavalo deve levar metade do tempo.

– Pai, isso não vai dar certo – disse Georgie, antes mesmo que Nicholas pudesse protestar. – Nicholas é muito ocupado. Você não pode querer que ele viaje uma hora para ir e outra para voltar todos os dias para ir para a faculdade.

– Ah, então você vai todos os dias? – perguntou lorde Bridgerton.

– Praticamente sim, milorde – respondeu Nicholas, com educação.

– Mil perdões – falou lorde Bridgerton. – Supus que o regime era mais de tutoria, coisas desse tipo. – Olhou então para os demais. – Então não vai dar certo.

– Mas Georgiana pode ficar em Scotsby – sugeriu lady Bridgerton.

Georgie ergueu o rosto na mesma hora.

– Sozinha?

– Sozinha, não, querida – assegurou a mãe. – Não vamos mandar você para a Escócia sem criados.

– Eu estava falando do Nicholas – disse ela.

– Seria um arranjo temporário, meu bem – falou lady Bridgerton, com um sorriso meigo. – Só até lorde Manston providenciar a casa na Cidade Nova.

– Mas nós mesmos podemos encontrar uma casa – afirmou Nicholas, categórico.

– E quando você vai ter tempo para isso? – argumentou lorde Manston. – Não é você que vive me dizendo que é muito ocupado?

– Não sou ocupado demais para encontrar uma casa para a minha esposa.

– Nicholas, meu bem – interrompeu a mãe dele. – Por favor, aceite a nossa ajuda.

– A ajuda eu aceito com prazer – respondeu ele. – Mas a tentativa de controlar tudo eu dispenso.

Silêncio.

– O que Nicholas *quis* dizer – intercedeu Georgiana – é que gostaríamos de tomar nossas próprias decisões.

Silêncio.

– O que *Georgie* quis dizer...

Mas Nicholas começou a frase com um tom tão alarmante que Georgie achou melhor não deixá-lo terminar. Deu uma cotovelada com força nele e um sorriso diplomático.

– Scotsby será uma ótima casa temporária até encontrarmos uma solução melhor de longo prazo – disse ela, virando-se então para Nicholas e perguntando: – Concorda?

141

Ele não parecia nada convencido.

– Isso depende do que você entende por temporária.

– É lógico – resmungou ela.

– Ainda assim – objetou lady Bridgerton, depois de observar o diálogo com ansiedade –, vocês vão precisar de ajuda, principalmente no começo. Insisto que levem a Sra. Hibbert.

Georgie olhou para a mãe sem entender.

– Quem?

– A Sra. Hibbert. Irmã da Sra. Brownley.

– Quem? – ecoou Nicholas.

– Nossa governanta – falou Georgie, voltando-se para a mãe. – Não sabia que a Sra. Brownley tinha irmã.

– Ela acabou de se mudar para cá – falou lady Bridgerton. – Ficou viúva recentemente, mas tem muita experiência e está precisando de emprego.

– Então está bem – concordou Georgie.

Não tinha como *não* concordar. Não enquanto a irmã da Sra. Brownley estivesse precisando de emprego.

– E nós providenciaremos o mordomo – acrescentou lady Manston.

Georgie hesitou.

– Não sei se precisamos de um...

– Lógico que precisam – disse lady Manston. – Além do mais, estou falando do sobrinho de Wheelock. Vocês não podem recusar o sobrinho de Wheelock.

– Richard? – perguntou Nicholas.

– Isso mesmo. Faz meses que Wheelock está treinando o rapaz.

– Mas e se ele não quiser se mudar? – indagou Georgie.

– Não é todo dia que surge uma vaga de mordomo-chefe – argumentou lady Manston. – Tenho certeza de que ele vai agarrar a oportunidade. Além do mais, Wheelock é do norte. Mas, se preferirem, vocês mesmos podem perguntar a Richard.

– E Marian também vai com vocês, é claro – afirmou lady Bridgerton –, mas não sei se gosto da ideia de mandar só ela. Creio que a Sra. Hibbert tem duas filhas. Elas também podem ir.

– Afinal, não podemos separar uma família – concordou lady Manston.

– É claro que não.

Georgie pigarreou.

– Bem, me parece um séquito grande demais para um estudante e sua esposa.

– E é por isso que vocês vão precisar de uma carruagem – falou lady Manston, voltando-se para o marido. – Você pode cuidar disso, querido. Escolha uma carruagem apropriada para o frio.

– Teremos que mandar duas – disse lorde Manston. – Não vão caber todos em uma só.

– Mas nós não precisamos de duas carruagens – protestou Georgie.

– É claro que não, querida – disse lorde Manston, olhando para ela como se Georgie não estivesse falando coisa com coisa. – Uma delas voltará a Kent.

– Ah, é claro – murmurou ela em resposta, se perguntando por que estava se sentindo tão repreendida.

– Mas vocês vão precisar de dois cocheiros – prosseguiu lorde Manston –, e pelo menos um reserva, para o caso de um deles ficar indisposto.

– E sentinelas – acrescentou lorde Bridgerton. – As estradas andam muito perigosas. Todo o cuidado é pouco.

– Infelizmente, não há o que fazer em relação à cozinheira – falou lady Bridgerton. – Isso vocês terão que resolver na Escócia.

– Vamos dar um jeito – garantiu Georgie, baixinho. – Tenho certeza.

– As filhas da irmã da sua governanta – disse a mãe de Georgie para a mãe de Nicholas. – Nenhuma delas cozinha?

– Como você veio para Kent mesmo, Nicholas? – perguntou Georgie. – De diligência postal?

– Na maior parte do caminho, sim. Por quê?

– Parece uma opção muito tentadora.

Ele deu um meio sorriso.

– Você diz isso porque nunca teve que andar de diligência postal.

– E se fugíssemos de diligência?

– NADA DISSO! – rugiu a mãe dela.

E a mãe dele.

Georgie, que achou que estivesse falando baixo, levou um susto.

– Livrai-nos, nosso Senhor Jesus Cristo! – exclamou lady Bridgerton.

– Mãe, era brincadeira. – Revirando os olhos, Georgie dirigiu-se a todos: – Era brincadeira.

Mas ninguém pareceu achar muita graça. Só Nicholas, que comentou:

– Eu achei engraçado.

– Ainda bem que é com *você* que eu vou me casar – resmungou ela.

– Amanhã – disse ele, de repente.

– Oi?

– Amanhã. – Nicholas fez uma pausa um tanto dramática. – Vamos nos casar amanhã, e então vamos embora logo depois.

A oposição de todos foi imediata, e o protesto mais alto veio de lorde Manston:

– Meu filho, não seja ridículo! Não dá para tomar providências para uma casa inteira em um dia.

Nicholas deu de ombros.

– Então que seja depois de amanhã. Em todo o caso, *eu* vou embora. Preciso voltar. Prefiro não ter que deixar Georgie aqui e depois obrigá-la a viajar sozinha para o norte...

– Isso ela *não vai* fazer – garantiu a mãe dele.

Ele sorriu.

– Então estamos de acordo – falou.

Funcionou. De repente os pais, que vinham argumentando fervorosamente que era impossível que fossem para a Escócia em uma semana, diante da perspectiva de resolver tudo em um só dia, decidiram que tudo bem partir em dois.

Georgie o encarou, impressionada. Ele era bom *mesmo*. Não tinha nem como se ressentir do sorriso presunçoso que deu. Nicholas tinha feito por merecer.

Dois dias. Em dois dias ela estaria casada.

Ou melhor, estaria casada e a caminho de outro país onde não conhecia ninguém além do futuro marido.

Teria que providenciar acomodações, tudo o mais para a nova casa, fazer amigos, aprender costumes diferentes.

Ela *deveria* estar nervosa.

Deveria estar apavorada.

Mas não estava.

E assim, com todos à sua volta falando pelos cotovelos, os pais fazendo planos e Nicholas fazendo anotações, Georgie se pegou sorrindo. De orelha a orelha.

Aquilo seria fantástico.

CAPÍTULO 13

Não seria, não.

O casamento foi uma graça. O brunch de comemoração, delicioso.

Mas a viagem para o norte...

Ninguém sobreviveria se não fizessem algo a respeito de Gatonildo.

As duas gatas estavam se comportando bem. Judite se enrodilhara no cesto, como uma boa felina, dormindo no ato. Sentindo necessidade de demonstrar seu desprezo por todos os humanos, Blanche passara alguns minutos se remexendo, com o pelo eriçado, até enfim se encolher no cantinho mais afastado do banco acolchoado da carruagem e sossegar.

Mas Georgie sabia muito bem lidar com a fúria de Blanche. Por mais rancorosa e mal-humorada que estivesse, era fácil subornar a gata com uns pedacinhos de queijo.

Gatonildo, por outro lado...

Gatonildo miava.

Gatonildo uivava.

Gatonildo emitia sons que Georgie só imaginava serem possíveis no purgatório ou no inferno.

E embora talvez conseguisse suportar aquela tortura se estivesse sozinha, o grupo que viajava para a Escócia acabou composto de nada menos que quinze pessoas. Georgie sentia que não seria capaz de continuar castigando os outros por muito mais tempo.

MIAAAAAUR!

Nervosa, Georgie olhou para Nicholas, que estava à sua frente na carruagem e cujo esforço para não aparentar desconforto era louvável. Estava se saindo muito melhor do que – *MIAAAAAUR!* – Marian, a aia leal de Georgie, que parecia ter desenvolvido um tique na bochecha esquerda.

MIAAAAAUR!

– Shhhh, Gatonildo! – falou Georgie, fazendo carinho na cabeça dele.

Não tinha por que achar que faria alguma diferença. Já não tinha tido sucesso nas primeiras 163 tentativas.

MIAAAAAUR!

– Quanto tempo faz que estamos na estrada? – perguntou Marian.

Georgie tentou responder com um tom jovial:

– Não tenho relógio.

– Eu tenho – disse Nicholas, sem sequer erguer os olhos do periódico de medicina que lia. – Faz três horas.

– Tudo isso? – falou Georgie, sem ânimo.

MIAAAAAUR!

O tique de Marian passou para o olho.

Georgie deu uma encarada considerável em Nicholas, arregalando bem os olhos e projetando o queixo. O recado era óbvio: "Faça alguma coisa!"

Ele respondeu com uma expressão também arregalada, mas, em vez do queixo projetado, tombou a cabeça para o lado como quem dá de ombros e diz: "O que você quer que eu faça?"

Georgie com o queixo projetado.

Nicholas com a cabeça de lado.

Ambos de olhos arregalados.

– Algum problema? – perguntou Marian.

MIAAAAAUR!

– Além desse? – resmungou ela.

– Nicholas – falou Georgie, enfática –, por que não oferece a Marian um pouco do seu uísque?

Ele apenas a encarou, e então fez uma cara que Georgie interpretou como "E como é que eu ia adivinhar que era isso que você queria com esses olhos esbugalhados e esse queixo empinado?"

– Hã, Srta... – *MIAAAAAUR!* – Srta. Georgiana – disse Marian, meio rouca. – Não sei se vou conseguir aguentar por muito...

– Uísque? – ofereceu Nicholas, colocando o frasco próximo ao rosto dela.

Muito grata, Marian aceitou e bebeu um gole generoso.

MIAAAAAUR!

– Georgie, não há nada que possamos fazer? – perguntou Nicholas.

Ele merecia a admiração de Georgie por ter aguentado tanto tempo sem se manifestar, mas depois de três horas de ganidos felinos ela estava com os nervos à flor da pele.

– Se houvesse – respondeu ela, irritada –, você não acha que eu já teria feito?

MIAAAAAUR!

Marian bebeu o uísque todo.

– Vai ser assim até Edimburgo? – perguntou Nicholas.

– Deus nos livre! – murmurou Marian.

Foi só então que Georgie tirou os olhos da aia, que nunca tinha ingerido mais de meia tacinha de xerez em sua presença, e respondeu:

– Eu não sei. Ele nunca viajou de carruagem comigo. Os outros dois estão aguentando bem.

– Será? – perguntou Nicholas. – Parece que aquele ali está tramando a sua morte.

Georgie olhou para Blanche, que tinha passado a maior parte da viagem quieta. Ela apenas presumira que a gata havia se resignado, mas em determinado momento o sol mudara de posição, passando a iluminar o cantinho escuro que a felina ocupava no banco. Ficou bem claro que Blanche, na verdade, estava com um olhar ofendidíssimo, como se tivesse sido traída e dissesse: "Não ACREDITO que você está fazendo isso comigo."

Sem dizer nada, Georgie deu um pedacinho de queijo à gatinha.

MIAAAAAUR!

– Será que esse aí também não quer queijo? – sugeriu Nicholas.

Georgie deu de ombros. Àquela altura, estava topando qualquer negócio.

– Gatonildo? – chamou ela com doçura, oferecendo o petisco.

Gatonildo avançou no queijo e todos respiraram aliviados. Não que tivesse comido em silêncio; mastigou de boca aberta estalando a língua e fungou alto algumas vezes, mas era melhor do que "MIAAAAAUR!"

– Pode dar mais? – implorou Marian.

– Acho que tenho mais uísque – sugeriu Nicholas.

– Você não vai dar uísque para o meu gato – repreendeu Georgie.

Nicholas e Marian se entreolharam.

– Nada de uísque!

Ninguém manifestou apoio.

– Não é possível que ainda falte muito para chegarmos a Londres – disse Georgie, com uma nota de desespero na voz.

Nicholas olhou pela janela.

– Uma hora? Talvez uma e meia.

– Só isso? – perguntou Georgie com alegria forçada. – Isso não é nada. Nós podemos...

MIAAAAAUR!

– Não é melhor colocá-lo no cesto? – perguntou Marian.

Georgie olhou para Judite, toda fofinha e cinzenta, bem tranquila em sua casinha de vime.

– Só tem um cesto.

– Como é possível uma coisa dessa? – indagou Nicholas.

Georgie ponderou.

– Não sei. Quando saímos, tínhamos três. Os outros dois devem estar na outra carruagem. Ou talvez em cima, no bagageiro.

– Em cima, é?

Georgie sentiu a própria face ficar pétrea.

– Não vou deixar vocês botarem o Gatonildo no bagageiro.

Olhando para Nicholas, Marian balançou a cabeça e disse:

– Ainda assim daria para ouvir os uivos.

– Mas seria menos intenso – opinou ele.

Georgie não sabia se ele estava falando sério ou não.

– Bem, se você só tem um cesto – disse ele –, então tire o outro gato.

– Mas ela está sendo tão boazinha – retrucou Georgie, falando da gata. – Não soltou nem um pio.

– Talvez esteja morta – sugeriu Nicholas.

– Nicholas!

Ele deu de ombros e acrescentou:

– Bem, ao menos o cesto ficaria livre.

Georgie cravou nele um olhar glacial.

– Não vou nem me dignar a responder.

Ele deu de ombros outra vez.

– Além do mais – disse ela –, não dá para garantir que Gatonildo vá ficar quieto se eu o puser no cesto.

Nicholas ergueu um dedo.

– Boa resposta.

Georgie resmungou uma série de imprecações que não seriam nada adequadas a uma dama de sua estirpe.

MIAAAAAUR!

– Já estamos quase em Londres – disse Georgie, meio desesperada.

Ela acariciava o gato com firmeza renovada, passando para as bochechas, imprimindo bastante pressão para que talvez, com sorte, ele não conseguisse abrir tanto a mandíbula...

Mesmo assim, o bicho tentou.

148

Grrrrrrrr.

– Melhor assim, não é? – perguntou Georgie.

Grrrrrrrr.

– Parece que ele vai entrar em combustão – observou Nicholas.

Grrrrrrrr.

– Imagino que segurar o miado assim não seja muito saudável – comentou Marian, preocupada.

Georgie olhou para ela.

– É melhor eu soltar?

– Não!

Georgie assentiu e continuou com os carinhos na bochecha e no queixo.

– Quietinho, Gatonildo. Viu? Não é tão ruim assim.

Gatonildo, por sua vez, parecia não estar muito contente com os esforços da dona.

Insistiu no "gRRRrr", e Georgie teve que fazer mais força para manter os uivos presos dentro da boca do gato.

– Bom gatinho – murmurou ela. – Você é um gatinho muito bonzinho.

– Mau gatinho – retrucou Nicholas. – O pior de todos.

Georgie o encarou de cara feia.

– Bom gatinho – disse, praticamente rosnando.

A pressão na mandíbula de Gatonildo só aumentava.

GRRRRrr...

Marian franziu a sobrancelha de preocupação.

– Isso não está soando bem.

– Não, tenho certeza de que...

MIAAAAAAAUUUUR!

Gatonildo soltou um ganido tão profano que Georgie largou a boca dele no ato. O som se propagou no ar e o gato, claramente explodindo com a necessidade de deixar o berro sair, esticou a cabeça e as patas feito um pentágono rijo, peludo e amarelado, uivando contra toda a injustiça do mundo até que...

Parou.

Os três humanos que ocupavam a carruagem aguardaram sem nem respirar.

– Morreu? – perguntou Nicholas, por fim.

Georgie o encarou, escandalizada.

– Por que você não para de ficar insinuando a morte dos meus gatos?

– Mas morreu?

– Acho que desmaiou – arriscou ela, olhando para o gato com preocupação.

Gatonildo estava estatelado de costas, com a barriga para cima e uma pata sobre o rosto em um gesto dramático. Com muito cuidado, Georgie pôs a mão no peito dele.

– Está respirando.

Marian deu um suspiro. Muito embora, pensou Georgie, talvez não de alívio.

– Haja o que houver – disse Nicholas, quase sussurrando –, não se mexa. Se você acordar essa coisa...

– Essa *coisa*, Nicholas, é um gato.

– Se você acordar esse *gato* – consertou ele, sem demonstrar qualquer remorso –, estaremos todos condenados.

Marian espiou pela janela.

– Estamos parando?

Franzindo a testa, Georgie chegou para a frente para tentar olhar.

– Não se mexa! – sibilaram Nicholas e Marian.

Mostrando ostensivamente que não estava se mexendo, Georgie perguntou:

– Chegamos?

– Chegamos a *algum* lugar – murmurou Nicholas –, mas, se você quer saber se esse lugar é Londres, então não, não chegamos.

A carruagem parou.

– Fiquem aqui – disse ele. – Vou descobrir o que houve.

Georgie e Marian ficaram olhando Nicholas desembarcar. Depois de um instante, Georgie disse:

– Imagino que não estejamos muito longe.

– Concordo – murmurou Marian. – Era para chegarmos lá ao cair da tarde. Lady Manston mandou avisar os criados.

Georgie assentiu, de repente consciente do nó de ansiedade apertando a garganta.

A única vantagem de todo o escândalo de Gatonildo era ela não ter conseguido nem pensar na noite que teria pela frente.

O plano era pernoitarem na Manston House, em Londres. Era a primeira escala lógica da jornada para o norte, e assim Georgie e Nicholas não passariam a noite de núpcias em uma estalagem.

E também não teriam que passá-la com as famílias, que estavam em Kent.

Georgie não queria nem pensar em como seria se tivesse que passar a noite de núpcias em Crake, sabendo que a família de Nicholas estaria em outros quartos na mesma ala. A única coisa pior do que isso seria estar em Aubrey Hall, com a própria família em seus quartos, mesmo que ficassem localizados na ala oposta ao dela.

– Consegue ver o que está acontecendo? – perguntou Georgie.

Marian, que tinha acabado de se levantar, foi espiar na porta aberta.

– O Sr. Rokesby está conversando com Jameson – respondeu Marian.

– Jameson, o lacaio?

Marian fez que sim e falou:

– Não está com uma cara muito boa.

– Jameson ou o Sr. Rokesby?

– Jameson – respondeu Marian. – Não era ele que seguiria na frente até chegarmos a Londres?

– Ele foi mesmo na frente.

– Bem, então ele foi e voltou.

– Isso não faz o menor sentido – retrucou Georgie.

Marian se voltou para o interior da carruagem, dizendo:

– Pode ser, mas ali está ele, conversando com o Sr. Rokesby, e nenhum dos dois parece muito contente. Ah, espere, Marcy e Darcy estão vindo.

As gêmeas Marcy e Darcy eram as filhas da Sra. Hibbert. Georgie não sabia bem quantos anos tinham. Quinze? Dezesseis? As duas estavam na segunda carruagem junto com a Sra. Hibbert e o sobrinho de Wheelock (que também se chamava Wheelock). O grupo seguia acompanhado lado a lado por dois criados de Aubrey Hall que iam na condição de sentinelas, dois criados de Crake (também sentinelas), um cocheiro de Aubrey Hall, um de Crake, um aprendiz de cavalariço e o próprio Jameson, que tinha ido na frente rumo a Londres.

– Sabe o que está acontecendo? – perguntou Marian a Marcy.

Ou Darcy, Georgie não sabia muito bem quem era quem. As duas eram idênticas.

– Alguma coisa a ver com pestilência – respondeu Marcy-ou-Darcy.

– Pestilência? – ecoou Georgie, começando a se levantar por instinto.

– Não se mexa! – Marian meio sussurrou, meio guinchou.

Emburrada, Georgie obedeceu. Ela, tanto quanto Marian, queria que Gatonildo continuasse dormindo.

– O que estava acontecendo aqui na carruagem de vocês? – perguntou uma das gêmeas a Marian; a outra irmã se afastou, talvez em busca de uma conversa mais interessante.

– Ah, o barulho? – perguntou Marian. – Era o gato.

– Não é possível que estivesse dando para escutá-lo lá da outra carruagem – protestou Georgie.

A jovem criada deu de ombros, dizendo:

– Parecia que o capeta em pessoa estava viajando aqui com vocês.

– Repito, é impossível que estivesse dando para ouvir de lá – insistiu Georgie, mas ninguém lhe deu crédito.

Marcy-ou-Darcy (Georgie teria que arrumar um jeito de distingui-las) enfiou a cabeça dentro da carruagem, curiosa.

– Milady matou o gato?

– É claro que não matei o gato – vociferou Georgie.

Marcy-ou-Darcy não ficou muito convencida.

– Tenho certeza de que o Sr. Rokesby não disse nada sobre pestilência – argumentou Georgie.

– Não foi o Sr. Rokesby, milady – disse Marcy-ou-Darcy. – Foi Jameson, o lacaio.

– Acho muito improvável... Me desculpe, mas vou ter que perguntar. – Georgie não estava aguentando mais. – Você é Marcy ou Darcy?

– Marcy, milady. Dá para ver a diferença pelas sardas.

– Pelas sardas?

Marcy se inclinou para a frente, mas, como estava de pé do lado de fora, seu rosto ficou bem na altura do chão da carruagem, gerando um efeito um tanto cômico.

– Tenho mais sardas do que ela – disse Marcy, mostrando as bochechas. – Está vendo?

– Talvez uma de vocês devesse considerar adotar um penteado diferente – sugeriu Georgie.

– Costumávamos fazer isso – falou Marcy –, mas mamãe disse que, agora que somos criadas, devemos usar sempre um coque.

Então, como se tivesse acabado de se lembrar de que estava se dirigindo à sua nova patroa, ela baixou a cabeça e fez uma mesura. O que, infelizmente, resultou em Marcy ralando o queixo no chão da carruagem.

– Ai!

Gatonildo, que estava no colo de Georgie, se remexeu.

Todas congelaram.

Bem, Marian e Georgie congelaram. Marcy, por sua vez, saiu saltitando com a mão no queixo, gemendo de dor.

– Ela está sangrando? – perguntou Georgie.

– Não se mexa – implorou Marian, indo falar com Marcy. – Está sangrando?

– Acho que mordi a língua.

Georgie perdeu o ar quando Marian chegou para o lado, deixando ver o rosto de Marcy. A menina tentou sorrir, mas tudo que fez foi exibir os dentes cobertos de sangue.

– Ah, meu Deus!

A pobre moça parecia uma assombração.

– Vá buscar o Sr. Rokesby. Ele saberá o que fazer.

– Ele é médico – disse Marian.

– Está *estudando* para ser médico – corrigiu Georgie.

– Mas logo será.

Marcy saiu, apressada e Georgie continuou olhando para a aia, que, pendurada para fora da carruagem, tentava entender o que acontecia.

– Melhor você ir logo lá fora, Marian – resmungou Georgie, olhando Gatonildo, que ainda dormia em seu colo. – Já que eu não posso.

Marian se virou para ela, ansiosa para obter a confirmação definitiva de que a patroa não se incomodaria com isso.

– Pode ir – falou Georgie. – Mas veja se consegue descobrir por que paramos!

Marian assentiu e então sentou no chão, deixando as pernas penderem para fora antes de saltar da carruagem. Georgie a ouviu aterrissar com um "aff", mas, como a aia saiu correndo, com certeza não tinha se machucado.

– Bem – comentou Georgie, sem se atrever a falar diretamente com Gatonildo. – Agora só sobramos você e eu.

Blanche ergueu o rosto e bocejou.

– E você e Judite – acrescentou Georgie, olhando para a gata. – Mas todos ficaremos muito mais felizes se você puder fazer com que eu me esqueça de vocês.

Blanche fungou com desdém, mas voltou a se deitar, satisfeita que o olhar mortífero que passara cravando em Georgie ao longo das últimas horas tivesse dado o resultado desejado – ou seja, que a carruagem tivesse parado.

153

Mas no instante em que Blanche se acomodou, Gatonildo começou a acordar e, depois de um enorme bocejo, ficou claro que pretendia continuar bem acordado.

Porém, como não estavam em movimento, pelo menos ele ficou quieto. Georgie o deixou no banco ao seu lado e foi se arrastando em direção à porta aberta. Agora que não tinha que ficar parada com Gatonildo no colo, podia se dar ao luxo de esticar as pernas. Todos os demais pareciam estar perambulando do lado de fora.

Ao vê-la diante da porta, um dos criados de Aubrey Hall correu para ajudá-la a descer. Mas antes mesmo que Georgie pudesse pensar em ir até Nicholas (ainda absorto na conversa com Jameson), Marian veio correndo até ela.

– Ah, Srta. Georgiana, que horror! – lamuriou-se a aia, ainda esbaforida. – Londres está infestada com a peste!

CAPÍTULO 14

Que Deus o protegesse da histeria feminina.

– Londres não está infestada com a peste – disse Nicholas, entre os dentes, correndo atrás de Marian antes que ela provocasse uma comoção.

– Nem um pouquinho? – perguntou a criada.

Um tanto perplexo com o tom esperançoso com que ela fizera a pergunta, ele devolveu:

– A senhorita queria que estivesse?

– Não! – Ela se voltou para Georgie. – Misericórdia, isso é coisa que se diga?

Nicholas conseguiu a custo conter uma resposta. Em todo o caso, sua atenção logo se voltou para o rompante seguinte da aia.

– Enxofre e pestilência!

Ele a encarou.

– Hein?

– Foi isso que Jameson disse – explicou Marian.

– Não – rebateu Nicholas. – Não foi isso que ele disse.

Contudo tinha sido quase exatamente isso mesmo, só que acompanhado de expletivos de baixíssimo calão e nada apropriados aos ouvidos femininos.

154

Que Deus o protegesse da histeria *masculina*.

Ele respirou fundo e então explicou a Georgie:

– Há vários casos de gripe na Manston House. Nada que chegue perto de enxofre. Muito menos da peste.

– Bem, isso é um alívio, não?

– Considerando que a peste negra é muito mais grave, sim – respondeu ele, seco. – Mas gripe não é uma doença trivial. Não vamos mais a Londres. Não há possibilidade de ficarmos na Manston House.

– Mas não pode ser tão perigoso assim – ponderou Georgie. – É uma casa tão grande. É só não chegarmos perto das alas contaminadas.

– A gripe é uma doença altamente contagiosa, Georgie, e ainda não entendemos bem como ela se espalha. Não é seguro e ponto final. Especialmente para você.

– Para mim? – Os olhos de Georgie se arregalaram, de surpresa ou talvez de irritação; ele não soube dizer.

– É uma doença que ataca os pulmões – explicou ele. – Por mais que já faça anos desde a sua última crise, você é mais suscetível a esse tipo de mal.

– O Sr. Rokesby tem razão – afirmou Marian. – Sua mãe vai arrancar o nosso couro se nós levarmos a senhorita para uma casa infectada.

Com uma expressão severa que Nicholas não estava habituado a ver em seu rosto, Georgie virou-se para Marian e disse:

– Minha mãe não é mais responsável pelo meu bem-estar.

– Não. *Eu* é que sou – atalhou Nicholas, ansioso para pôr fim à discussão. – E digo que não vamos mais a Londres.

Ele não iria pôr Georgie – e todos os demais – em risco.

Curioso. Fora só quando Jameson chegara esbaforido para dar a notícia do surto de gripe em Londres que Nicholas começara a sentir o peso de suas novas obrigações. Daquele momento em diante, não seria responsável apenas por Georgie: ele agora era um chefe de família.

– Mas precisamos ajudá-los – insistiu Georgie, e parecia que algo dentro dela havia mudado, porque sua voz estava carregada de emoção ao dizer: – Precisamos ajudá-los, cuidar deles, e... e você é médico.

– Ainda não sou médico.

– Mas com certeza sabe o que fazer.

– Sei o suficiente para saber que *não há* o que fazer.

Ela arfou, assustada.

– Não, não! – Nicholas se apressou a se corrigir – Não foi isso que eu quis dizer. – Deus do céu, a frase realmente tinha soado muito fatalista.

Ela fez um gesto pedindo que ele se explicasse.

– Pelo que Jameson falou – continuou ele –, não há nada que eu possa fazer e que já não esteja sendo feito. Já mandaram chamar um médico e todos os doentes já estão sendo medicados com casca de salgueiro e caldo de carne.

– Casca de salgueiro?

– Parece que ajuda a melhorar a febre.

Georgie franziu as sobrancelhas, dizendo:

– Que interessante. Fico me perguntando por que... – Nicholas esperou que ela terminasse, mas Georgie apenas balançou a cabeça e disse: – Deixa para lá.

Então, com o olhar mais aguçado e objetivo, ela perguntou:

– E agora?

– Seguimos viagem – respondeu ele. – E procuramos um lugar para passar a noite.

– E isso será um problema?

Nicholas suspirou. Lorde Manston havia providenciado que um criado se adiantasse ao longo de toda a viagem e fosse fazendo reservas em hospedarias, mas, para aquela primeira parada inesperada, não havia nada planejado.

– Vamos ter que contar com a sorte, assim como os demais viajantes – respondeu ele. – Já fui várias vezes a Edimburgo e nunca tive dificuldade para conseguir um quarto.

Mas Nicholas nunca tinha viajado acompanhado da esposa, de treze criados e três gatos.

Miau!

Foi um som delicado, bem diferente dos uivos que tinham preenchido a tarde inteira. Nicholas olhou para Georgie com uma expressão curiosa.

Ela balançou a cabeça e disse:

– Não foi o Gatonildo.

– Mas é claro que não – falou ele, com um suspiro de decepção.

Um que Georgie não ouviu, porque já estava correndo para a carruagem, para cuidar da gata que ela chamava de Blanche.

Um nome quase tão ridículo quanto Gatonildo, considerando que Blanche era praticamente preta e a palavra significava "branca" em francês.

– Alguém encontrou os outros cestos? – perguntou Nicholas, seguindo Georgie de volta à carruagem.

– Acho que ninguém procurou – falou Marian, também correndo atrás deles. – O senhor quer que eu procure?

– Não, melhor seguirmos viagem. Amanhã, antes de sair, faremos isso.

Marian assentiu, mas quando ele deu licença para que ela entrasse na carruagem antes dele, a aia disse:

– Se o senhor não se importar, eu gostaria de seguir na outra carruagem.

Georgie, que já tinha entrado, pôs a cabeça para fora.

– Tem certeza? A outra é menor, e você vai ter que dividir o assento com mais duas pessoas.

– Tudo bem, Marian, pode ir – falou Nicholas, encerrando a discussão.

Na verdade, quando partiram, ele tinha ficado surpreso ao ver Marian entrar na carruagem principal. Como recém-casados, esperava que ele e Georgie pudessem ficar a sós.

Miau!

Suspirou. A sós com os gatos.

Pelo menos o felino infernal estava quieto. Mas o verdadeiro teste aconteceria assim que a carruagem começasse a... *MIAAAAAUR!*

– Sinto muito – disse Georgie.

Nicholas tentou sorrir.

– Não há o que fazer.

Ela sorriu de volta, um sorriso um terço como quem pede desculpas, um terço como quem está grata e um terço como quem está prestes a arrancar os cabelos.

MIAAAAAUR!

Nicholas cravou um olhar glacial no gato.

– Sem chance para romance... – murmurou ele.

– O que disse? – perguntou Georgie

MIAAAAAUR!

Nicholas balançou a cabeça. Curioso, mas só no instante em que as bagagens estavam sendo guardadas e ficou claro que Georgie pretendia levar seus bichos de estimação – só então Nicholas se lembrou de que não gostava de gatos. Quando eram mais novos, a irmã dele tinha gatos. Eram as criaturas mais mimadas da face da Terra e soltavam pelo por todo lado.

MIAAAAAUR!

E, pelo visto, havia alguns que gostavam de reclamar.

– Sinto muito – repetiu ela.

Georgie pegou um xale e então...

– Você vai enrolar o gato como se fosse um bebê? – perguntou ele, de olhos arregalados.

– Acho que está ajudando.

MIAAAAAUR!

Bem, atrapalhando não estava.

– Pronto, pronto, Gatonildo – murmurou Georgie. – Não falta muito. – Então olhou para Nicholas. – Falta?

Ele deu de ombros. Não sabia onde passariam a noite. Tinha mandado o cocheiro seguir até a primeira estalagem respeitável, mas, se não houvesse quartos, teriam que seguir viagem.

Miaaaur...

– Acho que ele está pegando no sono – sussurrou Georgie.

– Graças a Deus!

Suspirando aliviada, ela concordou:

– Graças a Deus!

⤳

Quando enfim conseguiram parar para descansar, Georgie estava exausta. Fizera Gatonildo dormir, mas fora forçada a ficar segurando o gato feito um bebê até o fim da viagem. Quando, em dado momento, tentou colocá-lo no banco, deixando a trouxinha bem firme, ele abriu os olhos e voltou a uivar no instante em que deixou seus braços.

– Ai, não, Gatonildo – murmurou ela, tentando acalmá-lo desesperadamente.

Depois tentou pegá-lo de novo no colo e colocá-lo no banco ao mesmo tempo. Sentia-se uma pateta, toda torta, mas, se conseguisse fazer com que ele dormisse já naquela posição, talvez permanecesse assim depois que ela o soltasse.

– Coloque o gato no colo – implorou Nicholas.

– Ele não vai saber a diferença.

– Vai sim!

– Como? Se eu estou com os braços...

– Ele vai saber!

Georgie o pegou outra vez. O bicho se aquietou na mesma hora.

Ele sabia mesmo.

Diabo de gato.

Assim, voltara a segurá-lo. A viagem inteira.

Ainda estava fazendo isso quando pararam na primeira estalagem, onde logo constataram não haver vagas.

O gato continuava em seu colo quando pararam na segunda, onde Georgie ficou esperando por, no mínimo, dez minutos enquanto Nicholas e os cocheiros analisavam os demais hóspedes. Conclusão: não tinham gostado nada da cara deles.

Georgie não sabia bem o que isso queria dizer, mas como todos eles tinham alguma experiência em viajar pela Grande Estrada do Norte (ao contrário dela), decidiu acatar o veredito.

Mas já estava tarde, muito mais tarde do que o horário normal de deixar a estrada e descansar, quando chegaram à terceira estalagem. Apesar de todos estarem muito ansiosos para encerrar o dia, o resultado foi apenas um pouco melhor do que as tentativas anteriores. Infelizmente.

– Sinto dizer que as notícias não são boas – falou Nicholas, ao abrir a porta da carruagem.

Georgie estava esperando lá dentro, ainda com Gatonildo enrolado em seu colo.

– Por favor, não me diga que estão lotados – pediu ela.

– Não estão, mas eles só têm um quarto disponível. Infelizmente você vai ter que dividi-lo com as criadas.

– Um quarto para nós cinco? Vamos caber?

– O dono disse que vai colocar camas extras.

– Mas e você?

– Vou dormir no estábulo com os outros homens.

– Mas hoje é nossa...

"Noite de núpcias."

Mesmo sem ser pronunciadas, as palavras ficaram no ar.

– Vamos dar um jeito – disse Georgie, resoluta.

Talvez fosse melhor assim. Afinal de contas, será que ela queria mesmo ter sua noite de núpcias em uma hospedaria chamada Brazen Bull? Touro de Bronze?

– Poderíamos seguir viagem – falou Nicholas –, mas parece que as outras hospedarias próximas também estão cheias e...

– Nicholas, está tudo bem.

– Os cavalos estão esgotados... Acho que todos nós estamos.

– Nicholas – repetiu ela –, está tudo bem. Juro.

Ele enfim parou de falar e apenas olhou para ela, um pouco atônito.

– Obrigado – disse.

– Não precisa agradecer.

– Você poderia estar muito mais irritada com essa situação.

– Poderia, sim. – Ela sorriu. – Talvez ainda fique. – Ela estendeu Gatonildo para ele. – Aceita um gato?

– Deus me livre! – Ele esticou a mão para ela. – Aqui, vou ajudá-la a descer. Precisamos correr. Está bem tarde, mas disseram que ainda podem servir o jantar e consegui uma área reservada para nós. Pelo menos vamos comer bem.

As criadas levaram os gatos, os criados cuidaram da bagagem, e Georgie e Nicholas seguiram pelo pátio. A hospedaria ficava em um cruzamento muito movimentado e, depois de terem passado tanto tempo na carruagem, Georgie não estava preparada para aquela quantidade de pessoas em um mesmo espaço. Nicholas, por sua vez, parecia à vontade. Seguia a passos firmes, desviando de estranhos até chegar à entrada da antiga construção da era Tudor que abrigava a hospedaria Brazen Bull.

Georgie sentiu-se muito grata pela presença dele – ou, para ser mais precisa, pelo braço dele, no qual se segurava com firmeza. Contudo não diria o mesmo das pernas compridas que a obrigavam a correr feito um ratinho se quisesse acompanhá-lo.

Até que, de repente, Nicholas estacou a poucos metros da entrada – Georgie não sabia o motivo; não estivera prestando atenção –, e ela trombou nele com força. Por reflexo, passou os braços ao redor dele, por trás, para tentar manter o equilíbrio.

O chão estava enlameado. Se caísse, faria uma sujeira enorme, morreria de vergonha e, de quebra, com certeza se machucaria.

Durou apenas um instante, mas o momento pareceu se estender por uma eternidade. Ali, se segurando no corpo de Nicholas, Georgie sentiu na ponta dos dedos o abdômen firme dele. Sentiu o casaco de lã macia contra a bochecha. A respiração falhou.

– Você está bem? – perguntou Nicholas, e ela sentiu o corpo dele inquieto em seus braços.

– Estou, eu...

Mas Georgie parou de falar quando se deu conta de que estava abraçada a ele. Com o rosto imprensado nas costas fortes de Nicholas, aninhado em uma curva que, até então, ela nem sabia que existia.

– Estou bem – disse ela, soltando-o com relutância.

Ele se virou para ela. Como era possível que os olhos dele tivessem um tom ainda tão claro de azul, mesmo com uma noite escura a ponto de sequestrar qualquer luz no céu?

Será que era porque ela *sabia* que eles eram assim? Desde criancinha, tinha convivido com os Rokesbys; todos tinham aquele lindo tom de ciano.

Mas não era a mesma coisa. Ela *sentia* que não.

– Tem certeza?

Georgie notou que ele segurava as mãos dela. Um gesto...

Íntimo.

Ela olhou as mãos unidas, depois voltou a observá-lo. Nicholas, que ela conhecia desde sempre, estava diante dela; mas, de repente, o mundo inteiro pareceu um lugar novo e inexplorado. Nicholas continuava segurando a mão dela, e Georgie ficou confusa, em um turbilhão de sentimentos e alguma outra coisa que não conseguia descrever.

– Georgie – falou ele, baixinho. – Você está bem?

Acalmando a respiração, ela disse:

– Estou.

O momento se fora.

Mas algo dentro dela tinha mudado para sempre.

⌒

No fim das contas, o salão reservado do Brazen Bull só ficava separado do salão principal por uma parede com um vão de porta.

Sem porta. Se é que algum dia já houvera uma porta ali. E embora os corpos dos demais comensais respeitassem aquela barreira, o mesmo não valia para suas vozes e seus assuntos, que se espalhavam pelo ar em alto e bom som.

Conversar era um verdadeiro desafio naquelas condições, e Nicholas quase se lamentou por não ter pedido o jantar no quarto, mas então lembrou-se

161

de que as criadas estavam lá com os gatos e que ao menos um deles devia estar uivando – e ele, francamente, queria distância.

Não era muito gentil de sua parte, mas era verdade. Nem a cantoria rouca que vinha do outro salão incomodava tanto. Não que esse tipo de coisa o incomodasse de modo geral, mas Georgiana era uma dama e, se tinha entendido direito, havia alguém enaltecendo – com rimas ricas, ainda por cima – as habilidades de uma certa jovem que esbanjava talento com a língua.

Ele *realmente* precisava ir até lá e pedir que parassem. Mas estava morrendo de fome e o ensopado de carne estava uma delícia.

"Ah, minha doce Martine, faz isso e aquilo em mim"... Sendo "isso e aquilo" coisas deveras indizíveis.

Nicholas não conteve um sorriso. "Martine."

Francesa, provavelmente.

E, a julgar pela letra, tomara que também inventada, pobre moça.

Deu uma olhada discreta para Georgie, torcendo para que ela não estivesse se sentindo ofendida. Como ela estava de costas para a porta, pelo menos não via as dancinhas sugestivas e desajeitadas dos homens.

Ela estava com a testa franzida. Nada preocupante, apenas o olhar distante de quem mantinha a cabeça em outro lugar.

Nicholas pigarreou.

Ela nem deu sinais de notar.

Nicholas agitou a mão diante dos olhos dela.

– Georgiana – cantarolou ele. – Georgiana Bridgerton.

"Rokesby", ele se deu conta, quase com um susto. Georgiana *Rokesby*.

O erro pareceu ter passado despercebido – na verdade, ela estava um pouco constrangida por ter sido pega pensando em nada.

Então Georgie ruborizou. *Ruborizou!* E ficou... linda.

– Me desculpe – murmurou ela, baixando os olhos. – Eu estava pensando em umas vinte coisas ao mesmo tempo. Ninguém consegue se concentrar com esse barulho todo.

– É verdade.

Mas Nicholas estava pensando que difícil mesmo era se concentrar diante da beleza dela. Ela era bonita, é claro. Sempre fora linda, com aquele cabelo louro meio ruivo e os olhos azuis sempre acesos. Agora Georgie era sua esposa, pensou ele, e só de olhar para ela, sentia algo diferente.

E o mais estranho era que talvez não fosse apenas por serem casados. Mesmo se não tivessem trocado votos naquela manhã, ele tinha a curiosa sensação de que continuaria vendo algo diferente toda vez que fitasse o rosto dela.

Georgie tinha se tornado uma coisa nova, e Nicholas sempre fora muito curioso.

Ela bebeu o vinho, depois enxugou a boca de leve com o guardanapo e, então, ao ouvir um rompante de gargalhadas no outro salão, deu uma olhadinha por cima do ombro.

– Essas hospedarias de beira de estrada são sempre barulhentas assim? – perguntou ela.

– Nem sempre – respondeu ele. – Mas até que estou achando bem tranquilo depois do gato.

Ela soltou uma gargalhada pelo nariz.

– Ai, perdão – falou ela. – Não foi nada correto da minha parte.

– Está com medo de ofender a quem? O gato?

– Ele estava fazendo o melhor que podia – retrucou ela.

– Esse bicho é um demônio.

– Não fale assim! Ele só não gosta de viajar.

– Eu também não gosto mais – falou Nicholas. – Ele estragou a experiência para mim.

Ela o encarou com lábios e olhos franzidos, porém ficou claro que estava achando graça.

– Você vai aprender a gostar dele – prognosticou.

– Não se o matar primeiro.

– Nicholas!

– Não se preocupe – falou ele, alegremente. – Não é de mim que ele precisa ter medo. Aposto que as criadas vão atacar primeiro.

– Gatonildo é um gatinho muito corajoso, saiba você.

Incrédulo, ele ergueu a sobrancelha.

– Foi ele que atacou Freddie Oakes na árvore.

– Ah, foi *ele*?

– Ele foi incrível – disse Georgie, os olhos brilhando só de lembrar. – Você teria ficado orgulhoso.

– Bem, depois de ver o estrago que ele fez na cara do Oakes, sou obrigado a concordar.

– Primeiro ele fez assim... – Georgie simulou um gato pulando da janela, uma imitação surpreendentemente boa. – Depois *assim*... – Levantou os braços acima do rosto, com os punhos em garras. – E depois fez *assim*.

Nicholas não entendeu o último gesto.

– Esse último foi o quê?

Ela abriu um sorriso alegre.

– Ele se enrolou todo na cara do Freddie. Sinceramente, não sei como ele estava conseguindo *respirar*.

Nicholas começou a rir.

– Queria ter algum talento para poder desenhar a cena para você. Foi a coisa mais engraçada que eu já vi na vida. Quer dizer, *agora* é a coisa mais engraçada. Na hora eu estava apavorada, morrendo de medo que Freddie caísse lá de cima. Mas, meu Deus, você tinha que ter visto! Ele ficou gritando fininho "Tira ele, tira ele!", tentando agarrar o Gatonildo...

– Agarrar! – exclamou Nicholas, porque aquela tinha sido a história mais engraçada que ouvira na vida.

E então a gargalhada dele fez com que ela também caísse no riso, e ambos perderam a batalha pela dignidade.

Riram e riram e riram, até que Georgie teve que encostar a cabeça na mesa e Nicholas ficou com medo de distender um músculo.

Quando já começavam a se recuperar e Georgie voltava a atenção para a refeição, ele disse:

– Bem, então acho que sou muito grato a ele. Mas você precisa admitir que Gatonildo é um nome bem ridículo para um gato.

Georgie ficou imóvel, com a colher ainda no ar a caminho da boca.

– O que foi? – perguntou ele.

Georgie estava com uma expressão muito peculiar. Então voltou a baixar a colher e, com o maxilar trincado, disse:

– Ah, é mesmo? – perguntou em tom calmo e ponderado. – É um nome ridículo, é? E de quem será que é a culpa?

Nicholas hesitou. Estava claro que ela esperava que ele soubesse a resposta.

– Do Edmund? – chutou ele, pois o irmão dela costumava ser responsável por aquele tipo de coisa.

– *Sua*, Nicholas. Foi *você* que chamou o meu gato de Gatonildo.

– Eu batizei um gato de Gatonildo. – Foi mais uma afirmação do que uma pergunta.

– Você batizou o *meu* gato de Gatonildo.

– Você só pode estar brincando.

Georgie ficou ligeiramente boquiaberta, e então falou:

– Imagino que você se lembre do Gatonete.

Nicholas não fazia ideia do que ela estava dizendo.

– O gato da Mary? – insistiu Georgie. – O gatinho tigrado que a sua irmã tinha na época em que você estudava em Eton...

Então ele se lembrou. Fazia anos e anos. Na verdade, daquele gato ele até gostava. Era um bichinho magrelo que adorava se esconder debaixo das saias da mãe dele e mordiscar os tornozelos dela, que do nada soltava uns gritos de surpresa. Era muito engraçado.

Então franziu a testa. *Gatonete?*

– Esse não era o nome do gato – argumentou ele.

Georgie fez uma expressão contrariada, dizendo:

– Não, o nome dele era Rabanete, mas você e Edmund inventaram de achar que era mais engraçado chamá-lo de Gatonete, e...

– Mas é mesmo mais engraçado dizer Gatonete.

Os lábios de Georgie se contraíram. Nicholas notou que ela se esforçava para não rir.

– Porque, cá para nós – prosseguiu ele –, quem é que chama um gato de Rabanete?

– Sua irmã. Ela sempre dá nome de comida aos gatos.

– Verdade, e convenhamos, ainda bem que Felix não permitiu que ela chamasse os filhos deles de Bolinho, Pudim ou Bacon.

– Mas um dos gatos dela realmente se chama Pudim.

Ele revirou os olhos.

– Era mesmo só questão de tempo.

Então foi a vez de Georgie revirar os olhos.

– Pois *eu* tinha chamado o Gatonildo de Marujo.

– Por quê?

– Já parou para olhar para ele?

Claro que não.

– Claro que sim – disse ele.

Georgie estreitou os olhos, incrédula.

– Mas devo confessar que o *ouvi* mais do que vi – falou Nicholas.

Ela revirou os olhos outra vez. Ele deu uma risadinha e comentou:

– Ah, essa foi boa, vai?

– Tudo bem, foi mesmo.

Georgie continuou encarando Nicholas, esperando que ele retomasse a conversa.

– Pois bem – pediu ele –, me conte essa história. Como é que eu sou responsável pelo nome ridículo do seu gato?

Não foi preciso pedir duas vezes.

– Como eu disse – começou Georgie –, *eu* tinha escolhido o nome Marujo. Porque ele tem manchinhas ao redor dos olhos. Que nem os desenhos dos piratas holandeses com tapa-olho.

Nicholas resolveu não perguntar como um jornal com conteúdo sobre a pirataria que havia a poucos quilômetros de Aubrey Hall teria deixado a segurança do gabinete de lorde Bridgerton e ido parar nas mãos de sua impressionável filha mais nova. Em vez disso, apenas perguntou:

– Mas nesse caso a mancha seria em um olho só.

Brincando, Georgie fez uma careta para ele.

– Bem, o caso é que eu achei Marujo um nome perfeito para um gato, mas aí você e Edmund vieram passar algumas semanas em casa entre um período e outro, e então, sabe-se lá por quê, Edmund transformou Rabanete em Gatonete e você, por sua vez, decidiu que Marujo viraria Gatonildo.

– Não tenho a menor lembrança disso, mas parece mesmo algo do nosso feitio naqueles tempos.

– Eu até insisti no nome, mas quando eu chamava Marujo ele já não vinha mais. Era Gatonildo ou nada.

Nicholas achou muito difícil que qualquer gato obedecesse quando chamado pelo nome, mas decidiu não discutir.

– Então, não sei... Me desculpa?

– Desculpas sinceras?

– Por que não seriam?

Ela parou para pensar. Ou, pelo menos, passou a impressão de estar pensando.

– Para dizer a verdade, eu não lembro bem se foi você ou Edmund que deu início à história toda.

– Em todo caso, prometo não interferir na escolha de nome dos nossos filhos, que tal?

Nicholas não sabia de onde aquela frase tinha saído, muito menos por que a dissera em voz alta, mas as palavras "nossos filhos" encerraram a sensação

166

de familiaridade em uma conversa entre velhos amigos com a sutileza de uma guilhotina.

Talvez não fosse de bom-tom fazer esse tipo de brincadeira, já que nem tinham tido noite de núpcias.

Georgie, no entanto, o encarava com uma expressão bem-humorada e havia certa malícia em seus olhos ao dizer:

– Então você confia plenamente que eu não vá batizar nossa filha de Brunhilda?

– Brunhilda é um nome lindo – retrucou ele.

– Ah, é? Então eu vou...

A frase de Georgie foi cortada pelo som de uma porta se abrindo com força e uma voz desesperada de homem gritando: "Médico! Tem algum médico aqui?"

Sem nem pensar, Nicholas se levantou.

– O que voc... – murmurou Georgie.

E então seguiu Nicholas até o salão principal, onde depararam com um homem (aparentemente um cavalariço) coberto de lama e sangue.

– Precisamos de um médico no estábulo! – gritou ele.

– Vou até lá ver o que está acontecendo – falou Nicholas para Georgie. – Mande subirem com o resto do jantar e volte para o quarto.

– Mas eu...

Ele a encarou, dizendo:

– Você não pode ficar aqui embaixo sozinha.

– Não era isso que eu ia dizer. Eu quero ir com você. Posso ajudar.

E, naquele instante, ele teve certeza de que era verdade. Georgie queria ajudar. E faria um bom trabalho. Porém...

– Georgie, eu estou indo para o estábulo.

– Então eu vou também. Eu posso...

– Georgie, mulheres não podem entrar no estábulo.

– Que absurdo. – Ela alisava as saias, indicando que iria mesmo segui-lo. – Eu vou quase todo dia ao estábulo.

– Sim, o de Aubrey Hall. Aqui o estábulo é público.

– Mas eu...

– Não – insistiu ele, porque não conseguia nem imaginar ter que se preocupar com ela e cuidar de uma pessoa ferida ao mesmo tempo. – Vou mandar vir alguém para acompanhá-la até o quarto.

– Mas...

– Você não vai ao estábulo – repetiu ele, com firmeza.

– Mas eu... eu... – Por um momento, Georgie pareceu perdida, como se não conseguisse decidir o que fazer, mas então engoliu em seco e disse: – Então está bem. Eu já tinha acabado de comer, mesmo.

– Então você vai direto para o quarto?

Ela assentiu, mas não parecia nada feliz.

– Obrigado. – Nicholas chegou mais perto e deu um beijo rápido em sua bochecha. – Imagino que agora só veja você amanhã de manhã. Eu já ia mesmo dormir no estábulo, então é mais provável que eu fique por lá quando terminar. – Então disse outra vez: – Direto para o quarto, ouviu?

A última coisa que precisava era ter que ficar se preocupando com Georgie naquele momento.

– Ouvi – disse ela, impaciente. – Já estou indo. Pode esperar para ver, se quiser.

– Não, eu confio em você. Agora vou indo, acho que deixei meu kit médico com o Wheelock, mas...

Georgie não estava mais escutando. Seria impossível, porque antes mesmo de terminar a frase, Nicholas já estava lá fora.

Então ele se virou uma última vez.

– Vá logo – pediu ele. – Por favor!

E então saiu correndo, como se estivesse prestes a salvar o mundo inteiro.

CAPÍTULO 15

No dia seguinte, ao acordar, Georgie não estava de bom humor. Sabia que não deveria se irritar com Nicholas por ter insistido que ela voltasse ao quarto enquanto ele corria para socorrer alguém no estábulo, mas a própria natureza das emoções é não serem racionais.

Além do mais, ela estava cansada.

Passar a noite em um quartinho muito pequeno, dormindo em um colchão cheio de calombos, ao lado de cinco mulheres (todas com tranças longas) e três gatos... "Conforto" não passou pela cabeça de ninguém.

Sam (o cavalariço que viera de Aubrey Hall) tinha uma queda por Darcy e trouxera para ela uma rede que pegara no estábulo, pendurando-a nas vigas do quarto.

Ofereceu-a primeiro a Georgie, naturalmente, e embora ela até tivesse certo interesse, sabia que ele tinha feito o gesto pensando em Darcy. Por isso não aceitou.

Assim, Darcy dormira na rede e Marcy – por insistência da mãe – dormira no chão, mas assim ainda restavam três mulheres em uma cama que acomodava duas pessoas bem juntinhas. Georgie acordara com o cotovelo de Marian espetando sua axila e com um gosto desagradável na boca.

Sem falar da frustração com a noite anterior.

Assim, com as demais mulheres ocupadas na área de carga e descarga diante do estábulo, ela foi procurar Nicholas. Se não podia ajudá-lo em seu ofício, pelo menos poderia forçá-lo a contar tudo sobre a noite anterior.

Mas não o encontrou em lugar nenhum.

– O Sr. Rokesby – falou Georgie a um dos criados, entregando o cesto de Judite para Marian. – Onde ele está?

– Está dormindo, Sra. Rokesby.

– Dormindo? Ainda? – Georgie se deteve, já com o pé no banquinho para subir na carruagem.

– Sim, senhora. Ele ficou até quase de manhã cuidando do homem machucado.

– Meu Deus, o que aconteceu com ele?

– Não sei ao certo, não, senhora, mas tinha muito sangue.

Outro criado surgiu ao lado dela.

– Ele quebrou a perna, senhora. Aquele tipo de fratura que chega a perfurar a pele.

– Fratura exposta – explicou Georgie.

Talvez estivesse querendo se mostrar um pouco. Não, *com certeza* queria se mostrar um pouco.

– Hã, isso mesmo.

– Ele vai ficar bem? O homem que fraturou a perna?

– Não sei dizer, senhora. – O criado deu de ombros. – Mas, se ele não se recuperar, não vai ser por culpa do Sr. Rokesby. Ele foi um verdadeiro herói.

Georgie sorriu, dizendo:

– Não me surpreende. Mas, hã...

O que fazer? Naquele instante, Georgie percebeu que as decisões teriam que partir dela, uma sensação nada familiar. Nada familiar, mas, para sua surpresa, bastante agradável.

Ela pigarreou e endireitou os ombros.

– Nosso plano era sair bem cedinho.

– Sim, senhora, eu sei – respondeu o criado. – Mas ele estava tão exausto... Achamos melhor esperar o máximo possível antes de acordá-lo. Ele até enfiou algodão nos ouvidos e cobriu os olhos com um lenço, o que explica o fato de estar dormindo até essa hora, mas...

– Mas? – insistiu ela.

O primeiro criado olhou para o segundo, depois fitou a carruagem. O segundo só ficou encarando o sapato de Georgie, ainda no banquinho.

– Mas? – insistiu ela outra vez.

– Mas ficamos um tanto preocupados com o gato.

Georgie ponderou por um momento, depois disse:

– Pode, por favor, me levar até ele?

– Até o gato?

Ela se forçou a manter a paciência.

– O gato já está na carruagem. Estou falando do Sr. Rokesby.

– Mas ele está dormindo.

– Sim, você já disse.

Por um momento os três ficaram ali parados em um silêncio desconfortável. Então o primeiro criado falou, enfim:

– Por aqui, senhora.

Georgie foi atrás dele, que diante do estábulo parou e apontou. No cantinho esquerdo ainda havia uma única rede pendurada; à meia-luz, mal se via Nicholas, totalmente vestido, dormindo. Seus braços estavam cruzados e havia um lenço sobre os olhos.

Ela sentiu vontade de abraçá-lo.

E também de estrangulá-lo. Se tivesse deixado que ela o ajudasse na noite anterior, não estaria tão cansado.

Mas não era hora de ser mesquinha.

Georgie deu meia-volta e retornou à carruagem. Não faria mal atrasar a partida em uma hora. Nicholas precisava dormir e estava bem claro que, dentro daquela carruagem, ninguém conseguiria isso. Por mais que enrolar Gatonildo como um bebê tivesse ajudado, nem assim ele ficava quieto.

Ela olhou por cima do ombro para o estábulo. Não dava mais para ver

170

Nicholas, mas conseguia imaginá-lo muito bem, balançando de leve a cada respiração.

Parecia tão confortável. Ela se sentia mal por ter que acordá-lo em algum momento. Era mesmo uma pena que...

– Senhora?

Ela ergueu o rosto. Um dos criados a olhava, preocupado. Não era para menos. Já fazia um minuto inteiro que ela estava ali parada, perdida em pensamentos.

– Senhora? – chamou ele outra vez.

Lentamente, um sorriso foi se espalhando pelo rosto dela.

– Vou precisar de uma corda.

Nicholas acordou assustado. Ficou aflito ao abrir os olhos e não ver nada, e levou alguns instantes para se lembrar que, na noite anterior, tinha colocado um lenço como venda. Tirando o tapa-olho improvisado, bocejou. Meu Deus, como estava cansado! Dormir na rede tinha sido bem mais confortável do que imaginara, mas antes de pegar no sono não conseguira parar de pensar que deveria estar dividindo a cama com sua esposa.

Sua esposa.

Fazia um dia inteiro que estava casado e mal beijara Georgie.

Isso não podia continuar assim.

Olhou ao redor. Não tinha mais nenhuma rede pendurada ali e a porta do estábulo estava aberta. O dia era claro e branco, tipicamente inglês. Seria melhor um céu azul, mas ele não ia reclamar de branco e sem chuva.

No instante em que os pés tocaram o chão, um dos criados de Crake surgiu à porta e acenou para ele.

– Bom dia, senhor! Estamos quase prontos para partir.

– Prontos? – indagou Nicholas.

Que horas eram? Enfiou a mão no bolso para pegar o relógio e, antes mesmo de ver que horas eram, o criado disse:

– A Sra. Rokesby esteve bastante ocupada.

– Providenciando o café da manhã? – perguntou Nicholas.

Eram oito e meia, muito mais tarde do que ele tinha planejado acordar.

– Não só isso, hã... – O criado franziu a testa. – Senhor, é melhor ver com os próprios olhos.

Sem saber se deveria ficar apreensivo ou curioso, Nicholas decidiu que seguiria com a curiosidade até segunda ordem.

– É uma moça muito inteligente – elogiou o criado. – A Sra. Rokesby.

– É mesmo.

Nicholas concordou mesmo sem imaginar como Georgie poderia estar exibindo sua inteligência às oito e meia da manhã na hospedaria Brazen Bull.

Chegando à porta do estábulo, ele estacou. No meio do pátio da estalagem, as duas carruagens estavam cercadas de uma pequena multidão de curiosos.

Que pareciam observar a esposa dele.

Georgie estava no degrau da carruagem principal, com seu vestido de viagem cor de ameixa e os cabelos ruivos soltos, sem touca.

– Isso, assim mesmo – falou ela, dando instruções para alguém que devia estar dentro da carruagem. Uma pausa. – Não, assim não.

– O que está acontecendo? – perguntou Nicholas à primeira pessoa que viu no caminho.

– A coisa mais esquisita que já vi na vida.

Nicholas olhou para o homem e foi só então que se deu conta de que estava falando com um estranho e não com um de seus criados.

– Quem é você? – perguntou.

– Quem é *você*? – retrucou o sujeito.

– Sou o marido dela – disse Nicholas, meneando a cabeça na direção de Georgie.

– Jura? – O homem deu um sorriso. – Bem, ela é uma figura. – E então começou a rir.

Nicholas franziu a testa. O que diabos estava acontecendo?

– Já faz uns quinze minutos que estou aqui, só observando ela agir.

Nicholas não estava gostando nada daquele sujeito.

– Não diga... – resmungou.

– Se esse negócio aí der certo... – O homem balançou a cabeça com admiração, e então voltou-se para Nicholas. – Por acaso vocês estão seguindo para o norte?

– Por quê? – disse Nicholas desconfiado.

O novo melhor amigo dele presumiu que sim.

– Já sabem onde vão fazer a próxima parada? Estou louco para saber se vai dar certo. Estamos até apostando.

– Hein?

– Bem, *estaríamos* apostando, se pudéssemos garantir que ficaríamos sabendo no que deu. Se for passar por Biggleswade, pode dar uma paradinha e avisar no King's Reach se deu certo ou não?

Nicholas lançou um derradeiro olhar exasperado para o homem e saiu pisando forte para encontrar Jameson, que estava mais perto de Georgie.

– Jameson – disse, talvez de forma um pouco mais brusca do que gostaria –, quer me explicar por que tem uma multidão de espectadores ao redor da minha esposa?

– Ah, o senhor acordou! – exclamou Jameson. – Bom dia, senhor.

– Será que é bom dia mesmo? Hein?

– Todos estamos torcendo para que seja. A Sra. Rokesby, pelo menos, está dando tudo de si.

– Mas o que ela está fazendo?

– Um pouco mais alto! – falou Georgie. – Isso, perfeito. Agora pode amarrar aí. Bem firme, por favor.

MIAAAAAUR!

Nicholas quase tinha se esquecido do horror abjeto que aquele som causava.

– Cadê a fera? – perguntou ele, um tanto desesperado.

E se deu conta de como tinha dormido mal. E pouco. Não conseguia nem pensar em passar um dia inteiro na carruagem com aquele gato histérico.

– Achamos o cesto dele – disse Jameson, apontando para o cesto no apoio para os pés da carruagem principal. – Mas parece que ele não gostou muito.

MIAAAAAUR!

Nicholas fez questão de dar as costas para a cena.

– Posso presumir que o que a Sra. Rokesby está aprontando tem a ver com o gato?

– Não quero estragar a surpresa, senhor.

– Quase... – ouviram Georgie dizer, seguido por: – Perfeito! – Ela pôs a cabeça para fora, dizendo: – Agora... ah! Você acordou!

Nicholas fez uma pequena mesura, dizendo:

– Como pode ver. – Ele olhou para as pessoas que lotavam o pátio da estalagem. – Como *todos* podem ver.

– Ah, sim. – Ela corou um pouco, embora fosse mais de orgulho do que de vergonha. – Parece que temos um bom público.

– Mal posso esperar para saber por quê.

– Entre, entre – chamou ela. – Quero mostrar logo a minha obra-prima.

Nicholas deu um passo.

– Espere!

Nicholas parou. Georgie ergueu a mão e disse:

– Só um minuto. – Então, olhando por cima do ombro dele, pediu: – Alguém pode me passar o gato?

Ninguém teve dúvidas a qual gato ela se referia. Um dos lacaios pegou o cesto de Gatonildo, entregando-o a uma das criadas que, por sua vez, levou para Georgie.

– Só um minutinho – falou Georgie para Nicholas, e bateu a porta.

Nicholas olhou para Jameson.

Jameson riu.

MIAAAAAUR!

Nicholas franziu a testa. Não estava gostando nada daquele barulho. Aliás, nunca gostava dos barulhos daquele gato, mas aquele som, em específico, parecera ainda pior.

MIAAAAAAAUUUUR!

Nicholas olhou para Jameson.

– Se ela não abrir essa porta em cinco segundos, eu vou entrar.

Dando de ombros, James disse:

– Deus o acompanhe, senhor.

De dentro da carruagem vinham sons de briga, seguidos de outro uivo, mas abafado dessa vez. Nicholas respirou fundo. Era hora de salvar a esposa.

MIAaaa.. Miaaa...

Miau.

Nicholas parou de novo. Fora um miado quase...

Feliz?

Miau.

– Ela conseguiu – disse Jameson em um tom que só podia ser descrito como reverente.

Nicholas olhou para ele e depois para a carruagem, no instante em que Georgie abriu a porta.

– Pode entrar – convidou ela, a própria personificação da anfitriã graciosa.

Com um misto de receio e curiosidade, Nicholas subiu os degraus e deu de cara com...

– Meu Deus, isso aí é uma rede?

Georgie assentiu, animada.

– Para o gato?

– Eu que fiz. Mas é claro que não teria conseguido sem a ajuda do Sam.

Atônito, Nicholas notou pela primeira vez a presença do criado, agachado no cantinho da carruagem com uma expressão de orgulho.

– A ideia foi toda dela, senhor – disse Sam, com modéstia.

Nicholas ficou sem palavras. Primeiro olhando o criado, depois, Georgie, e por fim fitando o gato amarelo que estava pendurado em um cordame frouxo.

– Parece que ele gostou – disse Georgie.

Nicholas não tinha tanta certeza assim. Tudo bem que Gatonildo parecia mesmo quase contente, mas a cena era ridícula.

E parecia ridiculamente desconfortável. As quatro patinhas pendiam de buracos no cordame feito quatro galhos peludos. O rosto dele estava amarrotado porque ele apoiava o queixo em uma corda grossa.

– Ele não vai sufocar? – perguntou Nicholas, olhando para Georgie com preocupação.

– Não, acho que ele está bem confortável. Olha só. – Georgie pegou a mão dele e pôs na barriga de Gatonildo. – Ele está ronronando.

Nicholas olhou para Sam, embora sem saber muito bem por quê. Talvez em busca de alguém que ainda preservasse algum fio de sanidade.

– Tem certeza de que não é indigestão?

– Absoluta – falou Georgie. – Com certeza está ronronando. Mas você levantou um ponto importante. Em algum momento ele vai ter que fazer as necessidades.

– Em algum momento todos teremos – comentou Nicholas, distraído.

– Sim, é claro. É só que foi um pouco, hã, complicado colocar o Gatonildo aí.

– Imagino que o mesmo valha para tirá-lo daí.

– É, mas ainda não tentei – admitiu ela.

– Bem, vamos torcer para dar um jeito antes que as necessidades dele fiquem urgentes.

Atrás dele, Sam deu uma risadinha.

– Mas o que você achou? – perguntou Georgie.

Para ser sincero, ele achava que ela só podia estar ficando louca, mas Georgie estava tão orgulhosa de si mesma que ele não podia dizer uma coisa dessas.

– Achei muito engenhoso.

O que também era verdade. Era engenhoso, *e* ela tinha ficado louca.

– Eu não sabia se ele ia gostar – comentou Georgie, com orgulho e entusiasmo palpáveis na voz. – E ainda não sei o que vai acontecer quando a carruagem estiver em movimento, mas valeu a tentativa.

– Concordo.

– Afinal, hoje de manhã você parecia tão confortável na sua rede.

– Eu?

– Não quis nem acordar você. Todos disseram que você trabalhou muito ontem à noite. Quero saber de tudo mais tarde.

– Você se inspirou em mim para fazer isso?

Gatonildo emitiu um ruído, mas não foi um uivo.

– Ele parece... – Nicholas ficou tentando encontrar o melhor adjetivo. – Não é feliz, exatamente.

– Mas mais feliz do que ontem – disse Georgie, alegremente.

– Isso com certeza – concordou Nicholas, cem por cento convicto.

Pior não poderia ficar.

Grrrrmfiau.

Nicholas se endireitou para olhar melhor. Talvez o gato estivesse miando mais baixo porque na rede era incapaz de abrir a boca. Bem, desde que estivesse respirando...

– Vamos seguir viagem? – falou Georgie.

Sam correu para a porta, dizendo:

– Sim, senhora.

Ele mal tinha descido quando Marian tomou o seu lugar.

– Hoje você vem conosco? – perguntou Georgie.

Nicholas olhou feio para a criada.

– Hã, as minhas coisas estão aqui – comentou Marian, tensa, olhando a pequena bolsa no banco que ficava voltado para trás.

Bem feio mesmo.

– Mas posso ir na outra carruagem, senhor – falou ela, depressa.

Nicholas assentiu quase imperceptivelmente para ela.

– Tem certeza, Marian? – falou Georgie. – Acho que o gato vai se comportar melhor do que ontem.

– Eu... hã...

Nicholas não tirava os olhos da aia.

Ela, por sua vez, estava se esforçando muito para não olhar de volta para ele.

176

– Eu acho... Que é melhor...

Sem querer, o olhar de Marian cruzou com o dele. Nicholas ergueu a sobrancelha.

– Eu gostaria de conhecer um pouco melhor a Sra. Hibbert – concluiu ela, de repente. – E Marcy e Darcy.

– Ah – falou Georgie. – Imagino.

– Além do mais – continuou Marian, com um olhar desconfiado para Gatonildo –, isso aí não parece nada natural.

Georgie franziu a testa, dizendo:

– Tecnicamente falando, realmente não é nada natural.

Nicholas olhou para o gato. Para ser sincero, *não* olhar para o gato é que era difícil.

Miau.

– Hora de partir – anunciou Nicholas. Alguém precisava tomar aquela decisão, e ele entregou a bolsa de Marian para ela. – Vemos a senhorita na próxima parada.

E então, antes que qualquer um (inclusive Gatonildo) pudesse dizer alguma coisa, ele fechou a porta.

– Ah, finalmente – resmungou Nicholas.

– Algo errado? – perguntou Georgie.

Ela parecia estar... não nervosa. Curiosa, talvez?

– Nicholas?

Talvez um pouquinho nervosa.

– É melhor você sentar antes que a gente comece a andar – aconselhou ele.

– Ah, sim. Tem razão.

Georgie se sentou, mas não exatamente onde ele queria.

– Você fica enjoada quando viaja no banco que fica de costas? – perguntou ele.

– Hã? Ah. Não fico, não.

– Não?

A carruagem começou a se mover. Ambos prenderam a respiração em expectativa, mas Gatonildo não soltou nem um pio.

– Só às vezes – consertou Georgie.

– Então sente-se aqui comigo. – Ele esticou o braço e pegou a mão dela, puxando-a para o banco virado para a frente. – Eu não mordo.

E não soltou a mão dela. Georgie ruborizou.

– Ah, achei melhor dar espaço a você.

– Tem bastante espaço aqui.

Ela puxou de leve e, relutante, Nicholas soltou sua mão; pena, mas ela de fato precisava de ambas para se acomodar.

Seguiam devagar pelo vilarejo e, por um bom tempo, Nicholas e Georgie continuaram olhando para o gato com apreensão. Gatonildo não soltou nem um miadinho.

– Não dá para acreditar – murmurou Nicholas.

– Não sabia se ia funcionar – admitiu Georgie.

– Você, Sra. Rokesby, é um gênio.

Ela sorriu para ele.

E, mais uma vez, Nicholas só conseguiu pensar no sol, na felicidade que sentia quando os raios dourados abriam caminho por entre as nuvens em um dia cinza.

– Georgie.

Ela olhou para ele, curiosa.

– Agora eu vou beijar você.

Porque, francamente, já tinha passado – e muito – da hora.

CAPÍTULO 16

De certa forma, Georgie sabia o que Nicholas diria antes mesmo que ele abrisse a boca. Algo nos olhos dele e no jeito com que ele a encarara e tomara a mão dela antes de falar. E era mesmo loucura que eles ainda nem tivessem se beijado direito.

Eles estavam casados. *Deviam* se beijar.

Georgie só não sabia se era mesmo para ser tão...

Ou se era para ela se sentir tão...

Olhou para ele.

Olhou para Nicholas, o homem que conhecia desde sempre, o homem que deixara de ser um menino aos seus olhos havia pouquíssimo tempo. Não conseguia controlar a própria respiração, não conseguia desviar os olhos dos lábios dele, não conseguia parar de pensar em como seria a sensação quando tocassem os seus.

E então pensou no sobrenome dele, que tinha acabado de adotar. Havia jurado unir-se a ele, na saúde e na doença, até que a morte os separasse. Devia ser uma união sagrada, mas o que ela estava sentindo naquele momento não era nem um pouco sagrado – era mundano e carnal e a deixava afoita e apavorada e...

– Georgie!

A voz dele. A voz dele fazia com que ela sentisse coisas. Era tão diferente...

– Georgie?

Ela se forçou a olhá-lo nos olhos.

– Você está pensando demais – murmurou ele.

– Como você sabe?

Ele deu um sorrisinho.

– Eu sei e pronto.

– É, acho que você me conhece bem – sussurrou ela.

Ele pareceu achar graça.

– Sempre conheci.

Ela balançou a cabeça, dizendo:

– Mas não como agora.

– Não como *ainda* vou conhecer – disse ele.

Poucos centímetros os separavam, e então, devagarinho, os lábios dele tocaram os dela. Foi o toque mais suave de pele na pele. Mas, quando Nicholas levou a mão à nuca de Georgie, ela quase se derreteu inteira. Com a língua, ele traçava o contorno dos lábios dela, e o que havia começado como um simples beijo logo foi tomando contornos mais sérios.

Mais quentes.

Georgie ficou sem fôlego diante daquela enxurrada inesperada de sensações e, quando seus lábios se entreabriram, o beijo de Nicholas ficou ainda mais íntimo e luxuriante.

Ela não sabia que um beijo podia envolver mais que o toque dos lábios. Muito menos que podia se fazer sentir pelo corpo todo – na pele, no sangue, na própria alma.

– Nicholas – murmurou ela, notando o fascínio na própria voz.

– Eu sei – foi o que ele respondeu. – Eu sei.

Ele desceu as mãos para as costas dela e a puxou para perto, um movimento irrelevante porque ela mesma já se achegava. Aquela necessidade dentro de si... ela não entendia bem. Só entendia o tamanho do desejo.

Queria chegar ainda mais perto.

Queria *Nicholas*.

Ela retribuiu o beijo – ou, pelo menos, essa era a intenção. Nunca tinha beijado ninguém, não daquela forma. Só podia presumir que estava fazendo tudo certo, porque ele parecia estar gostando.

Ela, com certeza, estava.

Hesitante, ela tocou no cabelo dele. Com certeza era algo que já tinha feito em algum momento da vida, mas de repente foi tomada por uma necessidade de saber – *imediatamente* – como era a sensação de correr os dedos pelos fios. Seriam macios? Pesados? Ambos? O cabelo dele sempre tivera a tendência de cachear um pouquinho, e ela foi tomada pelo desejo frívolo de encontrar um desses quase-cachos e puxá-lo só para ver se ele voltaria à forma original.

Mas primeiro ela queria tocá-lo. Sentir o calor de seu corpo, deliciar-se na certeza de que ele a desejava tanto quanto ela o desejava.

Era uma sensação inebriante, de puro êxtase.

Era maravilhoso.

– Georgie – murmurou ele, e ela notou o fascínio em sua voz.

Então, assim como ele tinha feito, ela disse:

– Eu sei.

Ela sorriu. Sentiu os lábios dele descendo da face para o pescoço. Inclinou a cabeça para trás, estremecendo de prazer quando a boca chegou ao nicho da clavícula.

Não sabia... não fazia ideia... se alguém tivesse falado...

Miau.

– Nicholas – disse ela, num misto de sussurro e ganido.

O que ele estava fazendo era escandaloso e delicioso, e...

Miau.

Quem sabe se ela ignorasse...

Miau.

Ela cometeu o erro de erguer os olhos.

Gatonildo.

Encarando-a com uma intensidade bizarra.

– O que foi? – murmurou Nicholas, ainda com os lábios quentes contra a pele dela.

– Nada – afirmou Georgie, fechando os olhos.

Miaaa...

– Pare!

Georgie abriu os olhos. Nicholas se afastou.

– Não, você, não! – Ela agarrou o ombro dele. – Você *não* pare.

Ele a encarou, confuso.

– O que foi?

Mi-AU.

Georgie encarou o gato com raiva. Sem dúvida, fora o miado mais petulante que já ouvira na vida.

– Ouviu isso? – perguntou ela.

Nicholas continuou beijando o pescoço dela, passando para um lugarzinho muito delicioso perto da orelha.

– Ignore – falou ele.

– Não consigo.

– Tente.

Georgie virou o rosto ostensivamente, ignorando Gatonildo.

Então ouviu uma inspiração felina e... *MIAAAAAUR!*

– Não – gemeu Nicholas. – Não, não, não!

Georgie voltou a encarar o gato.

– Pare com isso – sibilou ela.

Gatonildo fez uma cara de quem não estava nem aí.

Georgie olhou para Nicholas.

MIAAAAAUR!

– O que foi?

Georgie se virou outra vez. Gatonildo começou a ronronar.

– Você é um serzinho abjeto – resmungou ela.

Nicholas hesitou, dizendo:

– Isso é comigo ou com o gato?

Georgie se desvencilhou dos braços do marido e se sentou para poder olhar feio para o gato.

– Agora chega!

– Espero que seja com o gato – observou Nicholas.

– Ele só faz esse barulho horroroso quando você me beija.

– Mas e se *você* me beijar?

– Ai, Nicholas... – resmungou ela.

– Longe de mim querer defender o bicho – explicou ele –, mas durante umas seis horas ontem ele parou de uivar. E eu me lembro muitíssimo bem de que não estávamos nos beijando.

– Sim, mas era diferente. Ele não estava na rede.

Nicholas correu a mão pelo cabelo, olhando o gato naquela posição ridícula.

– Para ser sincero, não sei se a rede está ajudando tanto assim.

– Agora ele está quieto. Além do mais, assim eu não preciso ficar segurando ele no colo o tempo inteiro.

– Isso é verdade – murmurou Nicholas.

Nicholas endireitou-se no banco e ambos ficaram olhando o gato, que balançava de leve à medida que a carruagem ganhava mais velocidade na estrada.

– Na verdade, até que é interessante – murmurou Nicholas, inclinando-se para a frente e encarando o gato com uma expressão sagaz. – Acho que deveríamos testar a hipótese.

Georgie ficou perplexa.

– O quê?

No mesmo instante, Nicholas entrou no modo acadêmico.

– Uma hipótese é uma teoria que é feita com...

– Eu *sei* o que é uma hipótese – cortou ela. – Só não entendi o que você quis dizer sobre testar uma hipótese agora.

– Ah. Sim. Então, como você sabe, a característica mais forte da pesquisa científica é um rigoroso exame de hipóteses. Uma teoria só é teoria até o momento em que se conduzem experimentos para comprová-la.

Georgie olhou para ele desconfiada.

– E qual é a sua teoria?

– Tecnicamente – respondeu, com um aceno na direção dela –, a teoria é *sua.*

– Minha?

– A teoria de que o bicho não quer que nos beijemos.

– Não foi isso que eu disse – observou Georgie. – Em todo o caso, duvido que seja verdade. Ele não é esperto o bastante para isso.

– Esperto ou não – murmurou Nicholas –, ele é cria do capeta.

– Nicholas!

– Quando chegarmos à Escócia, vamos arrumar uns cachorros.

– Shhh, fala baixo – advertiu Georgie. – Assim a Judite vai ouvir você.

Ele a encarou, sem acreditar no que estava ouvindo.

– Ela é *muito* esperta – acrescentou Georgie.

Nicholas a encarou por um longo tempo até que assentiu e revirou os olhos, em uma combinação bastante irônica.

– É você que quer fazer experimentos científicos com o meu gato.

Ele apontou para Gatonildo, pendurado em sua redinha feito uma planta peluda bem esquisita.

– *Eu* é que estou fazendo experimentos?

– Funcionou, não é? – argumentou ela. – Ele estava quieto.

– Até o momento em que eu beijei você.

– Bem... sim.

Os olhos dele se iluminaram na expectativa.

– Agora está na hora do *meu* experimento.

– Você está me deixando um pouco assustada – falou ela.

Ele ignorou o comentário.

– Posso beijar você?

Georgie ficou surpresa – e, honestamente, um pouco desapontada também – ao notar o tom de voz clínico. Mas, como não conseguiu pensar em nenhum motivo para negar, aquiesceu.

Nicholas segurou o queixo dela, puxando-a para mais perto.

Os lábios se tocaram e, mais uma vez, ela sentiu o corpo derreter. Ao menor contato da boca dele, Georgie já sentia um leve formigar na ponta dos dedos, e seu corpo ficava... *MIAAAAAUR!*

– Eu sabia – grunhiu Nicholas, que se virou na mesma hora e olhou feio para o gato.

– O que foi? – perguntou ela, parecendo um pouco atordoada.

Talvez porque realmente estivesse.

– Gato maldito, desgraçado...

Nicholas continuou praguejando, mas tão baixinho que ela não conseguia discernir.

– Essa carinha inocente... – comentou Georgie, fazendo um carinho no rosto amassado do gato. – Não é possível que ele esteja nos sabotando de propósito.

– Georgiana, contra fatos não há argumentos. Seu gato é um demônio.

Ela deu uma risada. Não havia outra coisa a responder.

– Posso virá-lo para o outro lado? – perguntou Nicholas.

– Quem, o gato?

– Não dá para virar a rede de um jeito que ele não fique de frente para nós?

– Hã, acho que não. – Torcendo o nariz, Georgie examinou sua invenção. – Só se nós o tirássemos e o virássemos para o outro lado.

E isso ela não queria fazer. Botar Gatonildo na rede já tinha sido uma luta; os arranhões em seu braço eram a prova. Mas como também queria muito continuar beijando o marido, disse:

– Nós é que podíamos mudar de posição.

Ele parou e olhou para ela. Ela apontou.

– O outro banco.

– Você não disse que enjoava no banco virado para trás?

– Não se você estiver me beijando.

– Isso não tem a menor lógica – falou ele.

Georgie sorriu, dizendo:

– Eu sei.

Nicholas olhou para ela e para o outro banco.

Então olhou para Gatonildo, que observava os dois com uma carinha sem-vergonha.

– Vamos tentar!

Sorrindo, ele saltou para o outro banco, puxando-a junto. Aos tropeços, Georgie se atirou ali, rindo, e Nicholas caiu em cima dela.

– Agora, sim – grunhiu ele.

O que só fez com que ela risse ainda mais.

– Não sabia que isso era tão *divertido*.

– Você não faz ideia – murmurou ele, beijando o pescoço dela.

Ela recuou só o suficiente para olhá-lo de frente com um sorrisinho levado.

– Não foi você quem disse que não tinha muita experiência com beijos?

Ele grunhiu outra vez, acomodando-se sobre ela de uma maneira deliciosamente possessiva.

– Tenho experiência suficiente para saber que vou aproveitar muito a nossa noite de núpcias.

– Só você? – provocou ela.

De repente, o olhar dele ficou sério e Nicholas beijou a mão dela.

– Georgie – disse ele –, juro que vou fazer tudo o que estiver ao meu alcance para que a experiência seja agradável para você.

184

A seriedade dele fez Georgie sorrir e ela quis fazê-lo sorrir também. Tocou a face dele.

– Mais do que agradável, talvez?

Ele hesitou antes de dizer:

– Na primeira vez, pode ser difícil para a mulher.

Ela o encarou. Estaria falando por experiência própria?

– Mas você nunca... quer dizer... não com uma mulher que nunca...?

Ele balançou a cabeça, dizendo:

– Não. Não, é claro que não. Mas eu... – Ele pigarreou. – Eu já conversei sobre isso com as pessoas.

Georgie tocou a face dele. Nicholas parecia muito constrangido, e ela o achou adorável naquele momento. Sabia que algumas mulheres preferiam ter um marido com uma vasta experiência. Uma vasta experiência com um vasto número de mulheres.

Ugh!

Não ela. Georgie gostava do fato de Nicholas não ter se deitado com muitas mulheres. Não queria que ele a comparasse com outra. Depois de toda aquela situação com Freddie Oakes e da forma com que a sociedade a tratara, tinha decidido que igualdade era o melhor caminho.

– Georgie? – chamou Nicholas, achando certa graça por ela estar com o pensamento longe. – No que está pensando?

– Hã?

Ele beijou-lhe o canto da boca, dizendo:

– É que você ficou tão séria de repente.

– Eu só estava pensando.

– Pensando, é? Você não deveria estar pensando.

Ela não conseguiu conter um sorriso.

– Não? – perguntou.

– Se você está conseguindo pensar, então eu não estou fazendo um bom trabalho.

– Não, não é isso, é que... ah!

A mão dele começou a fazer coisas indizíveis na parte de trás do joelho dela.

– Bom, não é?

– Onde foi que você aprendeu a fazer isso?

Ele abriu um sorriso faceiro e deu de ombros.

– Estou improvisando.

Georgie suspirou. Depois suspirou outra vez. Porque estava achando que aquela era a melhor forma de fazer o tempo passar durante uma longa viagem.

E, para a sorte deles, teriam o dia inteiro.

CAPÍTULO 17

No fim do dia, Georgie estava de ótimo humor.

Ou quase.

Surpreendentemente, a rede de Gatonildo aguentara umas cinco horas. Cinco horas gloriosas e deliciosas que ela passou beijando, depois cochilando, depois beijando outra vez.

E nos intervalos entre cochilar e beijar, Nicholas ainda a presenteou com um relato incrivelmente detalhado, empolgante e vívido da fratura exposta da noite anterior.

Georgie ficou em êxtase. Gostaria de ser menos suscetível às partes mais nauseantes – sentiu o estômago revirar quando Nicholas descreveu como tinha conseguido pôr o osso de volta no lugar, mas só um pouquinho, e tinha certeza de que conseguiria se acostumar à sensação com um pouco de prática. Comentou isso com Nicholas e ele admitiu que, no início da faculdade, também se sentira assim; alguns colegas de classe chegaram a desmaiar. Por mais que tivessem virado alvo de gozações, sentir-se assim era aparentemente normal e esperado. Quase um rito de passagem para os calouros de medicina.

Georgie não estava acostumada a ouvir falar de homens desmaiando.

Sempre que ouvia uma fofoca desse tipo, tinha acontecido com uma mulher. Contudo ela sempre suspeitara que isso se devesse menos à suposta fragilidade do sexo feminino e mais aos espartilhos.

Sendo, ela mesma, tão habituada à sensação da falta de ar, Georgie não conseguia imaginar quem tivera a *brilhante* ideia de botar nas pessoas uma peça de roupa que apertava as costelas, comprimia os pulmões e impossibilitava qualquer atividade que exigisse energia e movimento.

E respiração.

O episódio incendiário da irmã era um ótimo exemplo. Georgie não conhecia ninguém, homem ou mulher, que fosse mais atlético ou tivesse mais coordenação motora do que Billie. Tinha conseguido até mesmo a proeza de cavalgar de costas. Então, se Billie não era capaz de vestir uma crinolina e um espartilho e caminhar pelo salão sem atear fogo em alguém, Georgie achava que ninguém seria.

Tudo bem que centenas de outras garotas tinham sido apresentadas na Corte sem cometer incêndios sem querer, mas Georgie tinha certeza de que absolutamente todas estavam desconfortáveis em seus trajes de baile.

Enfim, o fato era que ninguém nunca mencionava homens desmaiando, por isso ela não fez questão de esconder seu deleite ao saber que mais de um tinha perdido os sentidos ao ver um cadáver sendo aberto pela primeira vez.

Achava muito errado que as mulheres não pudessem ser médicas. Afinal, uma médica faria um trabalho muito melhor tratando pacientes mulheres. Com certeza teria muito mais familiaridade com a anatomia feminina do que um homem. Era uma questão de bom senso.

Compartilhou essa opinião com Nicholas, que, depois de ficar pensativo por um tempo, falou:

– Acho que você tem razão.

Georgie já estava na ponta do banco, pronta para refutar qualquer discordância. Como não houve, ela ficou sem fala por um momento e apenas voltou a recostar o corpo.

– O que foi? – perguntou Nicholas.

– Estou aqui pensando que os ditos populares são populares justamente porque servem para muita gente.

Sorrindo, ele se virou para encará-la de frente.

– Como assim?

– Eu estava pronta para argumentar com você, mas você me deixou a ver navios.

O sorriso dele se alargou.

– E isso é bom?

– É bom para você.

Georgie, por outro lado, não sabia o que fazer com a frustração do bate-boca perdido. Nicholas deu uma risada.

– Você esperava que eu fosse dizer que as mulheres não deveriam poder ser médicas?

– Eu só não esperava que você se rendesse tão rápido.

187

– Não é rendição se, desde o início, eu estava do mesmo lado que você – observou ele.

– É verdade. – Ela parou para pensar. – Mas eu nunca ouvi você manifestar sua opinião sobre o assunto.

– Talvez eu nunca tenha pensado muito a respeito – admitiu ele, dando de ombros. – Não é um assunto que me afeta diretamente.

– Não?

Ela franziu a testa. Algo naquela afirmação a incomodava, embora não soubesse direito o quê.

– Se você tivesse a oportunidade de trabalhar ao lado de mulheres – disse ela, pensando alto –, talvez visse seus pacientes com outros olhos. Talvez visse o mundo inteiro com outros olhos.

Ele passou um bom tempo encarando-a até, enfim, responder:

– A conversa ficou séria de repente.

Ela assentiu lentamente, olhando para as mãos de ambos no instante em que os dedos dele se entrelaçaram nos dela. Nicholas puxou de leve e ela se deixou levar para os braços dele.

– Não quero falar sério agora – murmurou ele.

Ela também não queria, porque era muito melhor tê-lo sussurrando palavras quentes no pescoço dela.

E a manhã inteira transcorreu assim. Beijos e conversas, conversas e beijos. Era tão bom que Georgie chegou a pensar que uma viagem de duas semanas de carruagem talvez pudesse ser uma experiência agradável.

Mas ao meio-dia a caravana parou.

Assim como todas as outras coisas maravilhosas – inclusive o sucesso da rede de Gatonildo.

Georgie precisou tirá-lo dali. Era inconcebível deixar um animal na mesma posição por horas e horas, por mais que parecesse estar confortável.

Os três gatos tiveram uma pequena pausa para descansar, assim como a maior parte dos humanos da caravana, e depois todos voltaram a se enfurnar em suas respectivas carruagens.

Judite e Blanche se enrolaram em seus cestos (embora Blanche tivesse precisado ser subornada com mais um pedaço de queijo), mas Gatonildo estava irredutível. O som que ele fez quando Georgie tentou recolocá-lo na rede...

– Meu pai do céu! – exclamou Nicholas. – Parece até que você está estripando o gato.

Georgie o encarou, ainda com a pata dianteira de Gatonildo empurrando a testa dela.

– Quer tentar?

– Deus me livre!

Georgie segurou a pata que estava em sua testa e enfiou-a no buraquinho da rede. A recompensa foi um uivo de gato e mais uma patada, dessa vez no queixo.

– Não sei por que ele está sendo tão difícil – grunhiu ela, afastando a segunda pata. – Hoje de manhã ele estava ótimo.

Coçando o queixo, Nicholas disse:

– Será que ele se lembra?

Georgie respondeu com uma expressão nada amistosa.

– Você mesma disse que ele não é muito inteligente – argumentou ele.

– Inteligente o suficiente para se lembrar do que aconteceu hoje de manhã – retrucou ela.

Nicholas não pareceu muito convencido.

E assim começava a segunda metade do dia de viagem.

Depois de quase uma hora de uivos terríveis, Georgie finalmente encontrou uma posição que Gatonildo aceitou e passou as três horas seguintes ninando-o como se fosse um bebê. Houve um momento em que Nicholas se ofereceu para trocar com ela, mas ao que tudo indicava o bicho tinha decidido que era Georgie ou ninguém, e em menos de cinco minutos ficou combinado que o melhor para a sanidade de todos era que Georgie ficasse com ele no colo.

Quando chegaram à parada seguinte, em Alconbury, os braços de Georgie estavam tão cansados que os músculos tremiam. Não bastasse o desconforto físico, ela ainda encarava um conflito interior. Toda vez que olhava para Nicholas, lembrava-se de como eles tinham passado a manhã. Não deveria estar se sentindo tão envergonhada e...

Não. Não era bem assim. Não se sentia exatamente envergonhada.

Torceu para ter mais um rompante de clareza, outra epifania que ajudasse a definir a sensação estranha comprimindo o peito, mas nada aconteceu.

Só sabia o que estava *sentindo* e ponto final.

Sentindo coisas que tinham a ver com Nicholas.

Sentindo coisas *por* Nicholas?

Não. Impossível. Ela o conhecia a vida inteira. Era irracional pensar que os sentimentos entre eles mudariam só por causa de uma aliança no dedo. Afinal de contas, só fazia um dia que estavam casados, francamente.

189

– Georgie – murmurou o homem em quem ela vinha pensando.

Ela olhou para baixo. Nicholas já tinha saído da carruagem e estava com a mão estendida, esperando para ajudá-la a desembarcar. Parecia cansado, mas não tanto quanto ela.

– Vamos comer alguma coisa – disse ele, pegando-a pela mão.

Georgie aceitou a ajuda para sair da carruagem. Os sentimentos dela – fossem quais fossem – ficariam para depois. Primeiro porque ela não sabia a natureza dos sentimentos *dele* e não queria nem pensar na possibilidade de não ser correspondida, segundo (e mais urgente) porque estava com tanta fome que poderia comer um boi inteiro.

Cozido, é claro. Não era uma selvagem.

Tinham chegado tão tarde que todos decidiram ir direto comer. Ela e Nicholas foram conduzidos ao que parecia ser o segundo melhor lugar da casa, na ponta de uma mesa comprida um tanto surrada, mas, felizmente, limpa.

Um casal emburrado com um filho emburrado ocupava a outra ponta da mesa, mais perto da lareira. Pareciam prestes a terminar a refeição, mas Georgie estava cansada e faminta demais para esperar que saíssem. Não sentiria tanto frio assim na outra ponta da mesa.

Nicholas puxou a cadeira para ela, perguntando:

– Está com fome?

– Morrendo. E você?

– Morto.

Sentou-se na frente dela e pôs o chapéu na mesa, ao lado dele. O cabelo estava desgrenhado, espetado para todos os lados. Seria inaceitável em uma sala de visitas formal, mas ali, na estrada, era adorável.

– Estou quase avançando na comida deles – falou Nicholas, referindo-se à família na outra ponta da mesa.

Mas, quando um jovem veio servir queijo e um cesto de pães, Georgie notou que Nicholas parou de acompanhar a comida com os olhos no instante em que reparou no antebraço do garoto.

– Parece séria essa sua queimadura – falou Nicholas, estendendo a mão para tocar a manga do jovem. – Posso?

O jovem fez menção de puxar o braço, mas não conseguiu por conta da garrafa que trazia debaixo dele.

Às pressas, ele deixou a garrafa na mesa e tentou cobrir o antebraço com a manga, que era curta demais, e deu um passo atrás.

– Não é nada, senhor – falou ele, espiando por cima do ombro. – Já volto com a comida.

O jovem fez uma mesura rápida e reverente e saiu correndo.

Nicholas ficou com o olhar fixo na porta pela qual ele entrara. Respirou fundo e fitou a comida diante dele, olhos famintos correndo do pão para o queijo e para a garrafa de vinho. E depois de novo para a porta. E depois de volta ao pão; fez menção de pegá-lo, mas então parou. Georgie achou que ele só tinha energia para fazer uma coisa por vez e a preocupação com o garoto o impedia de decidir o que fazer com o pão.

Ele parecia faminto... e resignado.

Georgie sentiu vontade de beijá-lo.

– Ele já vai voltar com a sopa – disse ela.

Embora, para ser sincera, não soubesse ao certo se viriam mesmo – a sopa e o garoto. Aguardaram, surpreendentemente sem tocar na comida, até que uma jovem meio nervosa, e não o rapaz de antes, trouxe duas tigelas fumegantes. Ela já estava se virando para voltar à cozinha quando Nicholas chamou:

– Moça?

A jovem parou e se virou.

– Sim, senhor?

Ela fez uma cortesia rápida, mas parecia ansiosa para sair correndo dali.

– O garoto que veio aqui antes de você – falou Nicholas. – O braço dele...

– Ele vai ficar bem, milorde – disse a mulher, apressada.

– Mas...

– Por favor, milorde. – A voz dela era um sussurro nervoso. – Até que a refeição termine, precisamos cuidar apenas do trabalho, senão o Sr. Kipperstrung fica bravo.

– Mas o braço dele...

Nesse momento, um homem mais velho – o Sr. Kipperstrung, presumia Georgie – veio da cozinha e ostensivamente pôs os punhos cerrados nos quadris. Mostrando serviço, a jovem começou a fatiar o pão que estava na mesa entre Georgie e Nicholas.

– Martha! – rosnou o Sr. Kipperstrung.

Ele então deu uma ordem ríspida à moça, com um sotaque tão forte que Georgie não conseguiu entender uma só palavra. Ficou claro, no entanto, que ele queria que Martha se afastasse da mesa deles.

191

– Martha? – disse Georgie, baixinho. – Por favor, pode nos contar como o garoto queimou o braço daquele jeito?

Nicholas olhou para Georgie e, por Deus, não entendeu se aquele olhar era de reprovação, de encorajamento ou de qualquer outra coisa. Sempre se julgou capaz de ler a expressão de Nicholas – ou ao menos fazer alguma ideia do que ele estava sentindo. Mas, depois de casados, ele parecia um estranho.

– Por favor, milady – a garota praticamente implorou enquanto trucidava o pão. – Ele vai botar a gente pra fora.

Georgie tentou encará-la, mas Martha não tirava os olhos do pão, cortando mais dois pedaços grosseiros antes de largar a faca.

Então Georgie olhou para Nicholas. Ele ia dizer alguma coisa? *Ela* não devia dizer alguma coisa? Será que cabia a ela?

Nicholas suspirou e, por um momento, pareceu afundar na cadeira.

E então, apesar da aparência cansada, inspirou com vontade e se levantou.

– Pois não, milorde? – disse o Sr. Kipperstrung. – O que foi que a Martha fez, arruinou o seu jantar? Essa garota é tão imprestável quanto o...

– Não, não – cortou Nicholas.

Ele abriu um sorriso que (notou Georgie) não chegava aos seus olhos, pôs a mão no ombro de Martha e então a contornou com agilidade.

– Ela é muito eficiente e ligeira. Eu e minha esposa estamos muito gratos.

O sujeito corpulento não ficou muito convencido.

– É só falar que eu posso botar ela...

Nicholas ergueu a mão, impedindo que o sujeito terminasse a frase, depois virou-se para Martha e disse:

– Minha esposa está cansada e com fome. Por gentileza, Martha, pode levá-la até o quarto e cuidar de todas as suas necessidades?

E antes mesmo que Georgie pudesse dizer "Um momentinho aí" para Nicholas, ele seguiu para a porta da cozinha.

– Meu bom homem – disse ele, em um tom quase pomposo –, eu sou médico, e o garoto que acabou de nos servir estava com uma queimadura que muito me interessa.

O Sr. Kipperstrung deu uma risada desagradável.

– É só um machucadinho, milorde. Ele é um destrambelhado e tem sorte de ter esse emprego aqui. Quando aprender a trabalhar direito, não vai se machucar mais.

– Ainda assim – disse Nicholas, em um tom ligeiramente alto demais –, faz tempo que não trato uma queimadura dessa natureza e muito me interessa praticar. Afinal, não podemos sair por aí queimando as pessoas só para curá-las depois.

Georgie engasgou-se com uma gargalhada *muito* indevida, mas tinha certeza absoluta de que ele dissera a última frase para ela.

O Sr. Kipperstrung ficou sem saber o que dizer, ainda mais porque Nicholas já caminhava a passos firmes para a cozinha. Nicholas já tinha desaparecido lá dentro quando o sujeito conseguiu, enfim, sair de seu estupor; mesmo assim, só foi capaz de gaguejar alguma coisa e seguir aos tropeços atrás dele.

Seguiu-se um silêncio duradouro.

Georgiana piscou, atônita. Depois piscou outra vez. Tinha *mesmo* sido completamente descartada?

– O que foi que acabou de acontecer? – perguntou em voz alta.

Martha a olhou, ressabiada, sem saber se a pergunta de Georgie tinha sido retórica ou não.

Ao se dar conta de que ainda estava com a colher na mão, Georgie largou-a na mesa. Olhou para Martha.

A outra tentou sorrir e disse:

– Posso acompanhá-la ao seu quarto, milady?

Balançando a cabeça, Georgie murmurou consigo:

– Não estou acreditando que ele me largou aqui desse jeito.

– Eu... hã...

Retorcendo as mãos, Martha fitava a porta da cozinha como se, a qualquer momento, uma bola de fogo fosse irromper de lá.

– Eu poderia ajudar – disse Georgie, e então, para Martha: – Ele nem pediu.

– Senhora...

Georgie se levantou.

– *Senhora.*

Martha parecia prestes a entrar em pânico.

– Por favor, Martha, me leve até a cozinha.

– O quê? – Martha ficou lívida. – Digo, a senhora tem certeza?

– Absoluta – sentenciou Georgie, com sua melhor voz de "eu sou uma mulher de posses e você não vai querer me contrariar".

Ela não estava acostumada a empregar aquele tom, mas tinha bons exemplos em casa.

– Mas, senhora, lá é a cozinha.

– Presumo que seja para lá que o Sr. Kipperstrung e o Sr. Rokesby foram.

– Está falando do doutor?

– O próprio.

– Ah, milady, a senhora não vai querer entrar lá – falou Martha.

Com isso, Georgie decidiu que não havia nenhum outro lugar em que preferia estar. Com um sorriso confiante, ela disse:

– É exatamente à cozinha que eu quero ir agora.

– Mas a senhora é uma *dama*.

Como não pareceu ser uma pergunta, Georgie não respondeu. Em vez disso, começou a contornar a cadeira que Nicholas acabara de deixar.

Martha estava prestes a cair no choro.

– Por favor, senhora, milady. – Martha praticamente se atirou no caminho entre Georgie e a porta da cozinha. – O doutor... seu marido... ele disse...

– Se bem me lembro, ele disse que você deveria cuidar de todas as minhas necessidades.

– Sua refeição, senhora... – disse Martha, débil. – Eu posso levar lá para cima.

Ouviu-se um estrondo vindo da cozinha.

Martha deu um passo destrambelhado na direção da porta no instante em que Nicholas saiu, abaixando-se para passar pelo portal e trazendo o menino inconsciente nos ombros.

– Georgie! – gritou Martha em um misto de surpresa e preocupação.

Georgie estacou no mesmo momento.

– O que você disse?

– Georgie. – Martha apontou para Nicholas.

– O nome do menino é Georgie? – perguntou Nicholas a Martha.

– É o meu irmão, sim, senhor– falou Martha.

– E o nome dele é Georgie? – perguntou Georgie.

Martha aquiesceu.

– O meu nome também é Georgie – disse ela, levando a mão ao peito.

Martha ficou pasma. Não ficou claro, no entanto, o que a estarreceu: o fato de uma dama ter nome de homem ou de uma dama sugerir que uma mera criada de taverna pudesse chamá-la pelo primeiro nome.

Também parecia alheia à expressão dramática que ostentava.

Georgie, por sua vez, sentiu todo o cansaço abandonar o seu corpo. Dessa vez Nicholas não conseguiria impedi-la de ajudar.

Naquele momento, o outro Georgie deu um gemido.

Se Nicholas reagiu, nem o Georgie nem a Georgie notaram.

– Martha – disse ele –, seu irmão vai ficar bem. Mas não posso cuidar do braço dele na cozinha.

– Por que não? – perguntou ela, olhando ao redor.

Ela parecia estar procurando...

O Sr. Kipperstrung, que irrompeu pela porta com uma nuvem de farinha que em nada combinava com a cena.

– Por que não? – exigiu saber ele.

Nicholas trincou o maxilar e Georgie notou que ele estava começando a perder a paciência.

– Que tal se você colocá-lo aqui? – sugeriu ela, com leveza, indicando a grande mesa.

Quando ninguém respondeu, Georgie começou a limpar a bagunça que a família emburrada tinha deixado para trás e que Martha não tivera tempo de recolher.

– Esperem... – disse Nicholas.

Quando todos pararam e olharam para ele, Nicholas até se surpreendeu. Balançou a cabeça de leve e levou o menino Georgie para a outra ponta da mesa.

– O que houve? – perguntou Georgie.

Nicholas lançou um breve olhar para ela e logo voltou a se concentrar no paciente.

– No instante em que toquei o braço dele, ele desmaiou.

– Ele teimou tanto comigo que não estava doendo... – sussurrou Martha.

– Por gentileza, traga uma bacia com água quente e um pano limpo – pediu Nicholas ao proprietário.

O Sr. Kipperstrung apenas o encarou, boquiaberto.

– Quer que *eu* vá buscar água?

Nicholas abriu um sorriso.

– Isso mesmo, o senhor. Por obséquio.

– O que posso fazer para ajudar? – perguntou Georgie, animada.

– Você quer mesmo ajudar? – perguntou Nicholas.

Ela assentiu.

– Comida. Eu preciso comer.

CAPÍTULO 18

Foi só ao subir a escada para o seu quarto no Alconbury Arms que Nicholas percebeu que duas horas inteiras tinham se passado.

Georgie fora incrível. Espetacular. Bem, ela havia olhado para Nicholas como se fosse um lunático quando ele lhe pediu comida, mas foi só por um instante. Assim que entendeu que ele estava falando sério, assentiu com determinação e tratou de pegar a comida na mesa, cortando o queijo e o pão em pedacinhos, além de algo que ele torcia para ser carne bovina fatiada.

De pedacinho em pedacinho, ela foi dando a comida na boca de Nicholas, deixando as mãos dele livres para trabalhar no ferimento de Georgie.

Quando pedira que ela fosse com Jameson à carruagem para procurar o kit médico, Georgie não reclamara por estar sendo afastada da ação – apenas fez o que ele pediu, voltou e continuou a alimentá-lo enquanto ele avaliava a situação e começava a tratar a queimadura.

Georgie enrolou as mangas, imitando Nicholas, e ficou esperando que ele a chamasse. Enquanto isso, enxugava a testa dele, ajudava a retirar restos de pele queimada da ferida e, quando ele pedia, trazia a vela para mais perto. Chegou até a pegar um pingo de cera no ar com a própria mão.

Contudo, assim que começou a ajudar a tratar a ferida do menino, Georgie se esqueceu da comida de Nicholas.

Ele também se esqueceu de comer, mas isso era bem típico dele. Fome, o correr das horas – quando estava com um paciente, nada atrapalhava sua concentração.

Apenas o cabelo caindo no rosto (que Georgie prontamente prendeu para trás) e a luz que se esvaía (o que Georgie consertou com uma segunda vela) fizeram Nicholas desviar a atenção do braço do menino.

Ao contrário do que pensara inicialmente, não seria um trabalho simples. A queimadura tinha mais de um dia e, como não havia sido propriamente higienizada, sujeira e pó tinham se entranhado na pele sensível. Para Nicholas, era um pequeno milagre que não houvesse sinal de infecção. Trabalhou de forma metódica e cuidadosa. Gostava daquele tipo de cuidado médico; era muito satisfatório ver os resultados à medida que progredia. No entanto, o

196

processo levava tempo, ainda mais por todo o esforço empregado para não causar ainda mais dor ao garoto.

Quando enfim chegou às bordas do ferimento, bem menos queimadas, Nicholas olhou para Georgie (a esposa) e viu que ela estava literalmente caindo de sono.

– Querida – murmurou ele.

Assustada, ela abriu os olhos.

– Vá para a cama.

– Não – disse ela, sonolenta, gesticulando com a mão. – Estou ajudando você.

– E você foi indispensável até agora – assegurou ele. – Mas já estou quase acabando. E você está dormindo em pé.

Ela piscou e olhou para baixo. Provavelmente para o próprio pé.

Nicholas sorriu. Não conseguiu se conter.

– Não quer que eu segure a vela? – indagou ela.

– Vou pedir para outra pessoa – assegurou ele. – Pode ir. Eu vou ficar bem, prometo. – E então, como ela não parecia muito convencida, Nicholas acrescentou: – Eu jamais diria isso se não soubesse que vou conseguir terminar sem você.

Diante disso, Georgie fraquejou e deu um bocejo.

– Tem certeza?

– Tenho sim, pode ir. Além do mais, tenho certeza de que você precisa de um tempo para si mesma antes de ir dormir.

– Vou esperar você acordada.

Mas Georgie não esperou. Não mesmo. Nicholas sabia que ela havia tentado, mas ele acabara ficando mais tempo do que o esperado na função. Quando estava terminando de enfaixar a queimadura, Martha perguntou, muito timidamente, sobre uma mancha que tinha no cotovelo. Depois o Sr. Kipperstrung comentou que estava com uma dor de ouvido terrível, e a Sra. Kipperstrung (Nicholas nem acreditou que o Sr. Kipperstrung fosse casado!) o puxou de lado e pediu que ele examinasse os seus joanetes.

Joanetes! Ah, como a medicina era glamorosa!

Quando enfim chegou ao quarto, estava exausto até os ossos. Entrou sem fazer barulho, pois suspeitava que Georgie não estaria acordada, e de fato ela dormia de lado, com o rosto apoiado na mão, o peito se erguendo e afundando tranquilamente a cada respiração.

– Parece que, mais uma vez, não teremos nossa noite de núpcias – murmurou ele.

O som mal saíra de seus lábios – na verdade, ele quase não emitira voz na fala. Mas a frase tinha que ser dita; ele queria senti-la nos lábios. Também queria fazer carinho no cabelo de Georgie, afastar os fios que faziam cócegas no rosto dela.

Mas não queria acordá-la. Ele precisava dela, mas ela precisava descansar – e, no fim das contas, ele também.

Nicholas não sabia se conseguiria oferecer a ela uma primeira vez perfeita, mas estava determinado a tentar, e tinha certeza de que isso não seria possível se ambos estivessem exaustos daquela forma.

Olhou para Georgie adormecida, iluminada por um raio de luar. Mesmo com todo o esforço casamenteiro por parte de ambas as famílias, eles jamais teriam sido capazes de conceber uma cena artificial como aquela. O luar entrando pela janela criava uma atmosfera romântica, e a longa trança de Georgie, que chegava a pender na beirada da cama, era estranhamente convidativa.

Nicholas foi tomado pelo ímpeto excêntrico de pegar a trança e deixá-la no travesseiro ao lado da esposa adormecida.

Não conseguia imaginar como seria ter todo aquele cabelo para prender antes de ir dormir.

Nunca tivera cabelo comprido. Não fazia o estilo dele – sinceramente, sempre achara que não valia o esforço. Seu irmão Andrew já deixara o cabelo crescer até passar dos ombros, mas tinha sido corsário durante quase dez anos, e aparentemente um rabo de cavalo fazia parte da vestimenta.

Nicholas gostava do cabelo de Georgie. Nunca o vira solto – só quando eram crianças. Mas, mesmo presos, os fios tinham um tom quente e iluminado. Era ruivo, mas não *aquele* tom que as pessoas costumavam associar aos ruivos. Ou seja, não era laranja.

Durante a viagem, na carruagem, eles tinham cochilado um pouco, e em um dos momentos em que ela dormia e ele estava acordado, Nicholas ficou observando as madeixas, maravilhando-se ao notar que cada fio era de uma cor diferente – vermelho, castanho e louro, alguns até poderiam ser brancos, e a combinação formava uma tonalidade que só poderia ser descrita como o nascer do sol em uma manhã de inverno.

Pôs a roupa de dormir e subiu na cama, com cuidado para não acordá-la.

Enquanto caía no sono, pensou que não havia visão mais maravilhosa em um dia de inverno do que aqueles primeiros raios de sol, aquela promessa de calor.

E, por mais que quisesse dar a ela todo o espaço para dormir tranquila, aquele corpo atraía o dele. Nicholas acabou se aproximando, envolvendo-a em uma conchinha, e quando sua mão encontrou a dela, ele adormeceu.

Georgie despertou devagar, um sentido de cada vez.

O toque do ar fresco da manhã em seu rosto, a luz rosada que atravessava suas pálpebras. Estava tão absurdamente confortável e quentinha embaixo das cobertas que, mesmo que seu cérebro despertasse aos poucos, ela só queria se aninhar ainda mais àquela calidez e proteção que vinham...

Do corpo de Nicholas.

Abriu os olhos no mesmo instante.

Ele estava na cama com ela. O que não deveria ter causado nenhuma surpresa, exceto pelo fato de que ela não tinha lembrança alguma disso. O que tinha acontecido na noite anterior mesmo? Nada de íntimo, com certeza. Eles haviam ajudado o garoto, o outro Georgie, e depois Nicholas insistira para que ela voltasse ao quarto e se preparasse para dormir. Mencionara que ela talvez quisesse um pouco de privacidade antes de dormir. Ela achou muito sensível da parte dele. E então...

Ela devia ter caído no sono.

Fechou os olhos outra vez, mortificada.

Que tipo de noiva adormecia em plena noite de núpcias? Ou, no caso dela, na noite *depois* da suposta noite de núpcias? Nas duas circunstâncias, ela continuava sendo uma péssima esposa.

Passou vários segundos tentando ficar imóvel. O que fazer agora? Acordá-lo? Não, com certeza não. Tentar sair da cama? O braço dele estava por cima da cintura dela. Será que conseguiria removê-lo sem acordar Nicholas?

Será que conseguiria sequer se mexer sem acordá-lo?

Resolveu fazer uma tentativa, chegando para a frente só um pouquinho.

Grumpfff.

Um ruído de sono inconfundível. E adorável.

Ela lamentou não conseguir ver o rosto dele, porque ambos estavam deitados de lado e ela estava de costas para ele – mas, se o menor movimento já tinha causado aquele murmúrio, se ela tentasse se virar certamente o acordaria.

Mas e se ela se mexesse só mais um centímetro? E depois mais um centímetro, bem devagar, até se desvencilhar do braço dele? Talvez conseguisse se virar. E ver como ele ficava quando dormia. Será que era um sono tranquilo ou seus sonhos transpareciam em expressões faciais? Será que dormia com os lábios fechados ou talvez um pouquinho semicerrados? E os olhos? Ela nunca tinha observado os olhos dele quando estavam fechados.

Uma pessoa acordada piscava tão rápido que não dava para se lembrar de seu semblante. Será que ele ainda parecia um Rokesby quando os olhos azul-celeste não estivessem à vista?

Ela chegou um pouquinho mais para a frente, arrastando-se nos lençóis, concentrando-se ao máximo para avançar um centímetro apenas. E então esperou, pois sabia que não daria certo se fosse rápida demais. Tinha que ter certeza de que ele estava dormindo profundamente antes de se mexer outra vez.

E talvez ela mesma precisasse de mais um instante antes de sair da cama, porque nunca sentira nada tão perfeito quanto a mão dele em seus quadris.

Suspirou. Ela amava as mãos dele. Eram grandes, fortes e hábeis, com unhas quadradas. Será que era louca por se sentir tão atraída pelas mãos de um homem?

Então ela sentiu Nicholas se mexer. Ele bocejou e se esticou, ainda não inteiramente acordado.

– Georgie. – Arrastada, a voz sonolenta dele era rouca.

– Bom dia – sussurrou ela.

– Georgie – repetiu ele, parecendo um pouco mais lúcido. E feliz.

– Você estava dormindo – disse ela, sem saber como se comportar. – Não quis acordá-lo.

Ele bocejou e ela aproveitou esse momento para se levantar, mas ele a segurou.

– Fique aqui – pediu ele.

Ela não saiu da cama, apenas se sentou.

– Precisamos nos arrumar. Já são... – Olhou à volta. Se havia um relógio no quarto, ela não sabia onde estava. – Não sei que horas são.

Sentiu que ele se mexia atrás dela e, com o rabo do olho, viu que ele se apoiava nos cotovelos e olhava a janela.

200

– Mal amanheceu – comentou ele. – O sol ainda nem saiu.

– Ah.

O que ele estava tentando dizer? Que ela não precisava sair da cama agora? Ou que ele não queria que ela saísse?

– Eu amo o nascer do sol – falou ele com suavidade.

Ela deveria se virar. Ele estava bem ali, atrás dela, tão perto que ela sentia o calor de seu corpo, além da mão que ainda repousava em seu quadril. Mas Georgie estava nervosa, insegura, sem saber o que fazer.

E ninguém gosta de não saber o que fazer.

– Ontem à noite, quando cheguei, você já estava dormindo – disse ele. – Não quis acordá-la.

– Obrigada. Quer dizer... – Ela balançou um pouquinho a cabeça, sem saber o que dizer. – Quer dizer, obrigada – repetiu; não que a frase soasse diferente dita de trás para a frente. – Eu estava exausta.

Ela se virou para ele. Seria uma covarde se permanecesse de costas, e isso ela não queria.

– Eu tentei esperar você.

Ele sorriu, dizendo:

– Tudo bem.

– Não, não está tudo bem.

– Georgie – interrompeu ele, com carinho evidente na voz. – Você precisava dormir. Eu mesmo precisava dormir.

– Ah.

Será que ele não a desejava? Depois das horas que passaram juntos na carruagem, não fazia sentido. Nicholas a beijara como se a desejasse. Como se quisesse *mais*.

Ele prendeu uma mecha de cabelo atrás da orelha dela.

– Pare de pensar tanto.

Ela franziu a testa, notando o bom humor por trás daqueles olhos azuis.

– Como? – perguntou ela, com um levíssimo traço de irritação na voz.

Para ele, era tudo muito fácil. Ou, pelo menos, menos complicado e menos inédito.

Ele deu de ombros, dizendo:

– Não sei, mas se você continuar pensando tanto vai começar a sair vapor das suas orelhas.

– Vapor. Sério mesmo?

Ele sorriu, dizendo:

– Fumaça?

– *Nicholas.*

– Você ficaria surpresa com as coisas que aprendemos na escola de medicina hoje em dia – continuou ele, a inocência em pessoa.

– Sei.

Os dedos dele subiram pela coxa dela, chegaram à mão e continuaram subindo pelo antebraço.

– Eu quero beijar você – sussurrou ele.

Ela assentiu. Georgie também queria, mas não sabia como traduzir a vontade em palavras. Ou mesmo em ações. Não que estivesse paralisada – a sensação que inundava o seu corpo não era nem um pouco fria.

Mas ela simplesmente continuava imóvel a não ser pela respiração que, na contramão de todo o resto, ficava mais acelerada. Ela não sabia como se mexer; ao que tudo indicava, tinha esquecido. Só conseguia reagir, e no instante em que ele a tocou... no momento em que Nicholas fez isso de verdade...

Georgie não tinha noção do que estava prestes a acontecer, mas sabia que seria diferente de tudo o que já vivera.

Ele se sentou, e a gola de sua camisa deixava entrever o peito salpicado de pelos. Era um momento muito íntimo, ela mesma vestia apenas uma camisola soltinha de musselina.

– Georgie – murmurou ele, segurando o rosto dela em um misto de carícia e súplica.

Ele se aproximou, ela se aproximou, beijaram-se.

Foi exatamente como na carruagem.

E, ao mesmo tempo, completamente diferente.

Nicholas grunhiu o nome dela outra vez e levou uma das mãos à nuca de Georgie, trazendo-a ainda mais para perto enquanto explorava seu corpo. O beijo foi profundo e quente, arrebatando-a de tal forma que ela só queria se entregar mais e mais.

O momento foi contraditório – era igual, e ao mesmo tempo diferente. Tudo era muito novo para ela, mas ele parecia saber muito bem o que fazer.

Como ele tinha aprendido aquilo tudo? Como aprendera a maneira certa de se mexer, de dar e receber em um equilíbrio perfeito, deixando-a fervilhando de desejo?

– Diga o que você quer que eu faça – sussurrou ela.

– Você já está fazendo.

Ela achava muito difícil que fosse verdade, mas tudo bem. Só queria continuar beijando Nicholas, fazendo o que parecia gostoso e confiando que ele lhe diria se fizesse algo errado.

Ele acariciou a perna dela, provocando arrepios que percorreram todo o seu corpo.

– Diga *você* o que quer que eu faça.

Ela sentiu um sorriso surgir nos próprios lábios.

– Você já sabe o que fazer.

– Sei?

Ela recuou, sentindo a confusão se espalhar pelo semblante dele.

– Você já não fez isso antes?

Ele balançou a cabeça.

– Mas... mas... você é homem.

Ele deu de ombros, como se fosse a despreocupação em pessoa. Contudo não conseguiu olhá-la nos olhos ao dizer:

– Todo mundo tem uma primeira vez.

– Mas... mas...

Não fazia o menor sentido. Antes de casar, todos os homens eram mulherengos. Era assim que as coisas eram. Era assim que eles aprendiam.

Não?

– Você se sente desconfortável por ser a minha primeira vez? – perguntou Nicholas.

– Não! – Deus do céu, a resposta saiu bem mais abrupta do que ela esperava. – Não, nem um pouco. Eu só estou surpresa.

– Por quê? Eu claramente pareço um devasso? – brincou ele, erguendo a sobrancelha com um toque de autodepreciação bem-humorada.

– Não, porque você é muito bom nisso.

Ele abriu um sorriso meio safado.

– Então você acha que eu sou bom...

Ela cobriu o rosto com as mãos. Do jeito que estava ruborizando, Georgie ia acabar queimando as mãos.

– Não foi isso que eu quis dizer.

– Ah, mas eu acho que foi isso, sim.

Georgie abriu uma frestinha entre os dedos e espiou Nicholas.

– Só um pouquinho, talvez?

– Um pouquinho bom? – provocou ele. – Que elogio mixuruca...

– Você não está vendo que está me deixando sem graça?

Ele assentiu.

– E não sente nenhum remorso!

Mais uma vez ele assentiu, solene, e disse:

– Nem um pingo.

Ela fechou os dedos outra vez.

– Georgie – murmurou ele, afastando com delicadeza as mãos dela do rosto. – Se eu sou realmente bom como você diz, é só porque estou com a pessoa certa.

– Mas como você sabe o que fazer? – perguntou ela, desconfiada.

Porque se ele não soubesse... bem, eles iam ter um problemão. Ela estava contando com ele para tomar as rédeas.

– Até agora, eu simplesmente beijei você – disse ele. – E isso, confesso, eu já fiz outras vezes.

Os olhos dela se estreitaram.

– Com quem?

Ele ficou boquiaberto, e então deu uma sonora gargalhada.

– Quer mesmo saber?

– Se estivesse no meu lugar, você não ia querer?

Ele não respondeu logo de cara.

– Não sei – confessou.

– Bem, *eu* sei. Com quem foi?

Ele revirou os olhos.

– A primeira vez foi com...

– Teve mais de uma vez?

Ele a cutucou de leve no ombro, dizendo:

– Se não estiver pronta para ouvir as respostas, então não pergunte, Georgiana Bridgerton.

– *Rokesby* – lembrou ela.

– Rokesby – repetiu ele, com ternura nos olhos. – Exatamente.

Ela tocou o ombro dele de forma sedutora, correndo os dedos pela camisa e deixando que se infiltrassem gola adentro.

– Muito embora...

– Muito embora o quê? – perguntou ele, curioso.

204

Ela o encarou. Um estranho anseio muito feminino começou a se espalhar pela pele dela.

– Muito embora possamos dizer – continuou ela, bem devagar – que eu ainda não sou uma Rokesby de verdade.

Nicholas a beijou, bem de leve. Colado aos lábios dela, sussurrou:

– Então vamos ter que dar um jeito nisso.

CAPÍTULO 19

Nicholas não planejara ser virgem por tanto tempo. Definitivamente nunca tomara a decisão consciente de jamais se deitar com uma mulher com quem não fosse casado.

Não tinha qualquer objeção moral ou religiosa ao sexo antes do casamento. Se muito, talvez uma objeção sanitarista, já que sabia demais sobre a sífilis para se sentir atraído pela ideia de se relacionar indiscriminadamente. Mas nunca tomara a decisão consciente de se manter virgem até enfim se deitar com sua esposa.

Tinha sido mais uma questão de falta de oportunidade. Ou, pelo menos, da oportunidade certa, e nunca lhe agradara muito a ideia de perder a virgindade só por perder.

Quando fizesse amor com uma mulher, teria que existir algum sentimento por trás do ato.

Não que precisassem ser casados. Muito menos que devessem estar apaixonados. Mas tinha que significar algo mais do que uma tarefa a cumprir.

Se ele tivesse perdido a virgindade bem jovem, na idade em que todos os seus amigos pareciam uns tolos despudorados que só pensavam nisso, talvez tivesse sido diferente.

Poderia ter acontecido durante o primeiro ano dele em Cambridge – aliás, certamente teria acontecido se não fosse por um resfriado muitíssimo inoportuno. Uma noite, seus amigos foram para a gandaia e terminaram em um bordel de luxo. Nicholas ia com eles, mas tinha caído de cama no dia anterior e não quis nem pensar em acrescentar uma ressaca ao mal-estar que já sentia.

Então tinha ficado no alojamento enquanto os amigos descobriam os prazeres da carne. Depois, ouvira com avidez os relatos e as bravatas porque... Bem, porque ele tinha 19 anos, ora essa. Alguém esperava que ele *não* quisesse ouvir?

Mas também porque achou que poderia aprender uma ou outra coisa.

Só que em pouco tempo percebeu que nenhum dos amigos fazia a menor ideia do que estava falando e decidiu que, se quisesse mesmo aprender alguma coisa, deveria perguntar a uma mulher.

Coisa que ele jamais fizera. Afinal, com quem teria aquele tipo de conversa?

Mesmo assim, continuou ouvindo as histórias que os homens contavam ao longo dos anos, geralmente quando estavam um pouco – ou muito – bêbados. Em geral era tudo um bando de asneiras, mas muito de vez em quando ouvia algo que o fazia pensar: "Isso até que faz sentido." Então ele pegava essa informação e a arquivava na memória.

Porque sabia que ia precisar dela em algum momento.

Quando enfim tivesse a oportunidade de fazer amor com uma mulher, queria fazer tudo direito.

Finalmente tinha chegado a hora e, ao beijar a esposa, ele percebeu que estava nervoso. Não porque a situação fosse novidade para ele, mas porque seria para ela. Ele *sabia* que ia sentir prazer. Ora essa, tinha certeza quase absoluta de que aquele seria o melhor dia de sua vida. Mas não sabia se seria capaz de fazer com que *ela* vivesse o mesmo. Não sabia nem se conseguiria proporcionar a ela uma experiência divertida, prazerosa ou indolor.

Pensando bem, se não fosse bom para Georgie, também não seria o melhor dia da vida dele, no fim das contas.

Se havia um momento para contar com a excelência acadêmica, era aquele.

– O que houve? – sussurrou ela.

Nicholas se deu conta de que passara um longo tempo encarando Georgie. Tinha deixado a esposa inquieta.

– Eu quero conhecer você – disse ele, com a voz suave de desejo. – Quero conhecer cada pedacinho de você.

Ela ruborizou, e o tom rosado de emoção foi se espalhando por seu rosto e seu pescoço. Nicholas beijou a testa, a têmpora e a minúscula depressão perto da orelha dela.

– Você é perfeita – murmurou ele.

– Ninguém é perfeito – retrucou ela.

Mas a voz de Georgie saíra trêmula, como se a resposta tivesse sido automática, uma tentativa instintiva de trazer leveza a um momento tão desconcertantemente intenso.

– É perfeita para mim – sussurrou ele.

– Você não tem como ter certeza.

Ele sorriu para ela e disse:

– Por que você fica dizendo essas besteiras?

Georgie arregalou os olhos.

– Você... – Ele beijou o nariz dela. – É... – Beijou a boca. – Perfeita... – Beijou-a na boca de novo, dessa vez com um grunhido. – Para mim.

Satisfeito com o próprio desempenho, ele a olhou nos olhos. Georgie piscou várias vezes, e Nicholas não conseguiu conter a euforia por tê-la deixado tão desconcertada. Não sabia se a expressão que via era de surpresa ou de desejo – talvez uma combinação dos dois, ou quem sabe algo totalmente diferente –, mas os lábios dela estavam entreabertos; os olhos, arregalados, e Nicholas só queria se afogar nela.

Como era possível que a tivesse conhecido a vida inteira sem saber que era *disso* que ele precisava?

Nicholas nunca vira nada tão lindo quanto a pele de Georgie, clara e luminosa como o sol da manhã. A camisola que ela estava usando, de corte básico e prático como a camisa de dormir que ele próprio vestia, não era uma peça sensual; mas, ao subir a barra da saia, centímetro a centímetro, revelando aquelas tentadoras pernas esbeltas, ele até se sentiu grato. Durante a preparação para o casamento, tinha ouvido a mãe dela lamentar a falta de um enxoval de verdade, e é claro que ele queria ver Georgie vestida de rendas francesas e bordados belgas, mas ainda não. Tinha medo de não aguentar.

– Você vai ter que me dizer o que você gosta – falou ele.

Recatada, ela assentiu. Ele tocou a coxa dela, deslizando os dedos levemente pela parte da frente e apertando de leve.

– Gosta?

– Uhum.

Ele abriu o polegar, acariciando a pele macia da parte de dentro da coxa dela, com cuidado para não subir demais.

Ela ainda não estava pronta. Talvez ele mesmo também não estivesse. Se a tocasse lá, se sentisse aquele calor, corria o risco de explodir.

E Nicholas queria fazer a experiência durar. Nunca estivera tão rijo em toda a sua vida, e embora tudo aquilo fosse novo para ele, sentiu o instinto masculino primordial se avolumando dentro de si. Queria se apossar dela. Queria marcá-la para sempre como sua mulher.

O desejo era tão intenso, tão poderoso, que ele mal reconhecia a si mesmo, e quando falou, sua voz saiu trêmula:

– Do que mais você gosta?

Ela olhou para ele como se não acreditasse na pergunta que estava ouvindo.

– Eu gosto de tudo – sussurrou. – Gosto de tudo o que você fez.

– Tudo? – perguntou ele, com a voz rouca.

Era quase constrangedor o quanto gostara de ouvir aquelas palavras.

Georgie assentiu, tímida.

– Eu gosto quando...

– Continue – pediu ele. Tinha pressa de saber.

– Quando você me beija – murmurou ela, tocando muito de leve a pele logo abaixo das clavículas – aqui.

Ele ficou sem ar. "Aqui" era o ponto em que os seios dela começavam a se avolumar. "Aqui" ficava muito perto do bico rosado que ele estava louco para explorar.

"Aqui" era um lugar perfeito para começar uma jornada.

Levou os lábios ao ponto em que os dedos dela estavam e, com movimentos de língua lânguidos e sensuais, sentiu o gosto da pele dela.

Georgie se arqueou toda, gemendo de prazer, e o som atiçou ainda mais o fogo que já queimava dentro dele.

– Você é tão delicada – murmurou ele.

Aquela pele já teria sido tocada pelo sol algum dia? Nicholas queria explorar cada centímetro. Queria fazer um mapa do corpo dela, e queria que ela desenhasse o mapa do corpo dele também.

Que loucura. De onde vinham aqueles pensamentos? Ele era um cientista, não um poeta. Ainda assim, ao beijá-la – ao beijar seus lábios, sua face, seu pescoço –, podia jurar que o mundo inteiro se dissolvia em uma canção.

A camisola de Georgie tinha uma amarração na altura do pescoço. Bastou um leve puxão no laço simples e a alça foi diminuindo até que o laço enfim se desfez. Não dava para tirar a roupa por baixo, mas, ao afrouxar a gola, Nicholas teve acesso a muito mais pele. Beijou um dos trechos que tinha acabado de revelar, depois outro.

E outro, porque era incapaz de resistir ao menor centímetro do corpo dela.

Como não conseguia abaixar mais a camisola, beijou o seio dela por cima da musselina até encontrar o bico.

Georgie arquejou.

Ele tomou o mamilo inteiro nos lábios e Georgie arquejou outra vez – só que mais alto, junto com um gemido de prazer.

– Gosta? – perguntou ele, pensando que seria capaz de morrer se ela dissesse não.

– Gosto.

Enquanto isso, ficou brincando com o outro mamilo por cima do tecido fino da camisola. Ela estremecia sob o corpo dele, tão excitada que estava sem ar.

Nicholas se sentiu um deus.

– Não sabia que eram tão sensíveis – falou Georgie.

Isso o deixou muito surpreso.

– Você nunca tocou os seus seios?

Ela balançou a cabeça.

– Pois deveria. – E então Nicholas quase atingiu o clímax, ali mesmo, só de pensar nela se tocando.

– É assim para você também?

Ele levou alguns instantes para entender o que ela estava perguntando, mas, quando entendeu, sentou-se na cama e arrancou a camisa com tanta rapidez que era uma surpresa que ela não tivesse rasgado.

– Venha aqui, me toque – pediu ele.

Ou talvez tivesse implorado.

Ela tocou o peito dele com a pontinha dos dedos, começando no meio e correndo até o mamilo. Ele estremeceu e, no mesmo instante, ela tirou a mão.

– Não – disse ele, mal reconhecendo a própria voz. – É bom.

Ela o encarou.

– Eu quero – insistiu ele.

Ela tentou novamente, dessa vez com toques mais confiantes. Não que de repente soubesse o que fazer – Nicholas achava que nenhum dos dois sabia –, mas só de perceber que estava dando prazer a ele, Georgie se sentiu mais segura, mais ousada até.

Era um afrodisíaco poderoso. Ele também já tinha entendido isso, porque cada vez que ela gemia de prazer, o corpo dele ardia em resposta.

– Posso beijar você? – perguntou ela.

– Por favor.

Ela se sentou, inclinando o rosto para o lado enquanto o observava. A curiosidade em seus olhos era fascinante; Georgie parecia estudar cada reta e curva do torso dele. Era estranho ser alvo de um escrutínio tão intenso, mas não podia culpá-la, porque queria fazer a mesma coisa com ela. E se isso fosse deixá-la mais confortável durante as núpcias deles, Nicholas permitiria que ela o encarasse por horas.

Poderia explorá-lo quanto quisesse.

Sinceramente, não conseguia pensar em uma tortura mais maravilhosa.

Ele prendeu a respiração quando ela se aproximou e lhe deu um beijo suave. Nicholas sentia-se agitado sob a pele, mas continuou imóvel. O coração batia forte, como se sua alma estivesse lutando para sair do corpo. Queria agarrar Georgie, prendê-la na cama. Queria que ela sentisse o peso, o calor que emanava dele.

Queria que ela compreendesse o efeito que provocava e que, naquele momento, ela era toda dele.

Ao mesmo tempo, queria deixar-se dominar.

Quando Nicholas deixou escapar um suspiro áspero e entrecortado, ela ergueu o rosto.

– Estou fazendo direito? – perguntou.

– Até demais.

– É possível isso?

– Georgie, você está acabando comigo...

– Acabando de uma maneira boa? – murmurou ela.

Não era bem uma pergunta. Ela já estava ficando mais confiante em suas habilidades femininas.

Nicholas assentiu outra vez, tomando a mão dela e levando-a aos lábios.

– Eu quero ver você – murmurou.

Georgie não disse nada, mas o espanto ficou evidente em seus olhos e o rubor se espalhou pelo rosto.

– Posso? – sussurrou ele.

Ela fez que sim, mas não se mexeu. Nicholas notou que ela precisava que ele tirasse a camisola dela.

Ainda não era tão ousada assim.

Nicholas franziu o algodão fino entre os dedos, sem nunca tirar os olhos dos dela, e despiu-lhe a camisola. A parte de baixo do corpo dela ainda estava coberta pelos lençóis, mas, exceto isso, estava nua.

Gloriosamente nua.

– Você é deslumbrante – elogiou ele.

Ela enrubesceu. Pelo corpo todo. Mas não tentou se cobrir.

Ele queria tocar os seios dela, senti-los nas mãos e, acima de tudo, prendê-los contra o próprio corpo, então tomou Georgie nos braços e a beijou de novo.

E de novo.

E de novo, segurando-a com firmeza até deitá-la na cama.

– Está vendo o que você faz comigo? – perguntou ele, sentindo o sangue pulsar com ferocidade nas veias.

Ela fez que sim, mas pareceu um pouco confusa, de modo que ele explicou:

– Ele muda quando fico excitado. Fica maior. Mais duro.

Georgie assentiu outra vez, mas, como o olhar ainda parecia de dúvida, ele tomou o rosto dela nas mãos e perguntou:

– Você sabe o que acontece entre um homem e uma mulher?

– Sei – falou ela. – Minha mãe me contou, e Billie também.

Por algum motivo, isso o fez sorrir.

– E como foram esses dois relatos?

– O da minha irmã foi mais sincero.

– E encorajador, espero.

Georgie deu um leve sorrisinho.

– Muito mais. Embora ela tenha dito que...

Balançando a cabeça, ela se conteve.

– Que...

– Não. – Balançou a cabeça outra vez, mas estava sorrindo. – Não posso falar.

– O que ela disse?

– Não posso dizer. De jeito nenhum.

Nicholas chegou ao pé do ouvido dela, dizendo:

– Eu posso arrancar essa informação de você, sabia? Tenho os meus truques.

Ela até tentou se contorcer para olhá-lo nos olhos, mas no mesmo instante ele fez cócegas nas costelas dela.

Georgie soltou um gritinho.

– Bem que eu me lembrava que você sentia cócegas – falou ele.

– Pare! Pare com isso, Nicholas!

– O que Billie falou?

– Ai, meu... Nicholas, pare!

– Diga...

– Está bem, está bem.

Ele parou de fazer cócegas, mas deixou a mão onde estava.

Georgie parou e olhou para a mão dele.

– Vou deixar a ameaça bem aqui onde está – murmurou ele.

– Você é terrível.

Ele deu de ombros, grato ao deus espetacular que os havia presenteado com uma noite de núpcias tão cheia de risadas.

Georgie cerrou os lábios com um semblante impaciente, e então disse:

– Ela falou que eu ia jurar que não tinha dado certo, mas que eu estaria errada e que teria dado certo, sim.

Ele parou para pensar.

– E isso deixou você com vergonha por quê?

– Porque ela falou que eu teria certeza de que não ia caber – disse ela entre os dentes.

– E por que *isso* causaria vergonha?

– Ah, porque sim.

Ele encostou a testa na dela.

– Vai caber.

– Como você sabe? – rebateu ela.

E então ele começou a rir. Riu tanto que perdeu as forças e deixou o corpo pesar sobre o dela.

Riu tanto que teve que sair de cima dela e rolar para o lado, ficando deitado de costas.

Riu tanto que só percebeu que estava chorando de rir quando ela enxugou suas lágrimas.

– Não era para ser engraçado – disse ela.

– Por isso que foi.

Ela olhou feio para ele. Ou melhor, tentou. Ele não se deixou convencer.

– Vai caber – repetiu ele.

– E você sabe disso porque é médico?

Ele deslizou a mão até a junção das coxas dela.

Mesmo sem introduzir os dedos, dava para sentir que ela estava quente. E ficando molhada.

– Eu sei disso – falou ele – porque você nasceu para mim.

Então a tocou de forma mais íntima e Georgie arquejou um pouco, arqueando as costas.

– E você nasceu para mim? – perguntou ela, quase em um sussurro.

Nicholas começou a tocá-la e foi sentindo um orgulho e um prazer muito masculinos à medida que ela ficava molhada.

– Vejamos – murmurou ele. – Você é a primeira mulher com quem eu me deito. Então, sim, eu acho que nasci para você.

Os olhos dela brilharam e ele aproveitou o momento de deleite de Georgie para penetrá-la com o dedo. Ela era apertada – tão apertada que ele entendeu o porquê de ela achar que o membro dele não caberia, mas ele era um homem paciente. Por mais que o corpo dele implorasse pelo clímax, Nicholas estava mais do que feliz em continuar com aquelas carícias até que ela estivesse pronta para recebê-lo.

– Está sentindo? – A voz dele estava rouca de desejo. – Está sentindo como está molhada?

Georgie fez que sim.

– É por isso que eu sei que vou caber. O seu corpo também muda.

O semblante dela se iluminou de admiração. Foi uma coisa quase intelectual. Talvez tivesse sido mesmo se ela não estivesse refém do próprio desejo. Notando que as palavras a excitavam tanto quanto o toque, Nicholas chegou ao pé do ouvido dela e sussurrou:

– Se eu toco você dessa forma, você fica mais macia. E molhada. E então eu sei que você está pronta para mim.

Ela assentiu, trêmula.

– Está se sentindo um pouco vazia agora? – perguntou ele.

Confusa, Georgie franziu a testa.

– Como se quisesse mais – sussurrou ele. – *Aqui.*

Então ele enfiou outro dedo.

– Sim! – arquejou ela.

– Sim o quê? Sim, você está se sentindo vazia?

– Agora não mais.

– Não mais?

Ela balançou a cabeça.

– Mas vai se sentir. – Ele tirou os dedos, sendo recompensado por outro jorro de calor. – Você vai querer muito mais.

– Mais um dedo?

Ele deu um sorriso lascivo.

– É isso que você quer?

– Eu não sei...

– Bem, vamos tentar?

Ao sinal dela, Nicholas enfiou outro dedo, dizendo:

– Seu desejo é uma ordem, milady.

– Ah, meu Deus!

Ela deu um gritinho. Mas não era de dor. Dava para ver no rosto dela.

Então Nicholas percebeu que daria para levá-la ao clímax daquela forma. Não tinha se dado conta disso antes – na verdade, só estava tentando preparar o corpo dela para a penetração. Mas se ela tivesse um orgasmo, se experimentasse a "pequena morte" feminina de que ele tanto ouvira falar, com certeza a penetração ficaria muito mais prazerosa, não?

– Está gostando de se abrir para mim, não é? – murmurou ele.

Ela ficou sem fala por um instante, mas, quando falou, sua voz era muito nítida.

– Estou...

– Gosta quando eu faço isso?

Georgie resfolegou.

– Vou interpretar como um "sim".

– Nicholas...

– Gosta assim? – Ele dobrou um dedo, acariciando-a por dentro.

Georgie gostou, mas não disse nada. Estava claro que sim, mas, no momento, ela parecia incapaz de articular.

Com o polegar, ele acariciou os grandes lábios, o pontinho que ouvira dizer que era muito sensível.

– E assim? – sussurrou ele, sensual.

Georgie entreabriu a boca e começou a ofegar. No meio de tantas expressões, ela assentiu.

– Mais?

Georgie sinalizou que sim, veementemente.

– Um dia eu ainda vou lamber você bem aqui. – As palavras de Nicholas eram os versos da música voluptuosa que seus dedos tocavam. – Vou colocar a língua aqui e...

– Nicholas... Ah!

Ela arqueou sob o corpo dele, retesando-se toda.

As paredes internas do sexo dela pulsavam contra os dedos de Nicholas e foi por pouco, muito pouco, que ele mesmo não chegou ao clímax.

– O que foi *isso*? – ofegou ela.

– Os franceses chamam de *la petite mort*.

– Estou entendendo por quê.

Ele tirou os dedos e ela o encarou na mesma hora.

– Agora, sim, eu me sinto vazia – sussurrou Georgie.

Nicholas se posicionou entre as pernas dela.

– E eu acho que você vai caber – falou ela.

– Com certeza vou.

O corpo dela estava ainda mais preparado para recebê-lo, os músculos ainda quentes de prazer.

Com apenas três investidas, ele já estava inteiro dentro dela. E com isso Nicholas experimentou a melhor sensação de sua vida.

E nem tinha começado a se mexer de verdade.

– Está doendo? – "Pelo amor de Deus, diga que não, por favor."

– Não – falou ela. – É muito estranho, mas não dói. – Ela o encarou. – Está doendo?

Ele abriu um sorriso.

– Muito pelo contrário.

– E agora, o que acontece? – perguntou ela.

Botando um pouco mais de peso nos cotovelos, ele começou a arremeter.

– Agora vem essa parte.

Ela arregalou os olhos de surpresa.

– Se doer, por favor, me diga – pediu ele.

Nicholas sabia que, dali em diante, a única coisa capaz de detê-lo seriam as palavras dela. Estava dominado pelo desejo e só queria estocar com vontade, fazendo Georgie senti-lo por inteiro. Queria marcá-la, dominá-la, saber que o corpo dela era seu e de mais ninguém, sentir que só ele seria capaz de dar a ela todo aquele prazer e que só ele...

O orgasmo veio tão rápido que Nicholas chegou a se surpreender.

Ele gemeu alto enquanto arremetia dentro dela, de novo e de novo até ter certeza de que cada centímetro do útero estava coberto com a semente dele.

E então Nicholas desabou.

Não dava nem para acreditar que havia passado tanto tempo postergando aquela experiência.

Na verdade, dava, sim. Porque não teria sido tão bom se tivesse sido com qualquer outra mulher.

Tinha que ser Georgie.

Só podia ser ela.

CAPÍTULO 20

Três semanas depois

Georgie não ficara nada contente com a rapidez com que Nicholas partira de Scotsby, pouco depois de chegarem.

Só tiveram uma noite juntos.

Uma única noite.

A Sra. Hibbert preparara um jantar simples, porém delicioso. Desdobrara-se em desculpas por não conseguir apresentar nada mais elaborado para celebrar a primeira noite na casa nova e assegurou que, em breve, teria um cardápio mais apropriado. Georgie não se incomodara. Por ela, podiam ter comido pão duro e sopa de entulho – a clássica comida de taberna no fim do dia. Só o que queria era estar com Nicholas.

Sozinha.

A viagem para o norte tinha sido maravilhosa. Não importava que Gatonildo tivesse passado metade do tempo uivando ou que os sentimentos que Sam nutria por Marcy (ou seria Darcy?) fossem não correspondidos, e depois correspondidos, e depois não correspondidos, e depois... Ora, francamente, Georgie não fazia ideia do que tinha acontecido, só sabia que houvera um drama danado que culminara com a Sra. Hibbert passando o maior sermão de todos os tempos na filha – só depois descobrindo que dera bronca na filha *errada*.

Georgie nem se dera conta de nada disso. Passara a viagem inteira envolta na névoa deliciosa do início da paixão, cheia de conversas e risadas, de momentos tranquilos e suaves, de noites de descobertas eróticas.

Estava começando a achar o casamento uma instituição esplêndida.

Mas então chegaram ao destino e Georgie sabia que as coisas mudariam a partir daí. Só não esperava que fosse tão rápido.

Uma noite apenas.

Ela tomara um banho de verdade, o que em si já tinha sido um sonho depois de tantos dias na estrada. Lavara até mesmo o cabelo, um processo que, para ela, demandava um tempo inacreditável. Sempre morrera de inveja de Billie, que podia se dar ao luxo de molhar as madeixas lisas, esfregar um pouco de vinagre de maçã com óleo de lavanda, enxaguar, pentear e pronto.

O caso de Georgie era muito mais complicado. Seu cabelo era enorme, com cachos bem fechadinhos e delicados. Marian sempre dizia que domá--los era a "penitência digna de um reverendo". Georgie precisava secar os cabelos com muito cuidado se não quisesse acordar na manhã seguinte com um ninho de rato na cabeça.

A alternativa era trançá-los. O resultado não era tão bonito quanto ostentar os cachos bem tratados, penteados e secos ao natural; mas era muito mais rápido. E se soubesse que Nicholas iria embora no dia seguinte, teria feito justamente a trança para poder passar mais tempo com ele no novo quarto do casal.

Apesar da ira que sentia naquele instante, não conseguiu conter um sorriso ao se lembrar do momento em que soltara os cabelos diante dele, sedosos e ainda úmidos. Nicholas quase perdeu a cabeça. Na verdade, tinha sido o mais inocente dos gestos, pois o penteado já estava desfeito por conta do peso das madeixas. Ela soltara os grampos para consertar os cachos do jeito que sempre fazia quando estava sozinha: inclinando o corpo para a frente, soltando os cabelos e então jogando a cabeça para trás em um movimento rápido. Mas nunca gostara tanto dos cachos quanto naquela noite, pois Nicholas enfiara as mãos neles com vontade, grunhindo "Meu Deus!", e a puxara para perto.

Depois de tudo o que fizeram, os cabelos de Georgie ficaram de tal jeito que, na manhã seguinte, Marian quase fizera o sinal da cruz ao vê-la.

Poderia ter sido engraçado – a aia nem católica era –, mas Georgie estava com um humor tão péssimo que não seria capaz de ver graça em nada.

Nicholas tinha ido embora.

Pelo menos a acordara para se despedir. Dera um beijo suave em sua bochecha e depois sacudira de leve o seu ombro. Georgie abrira os olhos e ali estava ele, sentado na beirada da cama, debruçado sobre ela e iluminado pelos tênues raios de sol que entravam pela janela alta.

Ela abrira um sorriso, porque vê-lo daquela forma sempre a fazia sorrir, e sentara-se na cama sem a menor vergonha, abraçando-o com seu corpo nu – e ele então dissera que o cavalo já estava encilhado e que assim que desse um beijo de despedida nela, partiria. Dissera tudo de forma doce e bem-humorada, mas a dura realidade de sua partida foi como uma lufada gélida de vento.

Nicholas passaria quase uma semana longe.

Georgie ficara emburrada por dias. Havia muito que fazer, então ela sempre tinha com que se ocupar, mas não gostava nada de ser deixada para trás.

É claro que sabia que não podia ir com ele para Edimburgo, ao menos ainda não. Ele ainda morava na casa de pensão, um lugar nada apropriado para mulheres.

E é claro que, racionalmente, entendia que ele não tinha ido embora por conta dela. Ele precisava voltar para a faculdade. Com urgência. Nicholas já tinha perdido várias provas.

E é claro que, desde o começo, ela sabia que seria assim. Não fora surpresa alguma, e ela não tinha o menor direito de ser voluntariosa.

Contudo era exatamente assim que vinha agindo. Estava em um lugar novo – um país novo, ora essa –, morando no que parecia ser o meio do mato e, mesmo tendo noção de que Nicholas só estava fazendo o que tinha que fazer, Georgie se sentia abandonada.

Assim, ela se atirara de cabeça no trabalho de deixar Scotsby impecável. Georgie nunca concordara com o adágio "cabeça vazia, oficina do diabo", mas agora achava que manter a mente ocupada era a melhor maneira de evitar pensamentos desagradáveis.

Porém, no fim das contas, não havia tanta coisa assim a fazer. A Sra. Hibbert também assumira a tarefa de deixar a casa em ordem, e, para dizer a verdade, era muito melhor nisso do que Georgie. Além do mais, seu objetivo era ficar em Scotsby o menor tempo possível – o plano principal não era alugar uma casa em Edimburgo? Não fazia sentido se matar de trabalhar por uma residência que logo estaria fechada outra vez.

Georgie se sentia entediada.

E muito sozinha.

E Nicholas estava muito longe, aprendendo várias coisas interessantes todos os dias.

Pouco menos de uma semana depois da partida de Nicholas, lá estava ela, esforçando-se para não parecer impaciente enquanto aguardava o marido voltar de Edimburgo. A verdade é que ela *estava* impaciente e, quanto a isso, não havia o que fazer, mas não precisava deixar o sentimento transparecer tanto.

Georgie logo descobrira que, como senhora da casa, era muito mais difícil se esconder do que quando era filha da senhora da casa.

Em Aubrey Hall, sempre que queria passar o dia lendo no banco da janela ou trancada no quarto, ninguém a incomodava.

Já Scotsby era uma residência muito menor. E como ela era a única pessoa da família que estava em casa, tinha a atenção integral dos criados.

Todos eles.

Era impossível ter um momento a sós.

Georgie até tentara se fingir de doente, mas a preocupação de todos fora instantânea e evidente. Estava muito claro que ainda seguiam ordens explícitas de lady Bridgerton, fazendo de tudo para cuidar da "saúde delicada" de Georgie.

O plano claramente não funcionou.

Contudo enfim chegou a sexta-feira, dia em que Nicholas dissera que estaria de volta. Ele não teria aula no sábado nem no domingo (embora tivesse feito questão de ressaltar que não seria sempre assim) e tinha prometido voltar para casa naquela mesma noite. Georgie não fazia ideia da hora em que ele chegaria. Pelos seus cálculos, seria em qualquer horário entre o meio da tarde e tarde da noite.

Torceu para que fosse o mais cedo possível. A cozinheira que a Sra. Hibbert contratara na aldeia mais próxima era uma fonte inesgotável de contos da carochinha sobre fadas perversas e bandoleiros nas estradas. Com as fadas Georgie não se preocupava, mas Nicholas viajava sozinho e ela temia que ele topasse com salteadores.

Talvez devesse ter ido de carruagem? Mas aí a viagem ficaria muito mais lenta.

Georgie suspirou. Estava literalmente esperando na janela.

– Sou patética – suspirou, falando com seus botões.

Na verdade, não era. Só estava se sentindo sozinha.

O que, por si só, era um tanto assustador, porque sempre ficara muito feliz na própria companhia. É claro que gostava de estar com a família e com os amigos, mas não era aquele tipo de pessoa que não conseguia suportar a solidão. Gostava de sossego. Gostava de estar só.

A questão era que, até então, ela não sabia que era possível sentir tanta saudade de alguém.

Às nove da noite ela ainda estava na janela, ainda se sentindo patética. Justiça fosse feita, não tinha passado o dia inteiro ali. Depois de se sentir patética durante a tarde, ela se levantara e fora caçar tarefas domésticas completamente dispensáveis. Então jantara. Estava com fome e sabia que Nicholas não ia querer que ela o esperasse.

Agora ali estava ela, esperando por ele mesmo assim. Os dias começavam a ficar cada vez mais longos; com a proximidade do solstício, o sol só se punha lá pelas dez da noite. E só começava a escurecer coisa de uma hora depois. Mas Scotsby ficava em uma região de vegetação densa, o que fazia com que a noite parecesse mais escura.

E então, confirmando a veracidade do ditado que diz que panela vigiada não ferve, assim que Georgie saiu para usar o toalete Nicholas despontou na trilha que levava à casa. Quando ela voltou, Nicholas já estava de pé no vestíbulo.

– Você chegou!

Precisou se esforçar para não se atirar nos braços dele. É o que teria feito, se ele não estivesse tão visivelmente cansado.

E tão molhado. Em Scotsby o céu estava firme, mas certamente chovia em algum lugar no caminho até Edimburgo.

– Vou pedir a Marcy que prepare um banho para você – falou Georgie, pegando o chapéu dele antes mesmo que Wheelock, o jovem, pudesse fazê--lo. – Você parece estar morrendo de frio.

– O verão na Escócia parece o inverno em qualquer outro lugar – disse Nicholas, tiritando ao tirar o casaco.

– Como foi a sua semana? Aprendeu alguma coisa nova?

Ele olhou para ela com leve surpresa. Talvez não estivesse habituado a ver pessoas interessadas em seus estudos.

– Aprendi, sim, é claro – disse ele. – Essa semana foi focada nas propriedades do sistema circulatório. E um pouco de...

– E você se encontrou com o agente imobiliário?

Nicholas entregou o casaco a Wheelock, que praticamente se lançara na frente de Georgie para pegá-lo.

– Agente imobiliário?

– Para a casa – lembrou Georgie.

– A casa – repetiu ele.

– A casa em que vamos morar.

Nicholas fez cara de confuso.

Ela disse a si mesma para ser paciente. Afinal, ele estava cansado.

– Em Edimburgo. Imagino que você não queira morar aqui em Scotsby por mais tempo do que o estritamente necessário.

– Não, é claro que não. É só que eu não tive tempo.

– Ah.

Georgie seguiu-o até o salão de jantar. Não era isso que ela queria ouvir.

Nicholas se virou, perguntando:

– Tem alguma coisa para comer?

– Claro que tem. Pedi à cozinheira que mantivesse as panelas quentes para você. – Apontando uma cadeira, Georgie disse: – Sente-se.

Ele se acomodou e ela se sentou ao lado dele.

– É guisado de cordeiro – informou. – Está muito gostoso. Com pão assado hoje mesmo e, de sobremesa, temos pão de ló de framboesa. Desculpe por não ter esperado você.

– Não, não precisa se desculpar. Eu saí mais tarde do que gostaria.

Georgie esperou a Sra. Hibbert trazer o jantar. Depois, tomada de ansiedade, aguardou Nicholas comer algumas garfadas. E então não conseguiu mais se conter.

– Então você nem entrou em contato com ele?

Ele a encarou, confuso.

– Com o agente imobiliário – lembrou ela.

– Ah, sim. – Ele limpou a boca com o guardanapo. – Não, sinto muito.

Georgie fez o que pôde para esconder a decepção. Lembrou a si mesma que Nicholas era um homem muito ocupado.

Estava estudando para salvar vidas.

Ele se inclinou para a frente e pegou a mão dela.

– Vou fazer isso esta semana, prometo.

Ela assentiu, depois conseguiu esperar longos cinco segundos antes de perguntar:

– Depois disso, quanto tempo acha que vai demorar para encontrarmos uma casa?

– Não sei. – Ele começava a dar sinais de impaciência. – Nunca aluguei uma propriedade antes.

– Mas seu pai disse que mandaria avisar que vínhamos. O agente já vai estar esperando você.

– Provavelmente.

– Talvez já esteja tudo resolvido quando você finalmente conseguir encontrá-lo.

Nicholas coçou a cabeça, dizendo:

– Sinceramente, não sei. Georgie, estou morrendo de cansaço. Vamos conversar sobre isso amanhã?

Ela deu um sorriso contido. Parecia que todos os seus sorrisos seriam assim naquela noite.

– É claro.

E então ela ficou ali, observando Nicholas comer. Quando o silêncio estava começando a incomodar, perguntou:

– Aprendeu alguma coisa nova essa semana?

Ele parou e olhou para ela.

– Você já me perguntou isso.

– E você não respondeu.

– Porque você não deixou.

– Nossa, me desculpe – disse ela, sem conseguir esconder o sarcasmo na voz. – Acho que fiquei preocupada quando ouvi que você nem sequer procurou o agente imobiliário.

– Bem, me desculpe por ter estado ocupado demais – ralhou ele. – Mas precisei passar o tempo todo correndo atrás do prejuízo por ter viajado para Kent por *sua* causa.

Pronto, ali estava. A necessidade de gratidão.

Ela quase se esquecera de que vinha esperando por aquele momento.

– Ah, muito obrigada por se casar comigo. – Ela empurrou a cadeira para trás para se levantar. – Desculpe se causei tantos transtornos assim.

– Georgie, pelo amor de Deus, você sabe que não foi isso que eu quis dizer.

– Sei que não foi isso que você *achou* que queria dizer.

– Não ponha palavras na minha boca – admoestou ele, levantando-se.

– Eu sabia que isso ia acontecer.

Ele revirou os olhos com tanta intensidade que ela ficou surpresa quando voltaram para o lugar.

– Vou para a cama – anunciou ela.

Georgie seguiu para a porta, torcendo para que ele a impedisse, para que dissesse alguma coisa – qualquer coisa.

– Georgie, espere.

Ela se virou no instante em que ele tocou o braço dela.

– Não quero ir para a cama brigado com você – falou ele.

Georgie deu uma amolecida.

– Eu também não.

– Eu nem sei mais por que estamos brigando.

Ela balançou a cabeça.

– Foi culpa minha – falou.

– Não. – Apesar do cansaço que valia por dois, a voz dele era firme. – Não foi, não.

– Senti saudade de você – confessou ela. – E morri de tédio. E tudo o que eu queria era ouvir que eu poderia me mudar para Edimburgo para ficar ao seu lado.

Ele a abraçou.

– É o que eu mais quero também.

Ela sentiu vontade de perguntar por que, então, ele não fora procurar o agente, mas sabia que estaria sendo voluntariosa. Nicholas estava cansado, com toda a razão.

– Não quero que você se sinta grata por eu ter me casado com você – falou ele.

– Mas eu me sinto, sim – admitiu ela.

– Tudo bem então, sinta-se grata.

Ela se retraiu.

– O quê?

– Se você quer se sentir grata, então sinta-se grata.

Ela estava perplexa. Não era isso que esperava que ele dissesse.

Então ele tomou a mão dela e a beijou.

– Porque assim eu também posso me sentir grato.

Foi então que ela teve certeza. Ela o amava. Como não amar?

Depois do banho, ele disse:

– Podemos ir para a cama? Estou exausto. Nem sei como ainda estou de pé.

Sem conseguir dizer nada, Georgie apenas assentiu. Aquele sentimento – aquele amor – ainda era novo demais. Ela precisava dar tempo ao tempo para entendê-lo melhor.

– Podemos falar sobre isso amanhã? – perguntou ele. – A casa, o agente imobiliário, a mudança para a cidade... Podemos conversar depois?

Mas não conversaram. Sobre nada. Ficaram distraídos com outras coisas – o que, Georgie tinha que admitir, fora maravilhoso –, mas com isso, quando Nicholas voltou para Edimburgo no domingo à noite, nada tinha sido resolvido. E Georgie se viu diante de mais uma semana com muito pouco que fazer para se ocupar.

Dois dias depois da partida dele, Georgie se lamentou com Marian:

– Aqui não tem nem livros!

– É uma cabana de caça – disse Marian, erguendo os olhos das meias que estava cerzindo. – Os homens leem quando saem para caçar? Achei que eles só saíam por aí atirando nas coisas.

– Mas precisamos de livros – falou Georgie. – Precisamos de livros, e papel e tinteiro, e sinceramente eu até ficaria contente em bordar agora.

– Não temos linha – disse Marian. – Ao menos nenhuma que preste para fazer qualquer coisa que não seja cerzir. Não trouxemos nada de Kent para bordar.

– Por que não? – perguntou Georgie, emburrada.

– Porque você não gosta de bordar – lembrou-lhe Marian.

– Eu estava começando a gostar – resmungou Georgie.

Georgie tinha se divertido no dia em que bordara todos aqueles pontos quase idênticos. Tinha sido, no mínimo, gratificante.

– Podemos ir colher flores – sugeriu Marian. – Ooooou... Podemos ir *procurar* linha para bordado. Outro dia a Sra. Hibbert encontrou um rolo de musselina no depósito. Era de excelente qualidade e nunca tinha sido usada. Deus sabe o que ainda pode haver por lá.

– Eu não quero bordar – falou Georgie.

– Mas você acabou de dizer...

– Já resolvi. – A última coisa que Georgie queria ouvir era um registro de suas contradições. – Vamos às compras. Amanhã de manhã bem cedinho.

– No vilarejo?

Marian estava cética. Elas já tinham ido ao vilarejo. Uma graça, mas não tinha uma loja sequer.

– Não. Vamos a Edimburgo.

– Nós?

– Por que não? Temos uma carruagem. Temos um cocheiro.

– Ora... – Marian franziu a testa. – Não sei, não. Eu pensei que era para ficarmos aqui.

– E quem decidiu isso? – retorquiu Georgie. – Não sou a senhora da casa? A quem eu responderia?

– Ao Sr. Rokesby? – respondeu Marian.

– *Ele não está aqui.*

O tom de Georgie foi tão alterado que Marian ficou alarmada.

– Ele não está – repetiu Georgie, com um pouco mais de modulação na voz. – Então eu é que mando, e já decidi que vamos a Edimburgo.

– Mas nunca fomos a Edimburgo. Não seria ir melhor irmos com alguém que conhece a cidade?

– Só o Sr. Rokesby conhece bem a cidade, e ele já está lá. Anime-se, Marian. Vai ser emocionante.

Mas Marian não parecia nem um pouco entusiasmada, e Georgie pensou que fazia sentido. Marian gostava de rotina. Esse era um dos motivos pelos quais ela e Georgie se davam tão bem. Até bem recentemente, "rotina" definia a vida de Georgie.

– Amanhã, então? – Marian deu um suspiro.

– Amanhã.

Georgie já estava começando a se sentir melhor.

Saíram cedo no dia seguinte e, às dez da manhã, já estavam chegando à periferia da cidade.

– Ah, veja só, o castelo! – exclamou Georgie, apontando para a grandiosa fortaleza no topo da montanha bem no meio da cidade.

Marian chegou mais perto da janela para tentar ver melhor.

– Deus do céu! – exclamou ela, surpresa. – Está bem ali. – Olhou para Georgie. – Podemos ir até lá visitar?

– Acho que não. Se não me engano, virou uma prisão.

Marian deu de ombros.

– É, então não vai dar.

– Talvez tenha outros usos – falou Georgie. – Podemos descobrir. Em todo o caso, hoje não daria tempo. Temos muito que fazer. Nossa primeira parada é o agente imobiliário.

Marian virou-se para ela, chocada.

– O quê? A senhora não pode fazer isso. Não sem o Sr. Rokesby.

Contida, ela pôs as mãos no colo e disse:

– O Sr. Rokesby não teve tempo de ir, então vou tomar as rédeas do assunto.

– Srta. Georgiana... – Marian ainda não tinha se acostumado a chamá-la de Sra. Rokesby (e, para falar a verdade, Georgie também não tinha se acostumado a responder quando assim chamada) – Não pode ir sozinha ao agente. Não é certo.

– Marian, não é certo que esse assunto ainda não tenha sido resolvido – teimou Georgie. – Isso, sim.

– Mas...

– Ah, pronto, chegamos.

A carruagem parou na frente de um escritório bem cuidado, e Georgie esperou Jameson abrir a porta e prender os degraus da carruagem.

– Eu vou entrar – disse Georgie com determinação implacável. – Você pode vir comigo ou esperar na carruagem. Embora fosse muito mais adequado que viesse comigo.

Marian fez um ruído que devia ser um suspiro.

– A senhorita ainda vai me matar – resmungou ela.

– Misericórdia, Marian! Não estamos indo a um bordel.

Com os lábios contraídos, Marian leu a placa pendurada na porta, e então disse:

– O Sr. McDiarmid está esperando a sua visita?

– Não – admitiu Georgie. – Mas ele saberá quem eu sou. Acho que lorde Manston já entrou em contato com ele.

– Acha?

– Tenho *certeza*. – Georgie saiu à rua, olhando por cima do ombro. – Foi modo de dizer.

Ainda assim, Marian não ficou muito convencida.

– Aposto que ele está até se perguntando por que estamos demorando tanto – falou Georgie, dando uma puxadinha na ponta das luvas para que vestissem melhor. – Não ficaria nada surpresa se ele já tivesse encontrado uma casa.

– Seria ótimo – admitiu Marian. – Mas imagino que a senhorita não fosse tentar se mudar ainda hoje, certo?

– Não, não, isso seria impossível – respondeu Georgie.

Tentador, mas impossível.

Por ora, só o que poderia fazer era providenciar o aluguel. O resto se ajeitaria depois.

Com uma última olhada na direção de Marian, ela subiu as escadas da frente do escritório e abriu a porta.

– Vamos resolver esse problema.

~

– Ah, foi sensacional! – exclamou Georgie várias horas mais tarde. Ela e Marian estavam à mesa do café White Hart, praticamente na esquina do lugar onde Nicholas tinha aulas de anatomia, e dividiam um bule de chá. – Não foi sensacional?

Marian abriu a boca, mas, antes que pudesse dizer alguma coisa, Georgie respondeu à própria pergunta:

– Foi sensacional. – Georgie olhava pela janela aberta e sorria para o céu, que estava azul e sem nuvens. – Temos uma casa!

– Já tínhamos uma casa, em Scotsby – observou Marian.

– Sim, mas agora temos uma casa em Edimburgo. O que faz muito mais sentido. O Sr. Rokesby não pode ficar indo e vindo todos os dias.

– Mas ele já não faz isso – retrucou Marian.

Georgie revirou os olhos.

– Você entendeu o que eu quis dizer, Marian. Scotsby é um lugar lindo, mas absolutamente inconveniente. – Pôs a mão no peito. – Sou uma moça recém-casada. Devo ficar com meu marido.

– Isso é verdade – admitiu Marian.

A criada continuava se abanando, tentando se acalmar. Georgie não entendia por que Marian ficava tão escandalizada com o fato de duas mulheres terem ido ao escritório do agente imobiliário; ela própria, particularmente, achava genial.

A princípio, o Sr. McDiarmid não quis permitir que ela alugasse uma casa. Não quis sequer lhe mostrar a propriedade. Disse que ela precisava do marido. Ou do pai. Ou do irmão. Ou de alguém que pudesse tomar uma decisão.

– Posso garantir ao senhor que sou inteiramente capaz de tomar essa decisão – falou Georgie, com toda a frieza que tinha nas veias.

Não que tivesse muita, mas já vira a mãe e lady Manston em ação muitas e muitas vezes e sabia fingir muito bem.

– Mas seu marido precisa assinar – respondera o Sr. McDiarmid, com um tom de voz afetado.

– Naturalmente – dissera Georgie, bufando. – Só que meu marido é um homem muitíssimo ocupado e me encarregou de cuidar das visitas preliminares, de modo que só precise se envolver quando for crucial.

Naquele momento, Marian quase estragara tudo com um ataque de tosse que fez seus olhos lacrimejarem.

Ainda bem que o Sr. McDiarmid estava distraído demais buscando uma bebida para ela e não ouviu Georgie sibilar: "Pare com isso agora mesmo!"

Nem Marian responder: "Mas o Sr. Rokesby não a encarregou de fazer nada."

Francamente, Marian era a pior mentirosa do mundo.

Depois de uns dez minutos de idas e vindas, o Sr. McDiarmid enfim admitiu que tinha recebido, sim, o pedido de lorde Manston e que havia, de fato, duas propriedades que poderiam servir bem ao jovem casal. Contudo, declarou que não mostraria as propriedades para uma dama desacompanhada do marido. Mostrou-se absolutamente irredutível, dizendo que nada o faria... até Georgie interrompê-lo, levantando-se e anunciando que procuraria outro agente.

Depois disso, foi impressionante a rapidez com que se puseram a caminho da primeira casa.

Georgie reprovara a primeira opção logo de cara. O chão era torto e quase não havia janelas. A segunda, no entanto – uma casa na Cidade Nova da qual tanto tinha ouvido falar –, era perfeita. Clara, arejada e mobiliada. É claro que aquela mobília não teria sido a primeira escolha de Georgie, mas dava para o gasto. E se fosse para se mudar o mais cedo possível...

Tanto fazia se a sala de visitas era verde ou azul. Honestamente, ela não se importava.

– Já está satisfeita? – perguntou Georgie, embora não fizesse nem cinco minutos que o chá tinha sido servido. – Quero ir logo procurar Nicholas. O Sr. McDiarmid disse que ele pode assinar o contrato ainda hoje.

– O Sr. Rokesby vai ficar muito surpreso ao vê-la – falou Marian.

– Mas será uma surpresa boa – disse Georgie, demonstrando muito mais convicção do que de fato sentia.

Achava que Nicholas não ia ficar irritado por ela ter resolvido sozinha a questão da casa, mas talvez ficasse bravo por ela ter ido a Edimburgo sem avisar com antecedência. Os homens tinham dessas coisas. Em todo o caso, não dava mais para voltar atrás, e ela estava ansiosa para lhe dar a notícia.

Inadvertidamente, o Sr. McDiarmid tinha indicado onde ficava a escola de medicina ao se gabar da proximidade das propriedades que oferecia, então Georgie tinha certeza de que estava indo ao lugar certo ao guiar Marian e Jameson para Teviot Place.

Nicholas tinha descrito o grandioso auditório de anatomia, com uma espécie de arquibancada com os assentos voltados para um pequeno palco no fundo da sala. Dissera que, em geral, o professor apenas falava, mas que às vezes havia um cadáver no meio do palco, aberto, para que todos pudessem ver.

Georgie não tinha muito interesse em ver aquilo, mas queria muito conhecer o lugar onde o marido passava tanto tempo.

Não foi difícil encontrar o auditório, mas como havia bem mais de cem homens lá dentro, todos de costas para a porta, encontrar Nicholas não seria fácil. A roupa de Georgie, um vestido de passeio verde-escuro e um chapéu, não era chique demais nem para uma sala de visitas, mas ali, naquele lugar, o traje chamava muita atenção.

Ela era o peixe fora d'água.

Contudo a sorte estava a seu favor. Georgie estava sentada na pontinha de um banco que ficava perto da porta do auditório e, se ela se debruçasse sobre o braço, poderia ouvir quase tudo.

Não entendeu metade das palavras que ouviu, mas o contexto era muito útil e ela estava empolgadíssima.

– Ouviu isso? – sussurrou ela para Marian.

Era alguma coisa sobre a quantidade de sangue que havia no corpo humano.

De olhos fechados, Marian respondeu:

– Estou tentando não ouvir.

Georgie se inclinou ainda mais. O professor explicava por que o sangue era vermelho e que sangrias muitas vezes se mostravam cruciais para a restauração do sistema nervoso.

"O corpo é uma máquina com vida!"

Georgie olhou as próprias mãos.

– Certo... – murmurou.

– O que está fazendo? – sussurrou Marian.

Georgie a silenciou, virando-se de novo para a porta aberta. Porcaria, tinha perdido parte da explicação.

"... *executar uma série de movimentos...*"

Georgie abriu e fechou as mãos. Certo.

Isso ela era capaz de aceitar.

"... *e de se comunicar e interagir com corpos externos...*"

E *isso* fez com que ela pensasse em Nicholas automaticamente.

– Vamos embora agora – declarou Marian.

– O quê? Não.

– Você está toda vermelha. Não sei sobre o que estão falando lá dentro, mas *sei* que não é apropriado.

Marian se levantou depressa, trocou meia dúzia de palavras com Jameson, que estava esperando do outro lado do corredor, e depois arrastou Georgie para fora do edifício e de volta ao pátio.

CAPÍTULO 21

– Georgiana?

Ao sair do auditório e dar de cara com Jameson esperando por ele no corredor, o coração de Nicholas quase parou. Não havia motivo para que o lacaio estivesse ali, em Edimburgo, muito menos no campus da escola de medicina.

A não ser que houvesse uma emergência.

Jameson devia ter visto o pânico nos olhos do patrão, pois antes mesmo que Nicholas pudesse perguntar qualquer coisa, ele se apressou em dizer:

– Está tudo bem, senhor.

Ainda surpreso – e preocupado, mesmo que o lacaio dissesse que não havia motivo para tal –, Nicholas se deixou conduzir até o pátio ensolarado onde sua esposa o aguardava.

– Georgiana? – repetiu ele. Ela estava conversando com a criada e não ouvira da primeira vez. – O que você está fazendo aqui?

– Nicholas! – exclamou ela, eufórica, levantando-se com um pulo para cumprimentá-lo. – Tenho uma notícia maravilhosa!

"Ela está grávida" foi a primeira coisa que ele pensou.

Mas era cedo demais. Não para já ter acontecido – a julgar pelo comportamento recente do casal, era garantido que *ia* acontecer. Mas era cedo demais para que ela soubesse. Poderia até suspeitar, mas não teria certeza.

Além do mais, não era o tipo de notícia que ela daria bem ali, no meio do pátio movimentado.

Ainda com a pulga atrás da orelha diante da alegria no rosto de Georgie, ele pegou as mãos dela, estendidas em sua direção, e perguntou:

– O que aconteceu?

– Ora, não precisa ficar com essa cara de preocupado – disse ela. – Juro que são apenas boas notícias.

– Bem, continuo preocupado – devolveu ele. – Não dá para evitar. Não esperava vê-la por aqui.

Sem contar que ela nunca tinha ido a Edimburgo. Não conhecia a cidade e havia muitas áreas que não eram seguras para uma dama. Ora essa, havia muitas áreas que não eram seguras nem mesmo para ele.

– Fui ver o Sr. McDiarmid – anunciou ela.

– Quem?

Um lampejo de impaciência cruzou o rosto dela, mas Georgie logo se conteve e disse:

– O Sr. McDiarmid. O agente imobiliário.

– Ah, sim!

Diabos, já fazia mais de uma semana que ele vinha planejando ir ao escritório do sujeito, mas, com tantos compromissos acadêmicos, tinha sido impossível se afastar.

– O conhecido do meu pai – continuou ele.

– Não – corrigiu ela –, ele *falou* com um conhecido do seu pai. – Deu um leve aperto na mão dele, depois soltou. – Posso garantir que seu pai nunca esteve com esse sujeito. Se tivesse... bem, não tem importância.

Nicholas aguardou, encarando-a, mas ela não parecia nem um pouco inclinada a esclarecer o comentário misterioso.

– Você pode me dizer o que está acontecendo aqui? – pediu Nicholas, sem energia para tentar adivinhar.

– Encontrei uma casa para nós! – exclamou ela.

– Nossa, que maravi...

Mas ela estava animada demais para ouvir a resposta dele.

– Primeiro ele não queria me mostrar nada – contou ela, sem nem se dar conta de que o interrompera. – Ficou insistindo que você tinha que estar presente, mas eu disse que você estava muito ocupado e que, se ele quisesse fechar negócio conosco, era comigo que teria de resolver. – Ela revirou os olhos. – Um sujeitinho bem desagradável, sabe? Mas aguentei firme porque queria muito encontrar uma casa para nós.

– Você alugou uma casa? – perguntou ele.

– Não assinei nada, é claro. Você é que tem que fazer isso. Mas eu disse a ele que você tinha me encarregado de procurar e que aceitaria a minha decisão. – Ela estreitou os olhos e contraiu os lábios antes de prosseguir: – Acho bom você gostar da casa que eu escolhi, porque se não vou fazer papel de boba e aquele sujeito horroroso nunca mais vai querer fazer negócios com uma mulher de novo.

– Parece que as mulheres é que não deveriam querer fazer negócios com ele – falou Nicholas.

– Eu não tinha escolha, não se quisesse resolver logo esse problema. Além do mais – ela gesticulou como se a questão fosse óbvia –, eu não sabia onde encontrar outro agente imobiliário.

Nicholas ponderou que todos os agentes certamente se comportariam da mesma maneira. A maior parte dos homens poderia até concordar em fazer negócios com uma viúva, apta a assinar os próprios contratos, mas não com uma dama casada. Não quando o marido pudesse contrariá-la com a maior facilidade.

– Como foi que você convenceu o sujeito a lhe mostrar as propriedades? – perguntou ele.

Ela abriu um sorriso atrevido.

– Disse que, se ele não mostrasse, eu iria procurar outro agente.

Nicholas deu uma risada sonora.

– Brilhante! – elogiou ele. – Estou impressionado.

– E devia estar mesmo – respondeu ela, convencida.

Dava para ver que estava muito satisfeita consigo mesma, e Nicholas ficou embevecido ao notar a própria satisfação diante daquela expressão no rosto dela.

– Que tal irmos até o escritório dele? – perguntou ela, resoluta. – Ele disse que pode mostrar a casa a você ainda hoje. Eu estava torcendo para que você estivesse livre.

– Estou livre, sim, mas não preciso vê-la. – Nicholas entrelaçou o mindinho dela com o seu. – Se você gostou, eu confio no seu discernimento.

232

Ela olhou para ele como se não acreditasse nas palavras que estava ouvindo.

– Confia?

– É claro que sim. – Ele deu de ombros. – Além do mais, a decisão deveria ser muito mais sua do que minha. Você vai passar mais tempo em casa do que eu.

– Então podemos ir logo assinar o contrato? – perguntou Georgie, o rosto reluzindo de entusiasmo. – Ele disse que ia mandar preparar, mas, para ser franca, acho que ele não estava falando sério. Presumo que esteja esperando que você esfole a língua me passando um sermão sobre a minha impertinência.

– Ah, é mesmo? – murmurou Nicholas. – Pois eu preferiria esfolar a língua fazendo outra coisa com você.

– Nicholas! – exclamou Georgie, arregalando os olhos e indicando a criada, que estava sentada em um banco próximo.

– Ela não está ouvindo – sussurrou ele. – Além do mais, ela não ia entender o real significado por trás dessas palavras.

– O que é quase tão ruim quanto. Não quero que ela fique achando que você não aprova as minhas ações. – Ela se retraiu, só um pouco. – Mas você aprova, não aprova?

– Que você tenha tomado a iniciativa de ir ver o agente no meu lugar? Com toda a certeza! Só lamento não ter pensado nisso antes. – Nicholas ergueu o queixo dela, virando-o em sua direção. – Mas, se resolver fazer algo assim novamente, quero que me avise com antecedência, está bem? Prefiro saber o que você está aprontando.

– Para ser sincera – confessou ela –, foi uma decisão de momento. Resolvi ontem mesmo. – Georgie ficou um pouco tímida. – Não gosto nem um pouco de passar a semana inteira no campo sem você.

– Desculpe.

Ele segurou a mão dela com força. Não gostava de deixá-la sozinha em Scotsby, mas não tinha sequer lhe ocorrido que havia outra opção.

– Não precisa pedir desculpas – respondeu ela. – Eu sabia muito bem no que estava me metendo. Só não tinha ideia de como ia detestar a situação.

Ele chegou mais perto. Só alguns centímetros; estavam em público, afinal.

– Sou um péssimo marido por gostar de saber que você sofre muitíssimo na minha ausência?

– Não foi isso que eu disse – retrucou ela, com um sorrisinho sem graça.

– Ah vamos, não seja tão dura comigo – disse ele. – Porque eu estou sofrendo terrivelmente na sua ausência.

Não era bem a verdade. A maior parte do tempo, Nicholas estava ocupado demais para sofrer, e nas horas vagas estava sempre exausto. Mas sentia muita falta de Georgie. À noite, deitado na cama estreita em seu quarto de pensão, sentia saudade do corpo dela, de abraçá-la. E em momentos muito aleatórios do dia ocorria-lhe alguma coisa – geralmente engraçada ou peculiar – que ele sentia vontade de compartilhar com ela.

Habituara-se tanto a estar com Georgie que isso deveria assustá-lo.

Mas não assustava.

Só o fazia querer estar com ela ainda mais. E, para isso, o primeiro passo era resolver a questão da casa.

– Onde fica o escritório do Sr. McDiarmid? – perguntou ele a Georgie. – Vamos resolver isso de uma vez por todas.

Georgie sorriu, tirando um pedaço de papel da bolsa.

– Aqui, eu anotei.

Ele deu uma olhada rápida e disse:

– Não é longe. Dá para ir a pé. Só um minuto, vou pedir a Jameson e Marian que esperem por você em um lugar apropriado.

– Não vai demorar tanto assim.

– Não, mas agora que você está aqui, podemos aproveitar. Quero lhe mostrar a cidade.

– Jura? Mas você não tem outras coisas a fazer?

Ele tinha uma montanha de coisas a fazer. Ainda estava muito atrasado nos estudos e tinha que se preparar para uma reunião que teria com um dos professores no fim da semana, mas naquele momento só tinha olhos para o sorriso radiante de Georgie.

Sua esposa estava em Edimburgo, e ele queria ficar com ela.

– Nada que não possa esperar – disse ele.

– Então vamos assinar logo esse contrato para podermos fazer alguma coisa mais divertida depois.

Sorrindo, Georgie deu a mão a ele, e Nicholas teve uma lembrança repentina. De quando estavam cuidando de Freddie Oakes e ela sorrira para ele, despertando-lhe aquela vontade de arrancar o sol do céu para dá-lo a ela em uma bandeja.

Nicholas ainda se sentia assim. Diante de um sorriso de Georgiana, ele era capaz de qualquer coisa.

De ser qualquer coisa.

Aquilo era amor? Era amor aquele sentimento louco e inebriante, aquela sensação de infinitas possibilidades?

Será que ele tinha se apaixonado pela esposa? Parecia cedo demais, mas ainda assim...

– Nicholas?

Ele parou e olhou para ela.

– O que houve? – perguntou ela. – Você parece estar com a cabeça longe.

– Nada – falou ele, baixinho. – Estou bem aqui. E sempre estarei.

Confusa, ela franziu a testa; ele não a culpava. Aquilo não tinha feito muito sentido, mas, ao mesmo tempo, o mundo finalmente parecia entrar nos eixos.

Talvez fosse mesmo amor.

Talvez.

Provavelmente.

Com certeza.

Noventa minutos depois, Georgie subia pé ante pé a escada da Pensão da Sra. McGreevey para Moços Respeitáveis.

– Isso não é nada respeitável de nossa parte – sussurrou ela.

Nicholas pôs o dedo nos lábios dela, calando-a.

Georgie deu uma risadinha. Silenciosa. Não conseguia se conter. Estava radiante por estarem indo às escondidas para o quarto de Nicholas.

A reunião com o Sr. McDiarmid correra sem maiores incidentes, mas Georgie ficou bastante ofendida com o fato de o sujeito ter sido muito mais agradável com Nicholas do que havia sido com ela.

Contudo guardou as queixas para si; reclamar não ajudaria em nada. Queria que o contrato fosse assinado quanto antes. Ficou claro que a maneira mais eficiente de alcançar esse objetivo era ficar ali, sentadinha, bancando a esposa subserviente.

Ela sabia que isso não refletia a verdade, Nicholas também, e era isso que importava.

235

Resolvida a papelada, ainda sobrou aos dois um bom tempo até a hora em que ficara combinado que Georgie encontraria Marian e Jameson para voltar para Scotsby. Horas, na verdade. Nicholas tinha dito que iria lhe mostrar a cidade, mas então calhou de passarem bem em frente à pensão e de a Sra. McGreevey não estar por ali no momento...

Quando Georgie se deu conta, já estava subindo as escadas às risadinhas.

– Estou me sentindo muito ousada – sussurrou ela no instante em que Nicholas pôs a chave na porta.

– Você *é* muito ousada – afirmou ele. – Muito, muito ousada.

Ele lançou um olhar malicioso para ela e, no instante seguinte, já estavam no quarto de porta fechada e ele a jogava na cama.

– Nicholas! – Ela deu um gritinho sussurrado.

– Sssh, você vai me meter em encrenca! Não posso trazer mulheres aqui.

– Sou sua esposa.

Ele a encarou com uma expressão ridiculamente inocente.

– Mas pense só quanto tempo eu ia levar me explicando. Um tempo desperdiçado que nós podemos gastar fazendo *isso*.

Georgie deixou escapar um gritinho. Não sabia se *isso* se referia à mão dele em sua coxa ou aos lábios dele em seu pescoço, mas ambos estavam uma delícia. E ela não fazia ideia de como conseguiria ficar quieta.

– O que aconteceria se ela me encontrasse aqui? – perguntou ela. – Você seria despejado?

Ele deu de ombros.

– Não faço ideia. Não seria a pior coisa do mundo. Afinal, acabamos de assinar o contrato de aluguel da nossa casa.

Georgie se forçou a ficar séria, ao menos por um momento.

– A casa vai precisar de, no mínimo, uma semana para ficar pronta. E por mais que eu fosse amar tê-lo comigo em Scotsby, você não pode ir e voltar todos os dias. Seria cansativo demais.

Nicholas deu um beijo rápido nos lábios dela.

– Então vamos ter que ficar bem quietinhos para que eu não seja pego.

– Bem, sim – falou Georgie, preocupada. Era só mais uma semana, mas Nicholas precisava daquele quarto. – A Sra. McGreevey com certeza entenderia.

Nicholas fez um muxoxo.

– Por que ainda estamos falando da Sra. McGreevey?

– Porque eu não quero que você seja despejado.

– Isso não vai acontecer – garantiu ele –, porque nós vamos ficar muito, muito quietinhos.

Georgie ficou sem ar. A voz dele era sedutora e quente, e ela sentiu o corpo todo derreter.

– Você consegue? – murmurou ele.

Ele apertou a coxa dela da forma que ambos tinham aprendido que ela amava, com o polegar se aproximando perigosamente das partes íntimas.

– Consigo o quê?

– Ficar quieta.

– Não – respondeu ela, com sinceridade.

– Ah, que pena. – Ele parou de mexer os dedos. – Então vou ter que parar.

Ela agarrou a mão dele.

– Você não se atreva!

– Mas você está fazendo barulho... – Ele balançou a cabeça, fingindo-se de resignado. – O que posso fazer?

Ousada, ela pôs a mão no membro dele. Por cima das roupas, mas Nicholas entendeu a mensagem.

– O que *eu* posso fazer?

– Espertinha – grunhiu ele.

Ela apertou.

– Será que *você* consegue ficar quieto?

Ele ergueu a sobrancelha.

– Se você consegue, eu consigo.

Como nunca conseguia erguer uma única sobrancelha, ela deu uma pis-cadinha irreverente.

– Bem, se você consegue, eu consigo.

Nicholas a encarou por um bom tempo, e Georgie sentia que estava prestes a pegar fogo. Ou cair na gargalhada. Então ele se levantou.

– O que está fazendo? – perguntou ela, sentando-se na cama.

– Eu – disse ele, levando as mãos ao lenço – estou tirando minhas roupas de forma muito silenciosa.

– Ah.

– Ah? – repetiu ele. – Você não tem mais nada a dizer além disso?

Ela lambeu os lábios.

– Estou bem satisfeita com a sua decisão.

Ele terminou de desatar o nó e puxou o lenço de linho.

– Você está satisfeita com a minha decisão – repetiu ele.

– *Bem* satisfeita – corrigiu ela.

Ele sorriu. Diabolicamente.

– Sabe o que *me* deixaria satisfeito?

– Posso imaginar – murmurou ela.

Ele desceu as mãos para os botões da camisa. Eram só três, mas tinha que abri-los para conseguir tirar a peça por cima.

Talvez Georgie devesse estar tirando a roupa, mas vê-lo se despir com lentidão tão deliberada era a coisa mais excitante que ela já presenciara.

Nicholas não dizia nada, mas não precisava. Não tirava os olhos dela, e Georgie sabia o que ele queria. Ela deslizou a mão pelo corpete do próprio vestido e parou no fichu de seda que ornava o decote.

Soltou-o bem lentamente.

– Eu me transformei em uma libertina – sussurrou ela.

Ele concordou, o desejo ardendo nos olhos, e então tirou a camisa.

– Não consigo abrir todos os botões sozinha.

Georgie se virou, apenas o suficiente para poder olhar para ele por cima do ombro.

– Um vestido muito pouco prático – murmurou ele.

Nicholas sentou-se ao lado dela e começou a abrir os botões, um a um.

– Sempre tive quem me ajudasse – sussurrou ela.

Ele beijou a pele que estava por baixo dos primeiros botões.

– Sra. Rokesby, sou seu humilde servo.

Georgie sentiu um arrepio, admirando-se ao perceber que a voz de Nicholas a excitava tanto quanto o toque.

Ele sempre fora um perfeito cavalheiro, mas entre quatro paredes Nicholas era um grande libertino. Além de fazer as coisas com ela, ele também dizia palavras libidinosas, cheias de luxúria. Ele dizia o que queria e, quando Georgie queria algo, ele fazia com que ela também verbalizasse.

De certa forma, dizer era ainda mais escandalizante. "Me diga o que você quer", pedia ele, e era muito difícil obedecer. Georgie queria que ele assumisse o controle, que tirasse as decisões das suas mãos, mas ele não cedia.

"Você vai ter que me dizer", falava ele.

Ela balançava a cabeça, envergonhada demais para falar, mas ele não lhe dava trégua. "É isso que você quer?", perguntava ele, tocando-lhe os seios, e então colocava a mão entre as pernas dela. "É isso?"

Até naquele momento, com os dois no quarto de pensão, tentando fazer silêncio, ele sussurrava ao pé do ouvido dela.

– Eu quero sentir o seu gosto.

Georgie ficou arrepiada. Sabia o que ele queria dizer.

– Nem vou tirar seu vestido. Só vou me enfiar por baixo das suas saias e te lamber até você ficar louca.

Começou a descer, beijando o corpo dela, detendo-se deliciosamente nos seios. Então Nicholas ergueu apenas os olhos e, Deus do céu, a coisa ficou ainda mais erótica com aquele olhar em chamas cravado nela.

Georgie sentiu que era a única mulher no Universo. A única mulher para quem ele teria olhos. A única mulher que ele desejaria.

– E aí? – A voz rouca de Nicholas carregava uma promessa. – O que me diz?

Ela concordou. Desejava-o ardentemente. Ele pôs a mão sob a saia dela, mas se deteve.

– Ainda não é o bastante, meu amor.

– Eu quero – sussurrou ela.

– O quê? – perguntou ele e, com um movimento rápido, já estava outra vez com o rosto colado ao dela. – Quer o quê? – insistiu. – Eu quero ouvir você dizer.

O corpo dela estava eletrificado. Não fazia o menor sentido, mas ela estava louca por ele só de pôr em palavras o desejo que sentia.

– Eu quero que você sinta o meu gosto.

Por um longo momento, Nicholas apenas a encarou, e então, com um grunhido selvagem, mergulhou entre as saias dela, abrindo as pernas de Georgie para a sua boca ávida.

Ela quase gritou. Precisou realmente cobrir a própria boca.

Nicholas ergueu o rosto com um sorriso convencido.

– Não pare – implorou ela.

Ele deu uma risadinha rouca e voltou ao trabalho, torturando-a da maneira mais deliciosa possível.

Ele já tinha feito aquilo com ela outras vezes, e Georgie não conseguia acreditar que tinha permitido. Não. Na verdade, ela acreditava, sim. Teria permitido que ele fizesse quase qualquer coisa com ela.

O que a deixava incrédula era quanto gostava daquilo. A boca de Nicholas... lá... era tão íntimo. E quando ele terminava... quando *ela* terminava... ele sempre a beijava na boca.

E ela sentia o próprio gosto.

Era devasso, era carnal, e ela adorava.

Naquele momento, no entanto, ele estava se afastando do sexo dela, beijando de leve a parte interna da coxa, fazendo tudo com a maior paciência do mundo, sem nunca voltar ao ponto onde o desejo por ele ardia com mais intensidade. Onde ela mais precisava dele.

Com um grunhido irrequieto, Georgie abriu ainda mais as pernas, mas ele apenas deu uma risadinha, murmurando:

– Que impaciente...

– Eu preciso de você!

– Eu sei. – Ele parecia orgulhoso.

Ela arqueou as costas, projetando o quadril para a frente.

– Agora, Nicholas!

Ele deu uma leve mordida nela, em um ponto muito próximo do lugar onde ela mais queria.

– Agora, não, Georgiana. Já, já...

– Por favor – implorou ela.

Ela não sabia como era possível que Nicholas soubesse exatamente como levá-la ao limite daquela forma, mas não ligava. Ela só...

– Ah!

– Ssssh. – Ele cobriu a boca de Georgie com a mão. – Silêncio!

Mas a língua dele deslizava pelo âmago de Georgiana, traçando círculos no ponto que ela já aprendera ser o mais sensível de seu corpo.

– Nicholas, eu...

Ele a calou outra vez, enfiando um dedo em sua boca, e então grunhiu de prazer quando ela o sugou.

– Meu Deus, Georgie! – gemeu ele contra a pele dela.

Por mais que não achasse que ele pudesse estar sentindo tanto prazer quanto ela, havia tanta lascívia no ato de sugar o dedo dele que Georgie sentiu que queria mais.

A língua dele começou a acelerar.

Ela sugou com mais força.

– Georgie... – O gemido dele reverberou contra a pele dela.

Ela sentia o corpo cada vez mais tenso...

Nicholas começou a usar os dedos. Colocou dois dentro dela enquanto continuava a lamber e morder.

E então Georgie explodiu.

Não, ela *gozou*. Ele tinha ensinado que aquela era a palavra – uma delas, pelo menos. E fazia bastante sentido, porque ao gozar, ao chegar ao ápice nas mãos dele, ela sentia que não havia no mundo uma sensação maior de regozijo do que aquela.

Georgie não era capaz de explicar nem definir, mas ela sabia que estar ali, exatamente ali, era o maior gozo de todos.

Com ele.

Com Nicholas. Seu marido.

Estava em casa.

– Deus do céu! – suspirou ela.

Não sabia se conseguiria se mexer. Parecia que ele a derretera até os ossos.

– Eu amo sentir você durante o clímax – falou ele, aproximando o rosto do dela. – Me faz desejá-la ainda mais.

Nicholas roçou-se nela – não em tom de exigência, apenas um lembrete. Ele estava rijo e ainda queria mais.

– Preciso de um momento – Georgie conseguiu dizer.

– Só um?

Ela fez que sim com a cabeça, embora não fizesse ideia.

Estava completamente desnorteada. Sua pele estava tão sensível que ela mal conseguia acreditar. Ele ainda a tocava, de leve, só no braço, mas mesmo assim ela estremecia incontrolavelmente.

– O que vamos fazer com você? – murmurou ele, com um leve toque de risada na voz.

– Não consigo me mexer.

– Nem um pouquinho?

Ela balançou a cabeça, mas sem perder a provocação no olhar. Passaram alguns instantes deitados lado a lado, espremidos na caminha estreita, até que Georgie falou:

– Você nem abriu a calça.

– Quer que eu abra?

Ela assentiu.

Ele se virou para ela e beijou sua face.

– Você não tinha falado que não conseguia se mexer?

– Talvez você consiga me convencer.

– Ah é?

Ela assentiu outra vez.

– Quero satisfazer você também.

Então ele ficou sério.

– Você sempre me satisfaz, Georgie.

– Mas você não...

Ele pegou a mão dela, rolando na cama de modo que ficaram face a face.

– Não é uma questão de elas por elas. Eu fiz o que fiz por prazer.

– E eu também quero fazer por prazer, para você – sussurrou ela, ficando um pouco sem graça. – Assim que conseguir me mexer de novo.

– Eu espero – disse ele.

Então Nicholas beijou o nariz dela, depois as pálpebras fechadas, depois a boca.

– Por você, meu amor, eu espero para sempre.

CAPÍTULO 22

– Eu não entendo as sangrias.

Nicholas a encarou, surpreso. Não. Chocado.

Não. Abismado.

Porque não tinham se passado nem cinco minutos desde a experiência sexual mais extraordinária de sua vida – o que talvez não fosse grande coisa, já que ele só tinha *começado* a ter experiências sexuais havia poucas semanas –, mas ainda assim.

Tinha certeza de que os dois tinham alterado o próprio eixo da Terra. O clima ia mudar. Dia ia virar noite.

Nicholas não ficaria nada surpreso se eles tivessem até gerado a própria força gravitacional. Poderiam ter atraído mesmo a lua lá no céu.

Nada disso explicava o desejo repentino da esposa de falar de sangrias.

– O que você disse? – perguntou ele.

– Sangrias.

Georgie não parecia nem um pouco interessada em romance, a despeito da posição atual em que se encontravam – a saber, nus, na cama. Nos braços um do outro. Ela mudou de posição para poder olhá-lo nos olhos.

– Não entendo as sangrias.

– E por que você deveria entender?

Nicholas torceu para não soar condescendente, pois, de fato, não era assim que se sentia. Só que aquele era um tópico complicado. A maioria das pessoas não entendia a ciência por trás dele. Para ser sincero, ele mesmo talvez não entendesse. Talvez *ninguém* entendesse e apenas fosse de conhecimento geral que a técnica funcionava. Pelo menos, às vezes.

– Bem, não – falou Georgie, saindo de baixo dele para poder se deitar de lado, com a cabeça apoiada na mão. – De fato, não. Mas hoje eu ouvi um pouquinho da aula. Não fez muito sentido para mim.

– A aula de hoje não foi especificamente sobre sangrias – falou ele. – Só mencionamos a técnica como um interruptor da circulação.

Ela piscou algumas vezes.

– Que, inclusive, era o tema da aula. Circulação.

Georgie continuou sem dizer nada. E então, com uma cara de quem havia decidido que ouvira o que ele dissera mas considerava as palavras irrelevantes, falou:

– Certo. Então, a questão é a seguinte: se os homens sangram até a morte nos campos de guerra, sem falar em todas as pessoas que morrem de hemorragia, não consigo entender como é possível achar que drenar sangue do corpo pode ajudar em alguma coisa. – Ela o encarou por um momento. – Está muito claro que o sangue é essencial para a sobrevivência.

– Ah, mas será que *todo* o sangue é necessário para a sobrevivência?

– Ah, mas será que não é uma lógica de quanto mais, melhor?

– Não necessariamente. Quando há líquido em excesso no corpo, ocorre o que chamamos de edema e que pode ser muito perigoso.

– Edema?

– São os inchaços.

– É como aquela coisa da equimose – disse ela, franzindo de leve o lábio. – Esses termos estranhos que vocês usam para que o resto do mundo continue sem entender de que raios estão falando.

– Você está falando dos hematomas? – perguntou ele, com ar inocente.

Ela deu um tapinha no ombro dele. Ele fingiu reclamar:

– Assim você vai me equimosar.

– Essa palavra existe mesmo?

– Nem de longe.

243

Georgie deu uma risadinha, mas então, tenaz como era, logo tratou de voltar ao assunto.

– Você ainda não me disse... *para que* fazer sangria nos pacientes?

– É uma questão de equilíbrio – explicou Nicholas. – Dos humores.

– Humores – repetiu ela, cética. – Isso por acaso é um fato científico confirmado?

– As teorias divergem – admitiu Nicholas. – Algumas correntes de pensamento têm desacreditado a sangria. Então vai depender de o médico em questão ser adepto da medicina heroica ou do solidismo.

O comentário dele foi demais para ela aceitar.

– Espere aí um momentinho. Você está querendo me dizer que existe uma medicina heroica?

Nicholas tentou fazer uma piadinha:

– Há quem diga que toda medicina é heroica.

– Pare com isso – retrucou ela, impaciente. – Eu quero saber mais. Parece muito presunçoso que uma área da ciência se autodenomine heroica.

– Não sei bem de onde vem a expressão – admitiu Nicholas. – Também é conhecida como a teoria da depleção heroica.

– O que não é nem um pouco desencorajador – resmungou Georgie.

– Deve ser por isso que se consagrou o termo mais simples – respondeu ele.

– Mas o que quer dizer?

– Bem, ele segue a ideia de que só se alcança boa saúde quando os humores do corpo estão em equilíbrio. Bílis negra, bílis amarela, fleuma e sangue.

– Todos líquidos – observou ela.

– Precisamente. E é por isso que a teoria que se contrapõe a ela é o solidismo, adepto da ideia de que as partes sólidas do corpo é que são vitais e suscetíveis a doenças.

Georgie franziu a testa. Ele já tinha reparado que ela fazia isso quando estava perdida em pensamentos. Também tinha reparado que achava a expressão fascinante. Quando ela se concentrava, seu rosto ficava em constante movimento. A testa se franzia, os olhos iam de um lado para outro.

Essa sua esposa não era uma pensadora passiva.

Então algo ocorreu a Nicholas.

– Você já foi submetida a uma sangria? – perguntou ele. – Para tratar a sua doença respiratória?

244

– Duas vezes – contou ela.

– E funcionou?

Ela deu de ombros.

– O médico disse que sim.

Nicholas não ficou satisfeito com a resposta.

– Qual foi o critério que ele usou?

– De sucesso?

Ele assentiu. Ela olhou para ele e disse, com sinceridade:

– Eu não morri.

– Ah, pelo amor...

Georgie o cortou ao balançar a cabeça e prosseguir:

– De acordo com a minha mãe, essa é a prova cabal da cura.

Nicholas sorriu, embora não achasse nada engraçado.

– Contudo – prosseguiu ela –, acho que a sangria não teve nada a ver com a minha melhora. Na verdade, eu até me sentia pior. Era muito cansativo. E doía.

– A exaustão é esperada. Mas é assim que o corpo então trabalha para produzir sangue novo e mais saudável.

– E que esteja mais em equilíbrio com os três outros humores – concluiu ela.

– Essa é a ideia.

Georgie franziu a testa, emitindo um ruído gutural e estranho. Parecia impaciente.

– Mas como saber se eu não teria melhorado sem a sangria? – perguntou ela. – E digo mais: como saber se eu não teria melhorado *mais rápido*?

– Não dá para saber – admitiu ele.

Georgie o encarou fixamente, sem titubear.

– Diante das mesmas circunstâncias, você teria me aplicado a sangria?

– Não tenho como responder isso – admitiu ele. – Porque não conheço as circunstâncias. Não sei quão grave era a sua dificuldade de respirar. Você ficava com a respiração acelerada? Curta? Tinha febre? Dores musculares? Rigidez no baço?

Deteve-se por um momento, mesmo que suas perguntas fossem retóricas.

– É perigoso dar conselhos médicos sem estar ciente de todos os fatos.

– Acho que o próprio médico na época não estava ciente de todos os fatos – resmungou Georgie.

– Com certeza estava mais ciente do que eu.

Ela bufou, desconsiderando o comentário, e então disse:

– Pense só. Eu tinha dificuldade para respirar. O meu problema, fosse qual fosse, estava nos pulmões, não nas veias.

– Tudo está conectado – falou ele.

Georgie revirou os olhos. Com vontade.

– Você está dando respostas vazias que não explicam nada.

– Infelizmente, a medicina é ciência e arte em iguais medidas.

Com o dedo em riste, ela repreendeu:

– Mais uma vez, uma resposta vazia.

– Não foi minha intenção – disse ele. – Juro. Eu queria *muito* que tivéssemos mais provas para orientar nossas práticas. De verdade. E talvez eu não receitasse sangria para uma paciente com dificuldade de respirar. Não como primeiro recurso.

– Mas quando uma pessoa não está conseguindo respirar – contrapôs ela, baixinho –, pode não haver tempo para um segundo recurso.

Um arrepio percorreu o corpo de Nicholas, do tipo que é menos uma sensação física e mais um pressentimento. Ele nunca tinha presenciado uma crise de Georgie.

Contudo, ao longo dos anos, tinha ouvido muitas histórias. Nunca pensara muito nelas – parecia que ele sempre ficava sabendo das crises muito tempo depois, quando já estava claro que Georgie havia se recuperado sem grandes complicações. Então nunca tinha se dado conta da gravidade dos episódios.

Além disso, Nicholas era jovem demais. E ainda não tinha uma mente médica.

– Georgie... – Os pensamentos de Nicholas iam se formando conforme ele falava. – O seu médico chegou a sugerir que você pode sofrer de asma?

– Ora, mas é claro. – O tom e a expressão dela deixavam evidente que ela achava o comentário muito tolo.

– Não, não – corrigiu-se Nicholas.

Ele até entendia a reação dela. Muitos médicos – principalmente os que não eram filiados a uma universidade e, portanto, não se atualizavam com tanta frequência – usavam a palavra "asma" para descrever qualquer tipo de problema respiratório. Foi o que explicou a ela, e então perguntou:

– Alguém já usou o termo asma espasmódica ou convulsiva?

Ela pensou por um momento, e então deu de ombros.

– Não sei – respondeu. – Ninguém disse isso para mim. Talvez para os meus pais.

– É um problema respiratório muito específico – explicou Nicholas –, que se manifesta de formas diferentes em cada paciente.

– E isso dificulta o diagnóstico?

– Nem sempre, mas a grande questão é saber como tratar. Cada pessoa parece responder melhor a um tipo de tratamento. A boa notícia é que raramente é fatal.

– Raramente – ecoou ela, com fastio.

– Um professor meu, que faleceu ano passado, escreveu muito sobre esse assunto.

Sorrindo, ela comentou:

– Que fortuito.

– Para ser sincero – falou Nicholas –, ele era muito prolífico sobre quase todas as áreas da medicina. O trabalho da vida dele foi a organização e classificação das doenças.

– Em um livro? – perguntou Georgie. – Eu gostaria de ler.

Ele a encarou, surpreso.

– Jura?

– Você não?

– Eu já li – respondeu ele.

O tomo do Dr. Cullen era leitura obrigatória para todos os estudantes de medicina da Universidade de Edimburgo. Nicholas sabia que alguns colegas tinham pulado umas partes que julgavam menos interessantes, mas ele se esforçara para prestar muita atenção na obra inteira.

O que nem sempre fora fácil. "*Synopsis Nosologiae Methodicae*" tinha sido, em uma palavra, *denso*.

– Achou interessante? – perguntou ela.

– É claro. Bem, na maior parte. Não sei se existe algum médico que se interesse por todos os aspectos da medicina.

Ela assentiu, pensativa.

– Acho que eu ia gostar de ler.

– Imagino que sim. Embora talvez você fosse gostar mais de um outro texto do Dr. Cullen. Fala menos sobre a classificação das doenças e mais sobre o tratamento.

– Ah, sim, parece mesmo mais interessante. Você tem esse livro?

– Tenho, sim.

– Está aqui ou em Scotsby?

Nicholas olhou para a estante entulhada de livros, indicando-a com um meneio de cabeça.

– Está bem ali.

Georgie se contorceu para olhar – não que fosse saber, só de ver as lombadas, qual era o livro de que ele falava.

– Posso pegar emprestado? Ou você vai precisar dele?

Ele sorriu, dizendo:

– Não vou precisar dele entre agora e a próxima vez em que nos virmos.

Ela ficou radiante, e ocorreu a Nicholas que Georgie estava muito mais animada diante da perspectiva de ler *Primeiras linhas da prática médica* do que qualquer outro estudante que ele conhecia, inclusive ele mesmo.

– Obrigada – disse ela, aninhando-se no travesseiro e suspirando. – Assim eu vou ter o que fazer enquanto você não estiver em casa.

– Nossa, é tão entediante assim?

O semblante dela mudou; não ficou exatamente triste, talvez um pouco encabulado.

– Não deveria ser. Eu tenho muito que fazer. Mas ao mesmo tempo parece que não tenho nada para fazer.

– Nada que você *queira* fazer.

– Acho que é isso. – Ela se endireitou no travesseiro para olhá-lo no rosto. – Eu *quero* arrumar a nossa casa. Acho que vou sentir muito prazer nisso. Mas Scotsby não é a nossa casa.

– Só mais uma semana. – Ele segurou forte a mão dela.

Georgie assentiu, fechando os olhos e voltando a se largar no travesseiro.

– Queria muito não ter que ir embora.

– Eu também – murmurou ele.

Embora, justiça fosse feita, se ela passasse a noite ali, naquela cama que já era desconfortável o suficiente para se dormir sozinho, nenhum dos dois pregaria o olho. E não por um bom motivo.

– Sabe que horas são? – perguntou Georgie de olhos fechados, com um semblante tão satisfeito que era quase insuportável.

Insuportável porque ele teria que importuná-la por um momento ao se esticar para pegar o relógio de bolso na mesa de cabeceira.

248

– Temos que sair em breve – declarou ele. – Você tem que estar de volta à carruagem em meia hora.

Ela fez um muxoxo.

– Eu não quero ir.

Ele deu uma risadinha, cutucando-a.

– E se eu ficar aqui? – perguntou ela, abrindo um olho só. – Vou ficar quietinha que nem um ratinho. Você pode me trazer comida, e eu fico lendo o seu material de medicina, e...

– E vai causar um ataque do coração na Sra. McGreevey da próxima vez que ela vier limpar o meu quarto.

– Ela faz isso?

– Dia sim, dia não.

Agora Georgie estava prestes a entrar em pânico.

– Dia sim...?

– Hoje é dia não – interrompeu ele.

– Ah, Deus seja louvado! – Ela se sentou, enrolando-se no lençol (infelizmente). – Eu estava brincando quando falei em ficar aqui, viu? Bem, mais ou menos.

Ele tocou o queixo dela, dizendo:

– Se você ficasse, eu certamente voltaria com muito mais pressa para cá todas as noites.

Ela se levantou da cama para se vestir, virada para a estante enquanto ajeitava o vestido. Precisaria de ajuda com os botões, mas ele não sabia como seria capaz de se convencer a abotoá-los quando tudo o que mais desejava era beijar a pele suave da nuca de Georgie.

– Ah, o livro, por favor – disse ela, alheia ao olhar faminto dele. – Não sei qual é.

– É o verde à esquerda – falou ele. – Pode deixar que pego para você.

O interesse dela em ler aquele livro ainda parecia estranho, só que... só que, pensando bem, não era nada estranho. Seria estranho se fosse qualquer outra pessoa disposta a ler aquele texto denso.

Mas não Georgie. Sendo ela, até que fazia sentido. Nicholas ficou se perguntando se havia alguma faculdade de medicina que aceitasse mulheres. Tinha a sensação de que a esposa daria uma excelente aluna.

Após se vestirem, conseguiram sair da pensão sem serem vistos. Fazia certo calor para uma tarde em Edimburgo e a caminhada até a carruagem foi muito agradável. Nicholas ia de braço dado com Georgie, carregando o livro pesado com o braço livre. Jogavam conversa fora; não havia a menor necessidade de ser diferente. O dia estava quente e claro, e os dois estavam tão à vontade e tão felizes juntos que não precisavam preencher o silêncio com um assunto profundo.

A carruagem esperava por eles já na saída da Cidade Velha, em uma praça relativamente tranquila. Jameson e o cocheiro estavam no assento do condutor, dividindo uma broa. Marian, ao que tudo indicava, estava do lado de dentro.

Quando se aproximaram, ela colocou a cabeça para fora e disse:

– Ainda bem que chegaram. Está ficando tarde.

Não estava, mas Nicholas não viu motivo para contrariá-la. Esperou Marian voltar com a cabeça para dentro da carruagem e ajudou Georgie a subir.

Contudo, quando ela se abaixou para entrar, ele não soltou a mão dela.

– O que foi, Nicholas? – perguntou ela, com um olhar quase divertido.

Ele olhou para ela. Para aquele rosto tão familiar. Ou melhor, que tinha sido tão familiar.

Sabe-se lá como, as feições pareciam diferentes. Os olhos eram do mesmo tom de azul vivo, mas não tão intenso quanto os dele. O nariz... era o mesmo nariz de sempre. Assim como os lábios, o cabelo e cada partezinha de Georgie. Só que...

Ela parecia diferente.

Ele parecia diferente.

Tinham apenas começado.

– Eu te amo – disse ele.

Ela arregalou os olhos.

– O quê?

– Eu te amo. – Ele beijou a mão enluvada dela. – Só queria que você soubesse.

Ela olhou ao redor, não agoniada, mas talvez um tanto desarvorada, como se esperasse que alguém saltasse de uma moita gritando: "Surpresa!"

– Eu te amo, sua boba – repetiu ele.

Ela ficou boquiaberta.

– Boba?

– Boba por não acreditar em mim.

– E-eu acredito em você.

– Que bom. – Ele sorriu, aguardando pacientemente que ela respondesse.

Ela piscou algumas vezes e sua boca abriu e fechou, só um pouco. Ela olhou para a criada por cima do ombro; Nicholas não sabia por quê. Talvez por reflexo. Mas então Georgie se virou para ele e disse:

– Você me ama.

– Amo.

– Ora. – Ela engoliu em seco. – Eu também te amo.

– Fico muito feliz de saber.

Ela ficou de queixo caído.

– É *assim* que você responde?

– Bem, *você* respondeu "O quê?" quando eu disse – lembrou ele.

– É que eu fiquei surpresa, oras.

– E eu não – disse ele, dando de ombros.

Ela exclamou:

– Ah, seu...

– Na-na-não – disse ele, com uma risadinha, esquivando-se do tapinha que ela estava prestes a dar em seu braço. – Você não pode fazer isso. Afinal, você me ama.

Os olhos dela se estreitaram. O que só o fez rir ainda mais.

– Você me ama – disse ele. – Agora não pode desdizer.

– Não estou acreditando que você está me dizendo isso *agora* – retrucou ela.

Ele subiu no degrau da carruagem, segurando-se ao capô com uma das mãos e tomando-a pela cintura com a outra.

– Nicholas...

– Não consegui esperar – disse ele.

Corando, ela abriu um sorriso, e então sussurrou:

– Estamos fazendo uma cena?

– Faz diferença?

– Não. E para você?

– Nem um pouco. – Ele a beijou outra vez. – Mas, infelizmente, você precisa ir agora. Não quero que pegue a estrada à noite.

Ela assentiu e ele desceu da carruagem.

– Até sexta-feira à noite – falou ele. – Assim que acabarem as aulas vou direto para Scotsby.

Então Nicholas fechou a porta e ficou olhando a carruagem se afastar. Mas que droga, ele ia sentir saudade.

O Sr. McDiarmid dissera que eles poderiam se mudar para a casa nova no fim da outra semana.

Nicholas mal podia esperar.

CAPÍTULO 23

Dois dias depois, Georgie foi outra vez a Edimburgo.

Não devia ir. Ou melhor, Nicholas não esperava que ela fosse. O plano era que ele voltaria a Scotsby naquela mesma noite, mas o Sr. McDiarmid mandara avisar que havia mais papéis a assinar. Nicholas poderia muito bem cuidar de tudo na semana seguinte, mas, para falar a verdade, Georgie andava ansiosa por qualquer motivo que a fizesse voltar à cidade.

Já tinha planejado tudo: iria surpreendê-lo outra vez na saída da aula, de onde seguiriam para o escritório do Sr. McDiarmid. Nicholas assinaria a papelada e eles voltariam juntos para Scotsby de carruagem. Com certeza seria mais confortável para Nicholas do que fazer a viagem a cavalo.

Agora que sabia andar por Edimburgo – chegar à universidade, ao menos –, Georgie conseguira convencer Marian de que não precisava de sua companhia. Jameson e o cocheiro iriam com ela. Além do mais, Georgie não era mais uma donzela solteira. Não precisava sair com acompanhante toda vez.

Sem falar que, deixando Marian em Scotsby, Georgie e Nicholas ficariam sozinhos na carruagem durante a longa viagem de volta.

Ela podia ser recém-casada, mas não era boba.

Bom, mas, primeiro, a viagem para a cidade. Georgie nunca tivera problemas para ler na carruagem, então pretendia passar o tempo entretida com o livro de medicina de Nicholas.

Primeiras linhas da prática médica, do Dr. William Cullen. Até agora, só conseguira ler o prefácio e a introdução, mas, juntos, somavam 52 páginas, de modo que não se podia dizer que Georgie tinha sido preguiçosa. O material era fascinante, mas nunca tinha lido nada parecido, e aquele conteúdo exigia muito mais tempo e atenção do que os livros a que estava habituada.

Também descobriu que Nicholas lhe dera só o primeiro volume. O primeiro de quatro. Passaria meses lendo aquele compêndio.

Então pensou em todos os outros livros que havia na estante dele da pensão. Será que Nicholas já tinha lido todos eles? Seria possível que alguém lesse tanto?

Ficou se perguntando se o Sr. Simmons, o médico que tratara sua asma em Kent, lia livros como *Primeiras linhas da prática médica*. De acordo com o exemplar em suas mãos, a primeira edição fora em 1777.

O Sr. Simmons estava na casa dos 60 anos. Decerto tinha concluído os estudos muito antes de 1777. Será que tinha continuado a estudar por conta própria? Seria um requisito da profissão? Alguém fiscalizava os médicos depois de formados?

Georgie tinha muitas perguntas.

Mas todas podiam esperar, então ela voltou ao livro. Abriu a primeira página da Parte I. "*Das pyrexiae*, ou distúrbios febris."

Febres. Ia ser interessante.

Terminou aquela página bem rápido e depois passou à seguinte.

"Livro um."

O quê? Livro um da parte um?

Ela continuou.

"Capítulo um."

Piscou, perplexa. Capítulo um do livro um da parte um.

Misericórdia!

Pelo menos o Dr. Cullen tinha dividido seu texto em pedaços menores, a maior parte dos quais mal chegava a meia página. O espaço em branco no fim de cada página parecia ajudar a compartimentar o conteúdo em tópicos na mente dela. O capítulo um começava com o segmento oito; a introdução tomava os segmentos de um a sete.

Só por curiosidade, ela folheou até o fim do Livro um. Duzentos e trinta e quatro segmentos! Como era possível que houvesse 234 coisas diferentes a saber sobre febre? Georgie estava começando a respeitar cada vez mais os estudos de Nicholas, o que não era pouca coisa, já que sempre os respeitara muito.

Leu durante mais ou menos uma hora, erguendo o rosto de vez em quando para admirar a paisagem campestre. Era impossível evitar. Em alguns momentos precisava dar um descanso aos olhos. Talvez fosse por isso que o Dr. Cullen tinha quebrado o texto em tantos segmentos. Talvez soubesse que as pessoas em geral não seriam capazes de se concentrar por mais de meia página em algo tão difícil.

Como era possível que um assunto interessante como aquele fosse tão difícil de ler? Estava no segmento 44, que começava de forma pouco encorajadora: "Pode ser difícil explicar o seguinte..."

Ela suspirou. Também era difícil entender.

Talvez fosse hora para uma pausa. Fechou os olhos.

Só um pouquinho.

Só o suficiente para arejar a mente por alguns minutos antes de voltar a mergulhar no livro. Só uma sonequinha até...

"Senhora? Sra. Rokesby?"

Sonolenta, Georgie abriu os olhos. Será que já tinham...

– Senhora – chamou Jameson, olhando para ela pela porta aberta da carruagem. – Chegamos a Edimburgo.

Então tinham, sim.

Ainda com sono, Georgie coçou a testa de forma nada elegante e olhou pela janela. Estavam estacionados bem na porta do prédio do auditório. Não poderiam ficar ali por muito tempo. O plano era que ela e Jameson sairiam e o cocheiro levaria a carruagem para a praça onde tinham se encontrado alguns dias antes.

– Sinto muito – falou ela, recolhendo suas coisas. – Acho que peguei no sono.

– A viagem foi tranquila – comentou ele.

"E o livro era longo", pensou ela.

Ele estendeu a mão para ajudá-la a descer e então, depois que a carruagem partiu, ela disse:

– Jameson, não precisa entrar no prédio comigo.

Tinha certeza de que ele preferiria esperar do lado de fora. A última vez que havia entreouvido partes da aula, o lacaio ficara pálido feito uma assombração. Depois, Marian comentou que ele tinha confessado sofrer de desmaios ao ver sangue. Mesmo assim, Jameson balançou a cabeça.

– A senhora vai me desculpar, mas não posso permitir que entre sozinha.

– Mas não há problema – assegurou ela. – Sei exatamente aonde ir. E tem um banco bem perto da porta do auditório. Posso ficar sentadinha ali esperando o Sr. Rokesby sair.

Jameson não ficou muito convencido.

– Creio que o Sr. Rokesby não iria aprovar.

– Ele não vai se incomodar. – Era mentira, mas uma mentirinha inocente. Com certeza Nicholas iria preferir que Jameson a acompanhasse, mas por

254

certo não se zangaria se isso não acontecesse. – Vou estar bem na porta do auditório – prosseguiu Georgie. – Se algo acontecer, basta levantar a voz e o Sr. Rokesby virá correndo.

Mas Jameson não se deixou convencer, de modo que os dois entraram juntos no prédio. Georgie carregava o grande livro verde. Quem sabe ele não ajudaria a passar a impressão de que ela deveria estar ali?

Era óbvio que ela *não* deveria estar ali, já que a Universidade de Edimburgo não aceitava mulheres, mas, pelo menos, pareceria a assistente de alguém, ou mesmo uma dignitária fazendo uma visita ao campus.

Continuava sendo improvável, mas ela se sentia melhor com o livro. Uma armadura acadêmica, por assim dizer.

Eles entraram e Georgie se sentou no banco à porta do auditório. Jameson estava do outro lado do corredor. Ela logo viu que ainda não era longe o bastante para deixar de ouvir a aula, porque em poucos minutos o rapaz começou a ficar com uma aparência nauseada.

Não era de surpreender. A aula do dia tinha a ver com o tratamento de feridas abertas, e o professor tinha acabado de começar a falar de vermes.

E larvas.

Georgie não tinha certeza se entendia a relevância daquilo, mas essa era a menor de suas preocupações: Jameson estava agarrado à parede, com a pele cinzenta e meio esverdeada. Com certeza ele ficaria melhor do lado de fora.

– Jameson – sussurrou ela, tentando atrair a atenção dele.

Ele não ouviu. Ou talvez estivesse se concentrando apenas em continuar de pé.

– Psiu, Jameson!

Nada, mas ele engoliu em seco algumas vezes.

Os olhos de Georgie se arregalaram. A coisa não parecia muito bem.

– Jame...

Melhor se levantar e ir logo falar com ele.

– Jameson, acho que você deveri...

– *Urgh hã blearh...*

Deus do céu! Ele parecia prestes a...

– *Blaaaarf!*

Tudo – absolutamente tudo – que estava no estômago dele voltou em um jorro pela boca. Georgie saltou para trás, mas não foi rápida o bastante para evitar o estrago. O jato sujou os sapatos dela, provavelmente a barra do vestido também, e... Jesus Cristo, o homem tinha comido peixe.

Georgie sentiu o próprio estômago se revirar. Ah, não...

– Hã, Sra. Rokesby – grunhiu Jameson. – Acho que eu não consigo...

E então ficou claro que não tinha expelido *tudo* da primeira vez, pois ele vomitou de novo, dessa vez os restos do café da manhã.

Georgie levou a mão à boca. O cheiro era horrendo. Ah, meu Deus, e então ela também começou a ficar enjoada por causa do fedor.

– Tenho que sair daqui – gemeu ele.

– Vá logo! Por favor!

Georgie agarrou a própria barriga revolta. Ele precisava sair dali. Longe do cheiro, talvez conseguisse parar de vomitar.

Jameson saiu correndo no instante em que os homens começaram a sair às pencas do auditório.

– O que está acontecendo? – perguntou um. Mais de um, na verdade.

– Tem alguém doente?

– O que...

Alguém escorregou na sujeira do chão.

Outra pessoa trombou com ela.

Todos queriam ajudar, ser o médico que ia salvar o dia.

– Moça, a senhora está passando mal?

– Está com febre?

Continuavam avançando sobre ela, mas nenhum era Nicholas, e ela não conseguia se afastar do cheiro, e...

Georgie tentou não inspirar.

Puxou o ar pela boca.

Mais uma vez. Mas ainda era horrível, e ela engasgou.

E então tentou de novo, mas dessa vez o ar não chegou.

Estava ofegante.

– Moça, a senhorita...

– Nicholas – arquejou ela. – Cadê o...

Não conseguia respirar. Abriu a boca e achou que estivesse sorvendo o ar, mas nada chegava aos pulmões.

Não conseguia respirar.

Precisava de ar.

Todos estavam perto demais.

256

Não conseguia respirar.

Não conseguia respirar.

Não conseguia respirar.

Nicholas quase sempre se sentava em uma das cadeiras da frente do auditório. Suspeitava que sua visão não era mais a mesma – provavelmente fruto de tantos anos lendo sem parar –, e já tinha notado que se distraía menos durante a aula quando conseguia enxergar melhor as expressões dos professores.

Assim, ele estava na segunda fila, motivo pelo qual foi um dos últimos a perceber que algo estranho estava acontecendo do lado de fora do auditório. Quando se virou, metade dos alunos já tinha saído, e a outra metade estava saltando das cadeiras e correndo para fora.

Nicholas trocou olhares com o sujeito ao lado dele. Os dois deram de ombros.

– Faz alguma ideia do que está acontecendo? – perguntou Nicholas.

– Acho que alguém desmaiou no corredor – falou outro aluno.

– Mas o que é que estavam fazendo no meio do corredor? – perguntou um terceiro.

Nicholas deu de ombros outra vez. Geralmente o corredor do auditório ficava deserto durante as aulas. Às vezes algum aluno atrasado vinha correndo, torcendo para entrar de fininho na sala e se sentar em uma das cadeiras ao fundo sem que o professor percebesse, e também havia alguns que ficavam no banco do lado de fora esperando a turma sair. A própria Georgie tinha feito isso alguns dias antes, até Marian insistir para que esperassem fora da universidade.

– Dr. Monro! – gritou alguém, com urgência.

O professor, que estava assistindo ao êxodo visivelmente irritado, deixou suas anotações de lado e começou a subir os degraus íngremes.

– Será que não deveríamos ir ajudar? – perguntou o sujeito ao lado dele.

Nicholas balançou a cabeça.

– Já está cheio de gente lá. Só íamos atrapalhar.

E então, na fração de segundo antes de outra pessoa começar a falar, um grito apavorado ecoou pelo auditório.

– ELA NÃO ESTÁ RESPIRANDO!

Ela?

Nicholas se levantou. Bem lentamente, o cérebro acompanhou a ação das pernas.

Ela?

Não havia mulheres na universidade. Nunca havia mulheres por ali, exceto quando...

Quando Georgie...

Ele correu.

Passou por cima do homem ao seu lado, subindo aos tropeços até o corredor.

Era Georgie. Ele não sabia como, mas sentia que era ela. Era Georgie, e ela precisava dele.

Ele correu para fora e abriu caminho às cotoveladas. A multidão cercava alguém que estava no chão.

– Saiam da frente! – gritou alguém. – O Dr. Monro precisa de espaço!

Nicholas abriu caminho.

– É a minha esposa – disse ele, embora ainda não a visse. – É a minha esposa.

Quando finalmente conseguiu atravessar a multidão, lá estava ela, sentada no chão, sem conseguir respirar.

– Deitem a moça no chão! – ordenou o Dr. Monro, com a autoridade de um médico que clinicava havia décadas e sabia o que fazer.

Só que, no instante em que a deitaram, Georgie começou a ter espasmos.

– Parem! – gritou Nicholas. – Ela não consegue respirar assim.

– Tirem este homem de cima de mim – vociferou o médico.

Nicholas pegou o braço dele, dizendo:

– Essa mulher é minha esposa.

O Dr. Monro olhou para Nicholas com uma expressão severa.

– Se você valoriza o bem-estar dela, então saia de perto e me deixe trabalhar.

Nicholas engoliu em seco, deu um passo atrás e ficou observando o professor – um dos médicos mais respeitados e renomados da Grã-Bretanha – fazer sua avaliação do caso.

– Ela tem histórico de asma espasmódica – disse Nicholas, torcendo para que fosse verdade mesmo.

Tudo o que ela contara apontava para esse diagnóstico. E naquele mesmo instante, olhando para ela, era isso que via. Ao inalar, Georgie parecia estar sufocando, os pulmões convulsionando no desespero de tentar se encher.

O Dr. Monro assentiu.

– Senhor – falou Nicholas –, creio que ela precisa se sentar.

Georgie o encarou e ele entendeu que ela tentava assentir.

O médico resmungou, mas ajudou Georgie a se sentar. Ela então inspirou, mas deu para ver que ainda não era o suficiente.

Seu olhar era de súplica e ela estendeu a mão para Nicholas, que logo se adiantou. O médico precisava de espaço, mas Georgie precisava dele.

– O que foi que eu acabei de dizer? – perguntou o Dr. Monro, irritado.

– Ela quer a minha mão – respondeu Nicholas, esforçando-se para permanecer calmo. – Ela precisa de amparo.

O médico assentiu uma única vez, brusco, e então falou:

– Com que frequência ela tem episódios de dispneia?

– Quase nunca depois de adulta – respondeu Nicholas. – Era bem mais frequente quando criança.

Ele olhou para Georgie em busca de confirmação e ela assentiu bem de leve. Estava respirando um pouco melhor, mas cada vez que soltava o ar, emitia um chiado áspero.

– Parece que ela está melhorando, doutor – falou Nicholas. E então olhou para ela com atenção, pondo o braço em seus ombros para escorá-la. – Está sentindo o ar entrar?

Ela assentiu outra vez.

– Está... melhor – disse ela.

– Ainda não estou convencido – falou o médico, sério. – Já vi muitos casos em que o paciente parece melhor, mas logo tem uma recaída. Principalmente moças jovens dadas à histeria.

– Ela não é dada à histeria – retrucou Nicholas, muito seco.

– Já sei... o que... – Georgie tentou dizer alguma coisa, mas ainda não estava respirando bem o bastante para conseguir terminar.

– Não diga nada – falou Nicholas. – Espere um pouco mais.

– Mas... ele...

– Vamos precisar fazer uma sangria nela – falou o Dr. Monro.

– O quê? – Estupefato, Nicholas encarou o professor. – Não. Ela já está melhorando.

– E a sangria vai fazê-la melhorar ainda mais rápido. – O Dr. Monro ergueu o rosto para a multidão. – Lancetas! Agora!

Vários rapazes saíram correndo. O Dr. Monro pegou o braço de Georgie para medir a pulsação.

– Doutor, não – objetou Nicholas. – Não faça isso!

O professor respondeu com um olhar do mais puro desdém na direção dele.

– Ela já foi submetida a sangrias – insistiu Nicholas. – Não funcionou.

Rezou para estar certo. Afinal, ele não tinha estado presente, não sabia os detalhes. Mas Georgie dissera que não havia ajudado, e o mínimo que ele podia fazer era confiar na avaliação que ela fazia do próprio corpo e da própria saúde.

O Dr. Monro o ignorou.

– Vamos ter que cortar a manga do vestido para acessar as veias do braço – disse ele para o rapaz ao seu lado.

– O senhor não vai aplicar uma sangria nela – repetiu Nicholas com veemência. – Não funcionou antes.

– Ela está viva, não está? – esbravejou o Dr. Monro.

– Está, mas não por causa da sangria. Georgie disse que só piorou depois delas.

O médico deu uma risada desdenhosa.

– As impressões dos pacientes nunca são confiáveis, ainda mais quando se trata de episódios que aconteceram há anos e anos.

– Minha esposa é confiável – disparou Nicholas.

Georgie ainda estava pálida, mas sua tez parecia estar com uma cor um pouco melhor. Os lábios também tinham perdido o apavorante tom azulado que haviam assumido quando o médico ordenara que ela fosse deitada no chão.

– Está se sentindo melhor? – perguntou ele. – Parece que você... *ai!*

Um dos outros alunos chegou e esbarrou em Nicholas. Ainda havia vários deles amontoados à volta de Georgie, ansiosos para ver o grande Dr. Monro trabalhando.

– Afastem-se! – Nicholas rosnou para as pessoas à volta. – Ela precisa de espaço.

– Eles estão perto demais. Eu preciso...

Mais uma vez, Georgie emitiu um chiado.

– Afastem-se agora! – ordenou o Dr. Monro. – Preciso de espaço para trabalhar.

– E ela precisa de espaço para respirar – retrucou Nicholas.

O Dr. Monro olhou feio para ele e então voltou a se concentrar em Georgie.

260

– Ao longo dos anos constatei que o sangue do braço dominante tem propriedades circulatórias mais fortes – disse ele, não para Georgie, e sim para os alunos ao seu redor. Deu uma olhada rápida para Nicholas. – Presumo que seja o braço direito?

Nessa hora, alguém estava voltando com as lancetas, e Nicholas disse:

– Sim, mas o senhor não vai...

– Perfeito – falou o Dr. Monro. – Agora observem com atenção a escolha da minha lanceta. Convém preferir uma que...

– Não! – Nicholas puxou Georgie para longe dele.

– Sr. Rokesby – falou o médico –, queira se afastar da sua esposa.

– Não!

– Sr. Rokesby – advertiu o Dr. Monro –, será que terei de lembrá-lo de que você ainda não é médico? E que precisa da minha aprovação para que isso aconteça? Vou dizer apenas uma vez. Afaste-se de sua esposa!

Nicholas nem sequer hesitou.

– Não – repetiu ele, pegando-a no colo e se levantando. – Vou levá-la lá para fora.

– O ar frio vai ser péssimo para ela – objetou o Dr. Monro. – Ela precisa ficar aqui dentro.

Nicholas o ignorou.

– Saiam da frente! – ordenou ele para a multidão que os cercava.

– Péssima ideia – advertiu o médico.

Nicholas nem sequer olhou para ele.

– Se ela morrer – ameaçou o Dr. Monro –, a culpa será sua.

– Você não vai morrer – disse Nicholas para Georgie enquanto atravessavam o saguão.

– Vou morrer um dia, mas não hoje – retrucou ela, com um sorriso fraco.

Nicholas sorriu para ela com carinho.

– Eu deveria brigar com você por fazer piada disso, mas, dadas as circunstâncias, vou interpretar seu bom humor como um sinal de que está melhor.

Georgie concordou e sua expiração saiu com menos chiado do que antes.

– Por favor, diga que estou fazendo a coisa certa ao levar você lá para fora – pediu ele.

– Sim, estava cheio demais lá dentro. – Ela respirou algumas vezes.

Nicholas notou que Georgie estava se concentrando em alongar cada uma das respirações.

– E o cheiro – acrescentou ela, no instante em que ele saiu pela porta da frente.

Nicholas também tinha notado.

– Você vomitou?

– Não. Foi Jameson.

– *Jameson* vomitou?

– Foi por causa da aula. Ele... – Ela tossiu. – Ele é bastante impressionável.

– Meu Deus! – resmungou Nicholas. – Ele nunca vai chegar nem perto do meu escritório quando eu for médico.

Se é que isso ia acontecer. Nicholas não sabia se o Dr. Monro faria valer a ameaça que fizera. Não achava que o professor fosse vingativo a esse ponto, mas também nunca o vira tão irritado.

Mas não importava. Ao menos não naquele momento. Ele estava com Georgie do lado de fora, e o ar da cidade, apesar de não ser tão puro quanto ele gostaria, ainda era muito melhor do que o do corredor do auditório, compartilhado por dezenas de homens.

As bochechas de Georgie estavam até voltando a ganhar alguma cor.

– Não me dê um susto desse nunca mais – falou Nicholas.

A voz dele saiu trêmula, deixando-o surpreso. Georgie tocou a face dele, dizendo:

– Obrigada.

– Por não deixar que ele fizesse uma sangria em você?

– Por acreditar em mim.

Sentaram-se em um banco de pedra sob uma árvore, e Nicholas ainda a abraçava de uma forma escandalosamente íntima para um lugar tão público. Ainda não estava pronto para soltá-la.

– Como está se sentindo? – perguntou ele.

– Melhor. Ainda não estou totalmente bem, mas melhor.

– Quanto tempo você costuma demorar para voltar ao normal?

Ela deu de ombros.

– Não sei. Difícil responder.

Ele assentiu. E então, porque não podia deixar de dizer...

– Eu te amo, sabia?

Ela abriu um sorriso suave.

– Eu também te amo.

– Vou dizer isso todos os dias.

– E eu vou ouvir com muito gosto.

Ele franziu a testa. Só um pouquinho. Aquela não era bem a resposta que ele estava esperando.

– E...?

Ela ergueu a mão dele e a beijou.

– E eu *também* vou dizer todos os dias.

– Ah, agora sim.

Balançando a cabeça de uma forma que só poderia ser descrita como estupefata, Georgie disse:

– E pensar que você estava bem debaixo do meu nariz, todos esses anos...

E então ela ergueu o rosto, assumindo de repente um ar sarcástico.

– Eu deveria agradecer a Freddie Oakes? Por favor, diga que não.

– Freddie Oakes? – repetiu Nicholas.

– Afinal, estamos juntos por causa dele.

Nicholas revirou os olhos.

– Nosso amor teria encontrado outro caminho. Nem que fosse talvez um pouquinho mais longo.

Ela suspirou lenta e profundamente, e Nicholas ficou feliz ao ouvir apenas um leve chiado.

– As pessoas estão olhando para nós – sussurrou ela.

Ele olhou para o prédio do auditório. A porta da frente estava aberta e vários alunos aguardavam nas escadarias.

– Estou bem! – gritou Georgie.

Ela acenou para os alunos, mas o esforçou provocou uma leve tosse.

– Pare com isso – repreendeu Nicholas.

– Eles estão preocupados. Que bonitinho.

– Não é bonitinho, é uma intromissão.

– Bem, mas como culpá-los?

Nicholas precisou concordar. Afinal, Georgie tinha tido uma crise bem diante de uma turma de estudantes de medicina. Não havia a menor chance de que não ficassem curiosos.

De repente, ele se lembrou de perguntar:

– Por que você veio até aqui hoje?

– O Sr. McDiarmid mandou avisar que tem mais papéis para você assinar. Eu vim dar o recado e pensei em voltarmos juntos para Scotsby.

– Esqueça os papéis – falou ele. – Vamos logo para casa.

– Não! Quanto mais cedo você assinar, mais cedo poderemos nos mudar para a casa nova...

– A casa pode esper...

– E mais cedo poderemos ficar juntos – cortou ela, com firmeza.

Ele pousou a mão sobre a dela.

– Está bem, você tem razão. Mas depois vamos direto para Scotsby. E você não vai sair da carruagem enquanto eu for falar com o Sr. McDiarmid. Quero que descanse.

– Sim, senhor – falou ela, com um sorriso atipicamente cordial.

– E aí vamos para casa e você vai repousar – ordenou ele.

Georgie pôs a mão no coração.

– Prometo que sim.

– Nenhum esforço.

Ela ergueu as sobrancelhas.

– *Nenhum* esforço?

Ele grunhiu. Tinha passado a semana inteira pensando em um tipo específico de esforço.

– Ah, Jameson! Lá do outro lado da rua – falou Nicholas. – Vou pedir a ele que leve a carruagem para o escritório do Sr. McDiarmid. Acha que consegue caminhar até lá?

Fazia dois dias que tinham feito aquela caminhada, e era bem curta.

– Consigo. Acho até que vai ajudar, só vamos bem devagar, tudo bem?

Nicholas saiu correndo para dar instruções a Jameson e logo estava de volta ao lado de Georgie. Juntos, foram andando pela Cidade Velha.

– Nicholas – disse Georgie.

Ele olhou para ela.

– Eu te amo.

Ele sorriu.

– Eu também te amo.

Deram mais alguns passos e então, com certa irreverência, ela disse:

– Eu só queria dizer primeiro.

– Competitiva, hein?

– Imagina – respondeu ela, com um leve tom de risada na voz. – Eu só queria dizer sem falar "eu *também* te amo".

– Ah, entendi. Sendo assim, eu te amo, e eu também te amo.

– Quem é competitivo aqui, hein?

– Eu é que não sou.

– Bem, então eu te amo uma vez a mais que você.

– Isso nem faz sentido!

– Eu acho que faz, sim.

Georgie pousou a cabeça no ombro dele. Só por um momento, pois daquele jeito era difícil dar mais do que um ou dois passos.

– Tudo o que tem a ver com você faz sentido – completou ela.

– Isso não é verdade.

– Tudo o que tem a ver *com a gente* faz sentido.

Aí, sim, ela estava certa.

– Georgie – chamou ele.

Ela olhou para o marido.

– Eu te amo – disse ele, mais uma vez.

Ela riu.

– E eu te amo.

– Também?

– Sempre.

Nicholas sorriu. Agora, sim.

EPÍLOGO

Alguns anos depois

– Não era para o Dr. Rokesby estar cuidando disso?

Georgie sorriu e garantiu ao Sr. Bailey que sabia muito bem o que estava fazendo.

– O Sr. Rokesby sempre me pede para fazer as suturas.

Mas o Sr. Bailey não ficou satisfeito. Puxou o braço, quase reabrindo o pequeno trecho da ferida que ela havia acabado de fechar.

– Eu quero ser atendido pelo médico.

Georgie respirou fundo e mais uma vez estampou um sorriso. Ela entendia muito bem que os pacientes preferissem Nicholas. Afinal, ele era o estimado Dr. Rokesby, enquanto ela – apesar de todo o conhecimento que adquirira nos anos anteriores – era e sempre seria apenas a Sra. Rokesby.

Gostava de ser a Sra. Rokesby. Gostava muito. Mas em uma ocasião como aquela seria muito útil poder fuzilar o Sr. Bailey com o olhar e dizer "Eu também sou médica".

Dr. e Dra. Rokesby. Seria um feito e tanto. Infelizmente, a solicitação que fizera à Universidade de Edimburgo fora respondida com total descrença.

Georgie tinha certeza de que um dia as mulheres poderiam estudar medicina. Ela, no entanto, não viveria o suficiente para ver. Disso também tinha certeza.

– Dr. Rokesby! – chamou ela.

Nicholas estava no consultório ao lado tratando outro paciente cujo estado era muito mais grave do que o do Dr. Bailey e sua laceração no braço.

Ele pôs apenas a cabeça porta adentro.

– Algo errado?

– O Sr. Bailey prefere que você suture o braço dele – respondeu Georgie.

– Sr. Bailey, posso garantir que o senhor *não* prefere que eu suture o seu braço. Minha esposa é muito mais habilidosa do que eu com a agulha.

– Mas o médico é o senhor.

Georgie revirou os olhos, já sabendo o que Nicholas responderia. Isso acontecia sempre, e ela sabia que só havia uma maneira de convencer homens como o Sr. Bailey, mas ainda assim era um desaforo.

– Ela é mulher, Sr. Bailey – disse Nicholas com um sorriso condescendente. – Mulheres não são sempre melhores com agulha e linha?

– Talvez...

– Bem, vamos dar uma olhada no que ela fez até agora.

O Sr. Bailey estendeu o braço. Georgie não tinha conseguido fazer quase nada antes que o sujeito começasse a grasnar que não queria ser atendido por ela. Os cinco pontos que conseguira, no entanto, estavam muito bem-feitos e eram mesmo muito melhores do que os pontos de Nicholas.

– Brilhante – elogiou Nicholas, dando um sorriso rápido para Georgie antes de voltar a falar com o Sr. Bailey: – Veja só como estão regulares. O senhor vai ficar com uma cicatriz, isso não dá para evitar, mas graças à habilidade da Sra. Rokesby, vai ser quase imperceptível.

– Mas está doendo – lamuriou-se o Sr. Bailey.

– Isso também não dá para evitar. – Um leve toque de impaciência começava a transparecer na voz de Nicholas. – Quer um trago de uísque? Ajuda.

O Sr. Bailey aceitou e, de má vontade, permitiu que Georgie continuasse.

– Você é uma santa – murmurou Nicholas ao pé do ouvido dela antes de voltar ao outro consultório.

Georgie reprimiu uma resposta e então se dirigiu ao Sr. Bailey com uma expressão deliberadamente seca.

– Podemos continuar agora? – perguntou ela.

O Sr. Bailey pôs o braço na mesa.

– Vou ficar de olho no seu trabalho – advertiu ele.

– Admire à vontade – falou ela, com um sorriso.

Era uma pena que ele não fosse do tipo que desmaia ao ver sangue. Teria sido muito mais fácil.

Vinte minutos depois, ela arrematou o nó e admirou o resultado. Tinha feito um trabalho excelente – muito embora não pudesse dizer ao Sr. Bailey. Em vez disso, ela o instruiu a voltar dali a uma semana e assegurou que o Sr. Rokesby em pessoa examinaria o corte para decidir se já podiam tirar os pontos.

Quando o paciente foi embora, Georgie limpou as mãos e tirou o avental. Eram quase seis horas, já estava na hora de fechar a pequena clínica que Nicholas abrira em Bath. Por mais que adorassem morar em Edimburgo, era longe demais da família. Bath não ficava pertíssimo de Kent, mas os dois preferiam morar em uma cidade maior, e a distância não era tão grande assim.

Além do mais, Georgie logo descobriu que era bom viver a uma certa distância da família. O amor era recíproco, mas a família nunca a enxergaria como uma mulher adulta e capaz. Ao menor sinal de tosse, a mãe ainda entrava em pânico.

Era bem melhor assim.

Georgie olhou ao redor. Ali, na clínica, era o lugar dela.

– Dê a ele três gotinhas toda noite antes de dormir. – Ela ouviu Nicholas prescrever, enquanto conduzia o paciente à porta. – E faça o emplastro que recomendei. Se ele não estiver se sentindo melhor em três dias, vamos reavaliar.

– E se ele estiver se sentindo melhor? – perguntou uma voz feminina.

– Então todos ficaremos felizes – respondeu Nicholas.

Georgie sorriu. Era tão fácil imaginar o rosto dele ao dizer isso, amistoso e tranquilizador. Era mesmo um médico excelente.

Um homem excelente.

A porta da frente se fechou e ela ouviu Nicholas passar o ferrolho. Moravam no andar de cima, onde se chegava através de uma escadaria nos fundos da clínica.

– Qual é o motivo desse sorriso? – perguntou ele ao surgir diante da porta.

– Você.

– Eu? Espero que seja coisa boa.

– Estou *sorrindo*, não estou?

– Está, sim. Tem toda a razão.

Georgie atravessou a saleta e ficou na ponta dos pés para beijá-lo.

– Eu só estava aqui pensando que aqui é o meu lugar. E que você – ela o beijou de novo, na outra bochecha – é a pessoa com quem eu devo estar.

– Isso eu poderia ter dito a você – murmurou ele, chegando mais perto.

E dessa vez, ele a beijou.

CONHEÇA OUTRA SÉRIE DA MESMA AUTORA

Trilogia Bevelstoke

História de um grande amor

Aos 10 anos, Miranda Cheever já dava sinais claros de que não seria nenhuma bela dama. E já nessa idade, aprendeu a aceitar o destino de solteirona que a sociedade lhe reservava.

Até que, numa tarde qualquer, Nigel Bevelstoke, o belo e atraente visconde de Turner, beijou solenemente sua mãozinha e lhe prometeu que, quando ela crescesse, seria tão bonita quanto já era inteligente. Nesse momento, Miranda não só se apaixonou, como teve certeza de que amaria aquele homem para sempre.

Os anos que se seguiram foram implacáveis com Nigel e generosos com Miranda. Ela se tornou a mulher linda e interessante que o visconde previu naquela tarde memorável, enquanto ele virou um homem solitário e amargo, como consequência de um acontecimento devastador.

Mas Miranda nunca esqueceu a verdade que anotou em seu diário tantos anos antes. E agora ela fará de tudo para salvar Nigel da pessoa que ele se tornou e impedir que seu grande amor lhe escape por entre os dedos.

O que acontece em Londres

Quando Olivia Bevelstoke ouve o boato de que Harry Valentine, seu novo vizinho, matou a própria noiva, não acredita nisso nem por um segundo.

Ainda assim, só por via das dúvidas, decide espioná-lo. Arruma um lugar perto da janela do quarto, se esconde atrás da cortina e passa a observá--lo. Logo descobre um homem muito intrigante, que definitivamente está tramando algo.

Sir Harry Valentine trabalha para o gabinete mais sem graça do Departamento de Guerra inglês, traduzindo documentos vitais para a segurança nacional. Apesar de não atuar como espião, passou por todo o treinamento para ser um. Por isso, percebe imediatamente que sua linda vizinha está seguindo seus passos pela janela.

Assim que chega à conclusão de que ela é apenas uma debutante bisbilhoteira, Harry descobre que a jovem está sendo cortejada por um príncipe estrangeiro suspeito de conspirar contra a Inglaterra.

Agora ele precisa espioná-la oficialmente, e logo fica claro que o maior risco que Olivia representa é fazê-lo se apaixonar...

Dez coisas que eu amo em você

Annabel Winslow está em uma grande enrascada. Ela acabou de chegar a Londres para participar de sua primeira temporada e já chamou a atenção do conde de Newbury, que está atrás de uma mulher que lhe garanta um herdeiro.

Com seus quadris largos, Annabel parece especialmente fértil, o que faz dela a candidata ideal. O problema é que o conde tem no mínimo 75 anos e ainda por cima é um grosseirão inveterado.

Certamente ela não tem nenhuma vontade de se casar com ele, mas sente que não tem escolha. Seu pai morreu há pouco tempo e deixou a família inteira, incluindo os sete irmãos e a mãe de Annabel, praticamente na miséria.

Então, durante uma festa, ela conhece Sebastian Grey, o charmoso sobrinho do conde. E de repente se vê cortejada não apenas pelo velho assanhado, mas também pelo irresistível e misterioso jovem.

Agora ela precisa decidir entre se casar com um homem que acha repugnante, e com isso garantir o futuro de sua família, e seguir o próprio coração, dando a si mesma a chance de um final feliz.

CONHEÇA OS LIVROS DE JULIA QUINN

OS BRIDGERTONS
O duque e eu
O visconde que me amava
Um perfeito cavalheiro
Os segredos de Colin Bridgerton
Para Sir Phillip, com amor
O conde enfeitiçado
Um beijo inesquecível
A caminho do altar
E viveram felizes para sempre

QUARTETO SMYTHE-SMITH
Simplesmente o paraíso
Uma noite como esta
A soma de todos os beijos
Os mistérios de sir Richard

AGENTES DA COROA
Como agarrar uma herdeira
Como se casar com um marquês

IRMÃS LYNDON
Mais lindo que a lua
Mais forte que o sol

OS ROKESBYS
Uma dama fora dos padrões
Um marido de faz de conta
Um cavalheiro a bordo
Uma noiva rebelde

TRILOGIA BEVELSTOKE
História de um grande amor
O que acontece em Londres
Dez coisas que eu amo em você

editoraarqueiro.com.br